AMAR É ASSIM

DOLLY ALDERTON

AMAR É ASSIM

TRADUÇÃO DE SOFIA SOTER

Copyright © 2023 by Dolly Alderton
Todos os direitos reservados. Esta obra não pode ser exportada para Portugal.

TÍTULO ORIGINAL
Good Material

COPIDESQUE
Lara Freitas

REVISÃO
Rayana Faria
Júlia Ribeiro

DIAGRAMAÇÃO
Julio Moreira | Equatorium Design

ILUSTRAÇÃO DE CAPA
Yiting Nan

DESIGN DE CAPA
Emma Ewbank

ADAPTAÇÃO DE CAPA
Lázaro Mendes

CIP-BRASIL. CATALOGAÇÃO NA PUBLICAÇÃO
SINDICATO NACIONAL DOS EDITORES DE LIVROS, RJ

A335a

Alderton, Dolly
 Amar é assim / Dolly Alderton ; tradução Sofia Soter. - 1. ed. - Rio de Janeiro : Intrínseca, 2024.

 Tradução de: Good material
 ISBN 978-85-510-0976-5

 1. Ficção inglesa. I. Soter, Sofia. II. Título.

24-91844   CDD: 823
                                    CDU: 82-3(410)

Gabriela Faray Ferreira Lopes - Bibliotecária - CRB-7/6643

[2024]
Todos os direitos desta edição reservados à
EDITORA INTRÍNSECA LTDA.
Av. das Américas, 500, bloco 12, sala 303
22640-904 – Barra da Tijuca
Rio de Janeiro – RJ
Tel./Fax: (21) 3206-7400
www.intrinseca.com.br

Para Lauren Bensted, rainha do meu coração.

*Imagino que você já tenha visto filmagens: elefantes,
ao encontrar os ossos de outro de sua espécie
deixados de lado, limpos por exploradores
e pelo sol, depois largados ali de forma desordenada,
decidem fazer algo a respeito.*

*Mas o quê, exatamente? Eles não podem, é claro,
remontar a antiga magnificência do elefante;
não conseguem nem fazer uma pilha mais organizada. Mas eles podem
pegar os ossos com a tromba e jogá-los
para um lado e para outro. Então é o que fazem.*

*E a dispersão deles tem um ar
de ritual deliberado, antigo e necessário.
O fato de serem grandes também os torna a
encarnação do luto, enquanto o movimento de suas trombas
ostenta* sprezzatura.

*Elefantes decifrando
o anagrama da própria anatomia,
elefantes em suas lamentações abstratas –
que o espírito deles me guie enquanto eu coloco
meus próprios pensamentos tristes em arranjos novos e esperançosos.*

"A Scattering", Christopher Reid

VERÃO DE 2019

Pontos positivos de ter terminado com a Jen

- Ela não sabe dançar. Não tem nenhum ritmo. Eu achava fofo até ver pessoas rindo dela, e detesto admitir que tive vergonha.
- Uma vez a ouvi dizer "Vamos tomar um cappuccino e conversar melhor um dia desses" para o meu primo adolescente que queria conselhos sobre o vestibular.
- Tem uns pensamentos bem anos 1990 sobre o que é glamour, tipo coquetéis ou pagar vinte libras por um prato de tagliatelle em um "lugarzinho fofo".
- Se recusa a chegar no aeroporto um segundo que seja mais cedo do que noventa minutos antes da decolagem.
- Não preciso mais convencê-la a gostar de onde moramos.
- Quando saía para correr à noite, ela entrava na sala, se alongava na frente da TV, perguntava "O que é isso?" e me fazia explicar o programa que estava vendo, mesmo sabendo o que era, só para mostrar que ela ia malhar enquanto eu estava vendo *Acumuladores*.
- Falava demais e com muito orgulho sobre ter uma família grande, como se ela tivesse escolhido ter três irmãos.
- Sempre se gabava de que recusaria uma honra da monarquia britânica em respeito a seus supostos valores republicanos de esquerda, mas, quando eu perguntava, nunca sabia me dizer por que nessa fantasia ela estaria recebendo uma honra da monarquia.
- Certamente nunca recusaria uma honra da monarquia se lhe oferecessem.
- Levava uma hora para ir dormir, qualquer que fosse a hora em que chegasse em casa, porque tinha que seguir uma rotina de *skincare* de sete passos, fuçar uns apps de compras e escutar uns podcasts.
- E, ainda assim, o horário em que o despertador dela tocava de ma-

9

nhã era sempre só vinte minutos antes da hora em que precisava sair de casa.
- Sempre se atrasava para me encontrar, mas nunca para o trabalho.
- Não sabe dirigir (infantil).
- Dava um jeito de conectar a própria vida ao enredo de todo filme que a gente via.
- Miranda, a irmã insuportável dela, que faz uns cartazes incompreensíveis para levar para protestos, com dizeres tipo A HISTÓRIA ESTÁ DE OLHO, e que eu sei que me odeia porque sempre reclamava de "caras brancos e héteros" quando vinha jantar com a gente, qualquer que fosse o assunto. Antigamente, ela falava "Foi mal, Andy", mas, no final, já não dizia mais.
- Os amigos de trabalho dela: chatos, metidos e nem um pouco divertidos ou engraçados.
- Falava sem parar sobre ser muito aventureira, mas nunca fazia nada. Queria tirar um ano sabático para viajar ("ano que vem"). Queria se mudar para Paris ("não é o melhor momento"). Queria raspar parte do cabelo ("não iam gostar muito no trabalho"). Queria ir numa rave ao ar livre com clima de sexo ("quando eu melhorar da rinite").
- Faz terapia toda semana desde os 29 anos, mas nunca me dizia do que falava lá, e eu nunca vi sinal de nada de errado com ela.
- Se importava demais com cachorros e falava com eles como se fossem gente.
- O pai mal-educado dela.
- A mãe esquisita dela.
- Vem de uma família que faz longas caminhadas e gosta de jogos de tabuleiro.
- Irritantemente eloquente e participou do clube de debates na escola, então passei quase quatro anos sem ganhar uma discussão, sendo que várias vezes estava certo.
- Sempre reclamava comigo por roer as unhas, cutucar a pele dos pés, ter muito pelo no nariz ou no cu etc., mesmo que ela viva puxando as cutículas.
- Falava durante o filme quando íamos ao cinema.
- Fingia que não sabia se queria ter filhos porque se preocupava com o planeta, mas acho que só não queria ter filhos comigo.

- Nunca conversava a sério sobre filhos, mesmo sabendo que eu quero muito ser pai, mas às vezes dizia "Esse é um dos nomes que eu escolheria se tivesse um filho" em conversas com outras pessoas.
- Esses nomes incluíam: Noah, Blue (?) e Zebedee.
- É esnobe. Uma vez se referiu a gente que usa chapéu de palha no aeroporto a caminho das férias como "umas pessoas meio galera".
- Ficava muito tempo na frente de qualquer artefato ou pintura em museus e reclamava de mim se eu passasse pela exposição muito rápido.
- Uma vez a vi inclinar a cabeça em sinal de respeito diante de uma COLHERZINHA DE JADE no Museu Britânico.
- Só a vi chorar umas poucas vezes nos quase quatro anos que ficamos juntos, e ela não chorou quando terminamos.
- Uma das vezes foi quando a gente viu um documentário sobre a Joni Mitchell.
- Ela acabou com a minha vida.

Sexta-feira, 5 de julho de 2019

Tem um suéter e uma camisa pendurados no varal do quintal da minha mãe que parecem estar de mãos dadas à brisa. Pela janela do quarto, vejo a interação deles mudar com a direção do vento. Fico olhando até exatamente 19h03, quando pego o telefone para ligar para a mulher que amei por três anos, dez meses e 29 dias, que me deu um pé na bunda e esmigalhou meu coração que nem uma *piñata* há oito dias e 22 horas.

Combinamos de eu ligar às sete, mas espero mais três minutos para mostrar que ela não pode mais me dar ordens. Abro o contato dela no meu celular: Jen (Hammersmith). A gente achava graça — minha parceira de vida, reduzida a um bairro. Agora que a ironia se perdeu, a graça também foi embora. É só um fato. Vou ligar para Jen (Hammersmith), uma mulher de quem eu provavelmente nunca seria amigo, que mora em uma parte de Londres que eu nunca visitaria.

— Alô?
— Oi — digo, desafinando que nem uma gaita de foles. — É o Andy.
— Eu sei.
— Já deletou meu número?
— Não? Por que eu deletaria seu número?
— Sei lá, é que você atendeu com um "Alô?", assim, toda formal, como se estivesse atendendo o telefone num consultório de dentista.
— Não foi "Alô?", foi "Alô!".
— Não foi, não, foi tipo uma pergunta, como se não soubesse quem tinha ligado.
— Eu sabia que era você. A gente combinou o horário.
— Eu liguei mais tarde, né, então sei lá...

— A gente marcou às sete — diz ela, tranquila. — E eu sei seu número de cor.

— Por quê?

— Porque, no começo, eu vivia deletando seu número, então acabei decorando sem querer.

Penso na conversa que tivemos depois de poucos meses de namoro, logo depois de dizermos "Eu te amo" pela primeira vez. Ela admitiu que tinha o hábito de deletar meu número sempre que eu mandava mensagem, para não ver meu número no celular e ficar pensando sem parar em quando eu ia mandar outra mensagem. Não entendo como isso está acontecendo. Quero voltar. Como é que as pessoas viajam no tempo nos filmes? Eu topo qualquer coisa. Cair de um lugar muito alto. Ser eletrocutado. Entrar em um armário e girar dez vezes. Engulo o choro e um soluço acaba escapando.

— Ah, Andy.

— Está tudo bem — digo, voltando a grasnar que nem uma gaita de foles. — Como está aí na Miranda?

— Tudo bem. O bebê agora dorme no quarto que era de hóspedes, então estou ficando na sala, em um colchão inflável, mas está tranquilo.

— Está cercada de cartazes dizendo "A história está de olho"?

— Não estou, não.

Uma das nossas piadas favoritas, extinta com o relacionamento. Nós só podíamos brincar com isso quando éramos cúmplices; quando éramos tão íntimos que a família dela era minha família, mesmo me enlouquecendo. Mas ela mudou de lado. Não sou mais da família dela, não jogamos mais no mesmo time. Sou só um cara do interior da Inglaterra de quem ela provavelmente nunca nem seria amiga e que falou mal da irmã dela.

— Como vai sua mãe? — pergunta ela.

— Bem, te odeia, está tramando sua morte com toda a turma da zumba.

Outra pausa ártica.

— Ela está arrasada, óbvio — digo.

— Posso escrever uma carta para ela? Prometo não entrar mais em contato depois. Só quero me despedir.

— Ela vai gostar. Ela te adora.

— Nunca conheci uma mãe que nem a sua.
— Eu te adoro.
Mais silêncio. Pego um cigarro no bolso e acendo.
— Você está fumando?
— Estou.
— Para, Andy, você se esforçou tanto para parar.
— E daí? — retruco, ríspido, na esperança de soar como um canalha romântico.
Trago e sinto o conforto peculiar do aperto nos pulmões.
— Também voltei a fumar. Já que você está fumando, melhor eu pegar um cigarro também — diz ela, e eu a escuto revirar a bolsa. — É esquisito ficar aqui. Dormir no chão. Fumar e beber sempre que eu quiser. Sem ver ninguém. Parece até Natal.
— *Natal?*
— É. Como se, tipo, meu mundo tivesse parado por um tempo.
Fico quieto.
— Você entendeu.
— Não entendi, não, na verdade — digo. — Porque para mim está é parecendo o contrário do Natal.
— O que seria o *contrário* do Natal?
— Sei lá. A Páscoa? O pior aniversário do mundo? Meu próprio enterro, só que estou vivo para ver essa merda?
— Andy... dá para a gente evitar essa histeria toda? Sei que está sendo horrível para você, para mim também está. Mas relacionamentos terminam o tempo todo.
— Para com isso! Para de falar que "relacionamentos terminam", como se a gente fosse parte de um censo ou você estivesse dando uma entrevista na rua.
Meu orgulho me impede de dizer o que eu quero, que é: "relacionamentos terminam o tempo todo" é um sentimento que só conforta quem terminou o relacionamento. Quem diz isso é a pessoa que não está mais apaixonada e que não quer sentir culpa — eu sei, porque também já falei isso. Só não sabia como era inútil para quem levou o pé na bunda.
— Minha terapeuta sugeriu uma coisa essa semana que eu achei útil, e acho que você também pode gostar.

— Sua terapeuta já sugeriu que eu "escrevesse uma carta para o meu ego", então me desculpa, mas não estou lá tão animado para escutar um conselho dela.
— Quer saber ou não quer?
— Fala.
— Ela disse que, no fim de um relacionamento, escrever uma lista de bons motivos para o casal não estar mais junto pode ajudar.
— Não posso escrever essa lista, porque quero que a gente fique junto.
— Acho que não quer, não.
— Quero, sim, é tudo que eu quero.
— Tenta escrever a lista. Acho que vai ajudar a separar a fantasia da realidade do nosso relacionamento. Acho que, no fundo, você sabe que não estava funcionando.
— Não acredito que você esteja sendo tão fria — replico. — Nunca ouvi você falar assim.
— Só estou tentando ajudar a gente a seguir com a vida.
— Deixa pra lá. Não adianta discutir.

Não encontro estabilidade na conversa — passo de desespero para indiferença. Quero que ela saiba como a amo, e também que ache que não estou mais nem aí para o nosso namoro. Não sei qual resultado eu espero. Queria não ter bebido três cervejas.

— Acho que essas ligações não estão ajudando — digo.
— Também acho.
— Talvez a gente deva combinar de passar um tempo sem se falar.
— Se você quiser — diz ela.
— Eu quero.
— Está bem — concorda ela, e traga o cigarro demoradamente. — Você já contou para o Avi?
— Não.
— *Andy*.
— Vou contar quando estiver pronto. Por favor. Eu adoraria ter um pouco de poder de decisão nesse término.
— Com quem você tem conversado?
— Só consigo falar dessas coisas com você — admito, revoltado pela obviedade do meu próprio amor. — Por favor, me garante que a Jane não vai contar antes de mim.

— Ela jurou que não vai, mas não tem como segurar por muito mais tempo — argumenta ela. — Ele é seu melhor amigo. Pode te ajudar a lidar com tudo isso.

— Não é assim que a gente funciona, Jen, mas valeu.

Há um silêncio que espero que ela preencha. Ela não diz nada.

— Então tchau, eu acho — digo, com um ânimo cuidadoso. — E a gente pode se falar por mensagem se precisar resolver alguma coisa do apartamento e tal.

— É, tudo bem — diz ela, baixinho. — Se cuida.

— Te amo, Jen.

Escuto ela considerar os riscos de dizer o mesmo para mim, a terapeuta em seu ombro falando sobre codependência e limites.

— Muito amor — responde ela.

Eu desligo.

Minha mãe chega com duas xícaras e eu jogo o cigarro pela janela.

— Achei que você só fumasse quando bebe — comenta ela, deixando uma xícara na minha mesinha e apoiando a outra mão na beira da cama para se sentar.

— Já bebi três cervejas e ainda não são nem oito horas.

— Não tem problema, considerando as circunstâncias.

Eu me sento ao lado dela e pego a xícara que diz *Sou Torcedor do Aston Villa e Essa É a Única Taça Que Vou Ganhar Este Ano!* em fonte Courier New bordô.

— Esse chá tem gosto de marzipã.

— É que botei um pouco de licor — diz ela.

Eu a abraço, e ela se encosta em mim, dando uma cheirada na minha camiseta.

— Estou fedendo a cigarro?

— Está — responde ela, encostando o rosto todo no meu ombro. — Nossa, que delícia.

— Jen quer escrever uma carta para você. Eu disse que podia. Espero que não tenha problema.

Ela faz que sim.

— Eu amo a Jen.

— Mais do que me ama?

Ela pensa a respeito.

— Um *pouco* mais. Ela me deu umas velas lindas.

— Justo.

Minha mãe se levanta da cama e anda até o tocador de CD azul e prata, o aparelho todo arranhado pelas décadas de uso. Ela pega uma caixa e tira o CD de dentro.

— Você sabe que pode ficar aqui pelo tempo que quiser, não sabe? Eu amo ter você aqui.

— Obrigado, mãe — digo, e um tilintar seguido do som de cordas aquece o quarto. — O que é isso que você botou para tocar?

— *In the Wee Small Hours*. É o melhor disco de término que existe — responde, voltando a se sentar ao meu lado. — Escute todo dia até se sentir melhor. Eu escutava sem parar quando seu pai foi embora.

Imagino minha mãe se sentindo assim quando eu era recém--nascido e não podia fazer chá para ela, abraçá-la, nem botar um disco para tocar. Ela dá um tapinha nas minhas costas e pega impulso para se levantar, como tem feito desde que passou dos sessenta. A voz de Frank Sinatra me reconforta instantaneamente, o som de todo dezembro. O tipo de voz que faz a gente acreditar em um mundo paralelo de luxo, elegância, romance e orquestras de instrumentos de cordas.

— Parece até que é Natal — digo.

— Que bom! — exclama ela, animada, e fecha a porta ao sair.

Vou até a janela e olho para o varal. As mangas se revezam para se tocar, dançando no ar. Desde que ela foi embora, tudo é um sinal. Tudo é uma pista para me ajudar a entender o que está acontecendo.

Penso no nosso primeiro beijo em frente à porta da casa dela.

Penso na nossa primeira briga, na nossa última briga, e em todas as brigas no meio.

Penso nos primeiros presentes de aniversário que compramos um para o outro.

Penso no lábio superior dela, na pinta na sua costela, no nariz que parece mudar de formato dependendo do lado para o qual ela se vira.

Penso na primeira noite que passamos juntos no nosso apartamento: carregar ela no colo na hora de entrar, os cômodos vazios, a comida tailandesa, muito vinho tinto, uma briga bêbada sobre a necessidade de se ter um revisteiro, uma transa às gargalhadas no chão.

Penso nos primeiros seis meses em que dividimos a cama, quando ela pegava no sono no meu peito, no meu abraço, e a gente acordava exatamente na mesma posição.

Penso no desenho que formávamos na cama ao dormir quando ficamos mais confortáveis. De costas um para o outro, com as bundas encostadas.

Penso na primeira vez que a fiz rir, e que esse vai ser sempre o som mais satisfatório do mundo para mim, melhor ainda do que a risada de uma plateia.

Penso na possibilidade de que nunca mais vou ouvi-la rir, nunca mais vou comprar um presente de aniversário para ela, nunca mais vou adivinhar o que ela quer do cardápio de delivery, nunca mais vou ouvir seus segredos, nem beijar as pétalas das suas pálpebras.

Tiro uma foto do suéter e da camisa para o caso de eu esquecer como é ser amado assim. Fecho as cortinas e deito na cama na qual durmo desde criança. E eu choro e choro e choro e choro.

Segunda-feira, 27 de julho de 2015

Festas de 31 anos eram melhores do que as de trinta. As de trinta tinham muito simbolismo. Simbolismo é bom em histórias, mas ruim em festas. Mas, aos 31, a gente sabia em que pé estava. Uma ressaca por semana, suéter de lã merino, trabalhos manuais, IPA — os trinta e poucos anos.

Era aniversário da Jane, namorada do meu melhor amigo. Eles estavam juntos fazia dois anos, ela estava grávida do primeiro filho, e eu tinha sido oficialmente promovido a convidado do aniversário no barzinho com os amigos. O pub ficava numa terra de ninguém no centro de Londres. É o que acontece quando se tenta coordenar localização, tempo de trajeto e gastos com babá de 25 pessoas — você acaba em um lugar onde ninguém socializaria normalmente.

— ANDY! — gritou Avi quando entrei no pub pouco movimentado, onde não reconheci mais ninguém. — EMISSÁRIO DO ASTRAL, PORTADOR DOS CIGARROS.
— Tudo bem, cara? — perguntei.
— Cigarro! Cigarro! Cigarro! — clamou ele.

Tirei um maço de Marlboro Light do bolso da jaqueta e notei a mulher à direita dele, achando graça, em silêncio, daquele relaxamento específico após a quinta cerveja.

— MERMÃO! — berrou ele no meu ouvido, apertando meu rosto e me dando um beijo na bochecha. — O que foi que eu falei? Sempre dá para contar com o Andy para trazer cigarro.

Ele pegou o maço e tirou um cigarro.

— Posso? — perguntou a mulher, pegando o maço também.
— À vontade.

Eu sorri. Ela usava calça jeans, salto alto e brinco de argola. O cabelo loiro na altura do ombro estava para trás das orelhas. Eu não lembrava se calça jeans, salto alto e brinco de argola sempre havia sido minha combinação preferida em mulheres ou se tinha virado minha combinação preferida porque era o que ela estava usando.

— Ah, foi mal — disse Avi, com o bafo azedo de cerveja. — Jen, esse é o Andy, meu melhor amigo. Andy, essa é a Jen. Jen é a melhor amiga da Jane.

— Ah, legal — falei, tranquilo. — Como vocês se conheceram?

— Na faculdade.

— OXFORD! — berrou Avi. — Metidas de Oxford!

— Conheço esse seu humor, e é do tipo que logo chega no limite — falei. — Você vai acabar dormindo daqui a uma hora se não beber um copo d'água.

Avi revirou os olhos.

— Andy é humorista.

Jen fez uma expressão de interesse genuíno.

— Ah, jur...

— Ei, sabe o que é ainda menos engraçado do que um humorista? — continuou Avi.

Eu suspirei.

— Não sei, o que é?

— Um humorista fracassado! — disse ele, apontando para mim e dando um tapa no meu peito.

— Genial — respondi, seco.

Ele foi em direção à porta com o cigarro, e Jen se levantou para ir atrás.

— Quer beber alguma coisa? — perguntei para ela.

Ela olhou para o copo quase vazio e hesitou.

— Hum...

— Pode falar — insisti.

— Tá, então vodca com água tônica, por favor. Obrigada.

Enquanto eu esperava as bebidas no bar, Jane veio até mim de braços abertos.

— Ei, feliz aniversário!

— Por que o Avi não é alto assim? — perguntou ela, se aninhando no meu peito. — É tão *sexy*.

— Porque o Avi vai ter uma bela cabeleira para sempre. Ele não pode ter tudo. Seria ainda mais irritante.
— É verdade — respondeu ela, se afastando.
— Ele parece...
— Ah, ele já está trocando as pernas. Vai apagar antes das onze. Já avisei que não vou levar ele para casa. E você, tudo bem?
— Tudo — respondi, distraído. — Aquela sua amiga Jen.
— Conheceu ela?
— Conheci.
— Ela é ótima.
— E está solteira?
— Sempre. Eternamente solteira.
— Jura?! — perguntei. — Que surpresa.
— Por quê?
— É que ela parece um amor — falei.
— Você é todo à moda antiga, né? — perguntou ela, sorrindo.

Avi irrompeu porta adentro, seguido de perto por Jen.

— Av — chamou Jane, bruscamente, e ele se virou para ela que nem um terrier bem adestrado. — Vem comigo, quero te apresentar para alguém.

— Quem? Já conheço todos os chatos daqui — disse ele, com a voz arrastada, abanando a mão para o salão.

Ela o pegou pelo braço e o arrastou para longe. Jen sentou ao meu lado no bar.

— Obrigada — disse ela, pegando a bebida.
— Tim-tim — falei, e levantei minha cerveja para brindar com ela, mas me arrependi imediatamente da formalidade do gesto.

O silêncio entre brindar, dar o primeiro gole e abaixar os copos pareceu levar um tempo desconfortável.

— Nunca conheci um humorista.
— Alguns dos meus críticos diriam que você continua não conhecendo — respondi.
— Tá, então, me conta...
— Não fala isso.
— Falar o quê?
— Uma piada. "Me conta uma piada."

— Não era isso que eu ia dizer!
— Ah, *jura*? Então o que você ia dizer?
— Me conta como virou humorista — disse ela.
Eu a analisei melhor. Os olhos azuis enormes e sonolentos. Uma cicatriz fina entre as sobrancelhas. As mechas de tons dourados de loiro. Um nariz que ia de pequeno a proeminente, de reto a levemente curvo, dependendo do movimento da cabeça.
— Como você acha que virei humorista?
— Hum. — Ela refletiu, tomando um gole da bebida. — Sempre se sentiu deslocado? Não sabia ser autêntico? Não sabia fazer amizade com garotos, nem fazer garotas gostarem de você? Até que um dia roubou os holofotes em uma peça na escola e todo mundo riu. E pensou: É isso! Ahá! É assim que vou fazer as pessoas me amarem.
— Sou um clichê mesmo, né? — perguntei, com um suspiro. — E você, faz o quê?
— Adivinha.
— É dançarina.
Ela gargalhou.
— Seu tarado.
— É, eu sei, eu sei, foi mal. Hum. Trabalha com relações públicas — falei, e ela fez que não com a cabeça. — Marketing — tentei, e ela fez que não de novo. — Design de bolsas.
— Nossa senhora, parece até que um homem de 1962 teve que pensar em empregos para mulheres. Modelo de catálogo? Vendedora de maquiagem?
— É porque você é toda... — me atrapalhei quando ela levantou as duas sobrancelhas. — Glamorosa.
— Vai tomar no cu.
— Me dá uma dica.
— Tá, a dica é... — disse ela, e tomou outro gole, aproveitando os segundos para pensar. — Eu ganho mais do que deveria.
— Mercado financeiro!
Ela levantou o copo com um sorriso fingido.
— Corretora de seguros.
— Uau.
— Não precisa dizer "uau".

— Seguro de quê?
— Navios.

Assenti devagar, processando a informação.
— É uma mulher marítima, então?
— Não.
— Cresceu perto do mar?
— Que nada, em Ealing. — Ela riu. — Era o trabalho do meu pai, então acho que puxei o interesse dele.
— Ah — falei. — Queria impressionar o papai.
— *Todo mundo* quer impressionar o pai — disse ela. — É isso que motiva todas as nossas decisões. Ou pelo menos é o que diz minha terapeuta. E seu trabalho é muito mais interessante! — acrescentou ela com mais firmeza, talvez pressentindo meus pensamentos curiosos sobre o que ela dizia na terapia.
— Só que meu trabalho não é meu trabalho. Só faço stand-up uma ou duas vezes por semana.
— O que você faz no resto do tempo?

Respirei fundo para prolongar o breve momento em que, ao ouvir a palavra "humorista", ela imaginou que eu era bem-sucedido.
— Várias coisas. Apresento eventos corporativos. Colaboro com treinamentos em hospitais. Me fantasio de Jack, o Estripador, e conduzo visitas guiadas históricas. Dou oficinas de teatro em escolas. Vendo queijo na barraca do meu amigo na feira. Misturando isso tudo, dá um sustento surpreendentemente razoável.

Ela fitou meu rosto atentamente, em busca de sarcasmo ou tristeza.
— Não conheço ninguém que nem você — falou.

A noite continuou assim por mais algumas horas. Nos revezamos para pagar as bebidas, sem nunca diminuir a dose. Fomos aproximando os banquinhos aos poucos. Encontramos motivos para tocar um no outro — ela deu um tapa de brincadeira no meu braço quando a provoquei, eu encostei de leve no braço dela quando compartilhou algo mais íntimo. Ela bagunçou meu cabelo quando falei que estava com medo de ficar calvo; chegou pertinho quando falei que tinha gostado do perfume dela, e cheirei seu pescoço (era Armani She — ela ganhou um frasco no aniversário de dezesseis anos e depois nunca considerou mudar). Alternávamos entre intimidade e indiscrição a cada frase; variando entre nos sentirmos como velhos amigos ou desconhecidos. Demos informação demais sobre nós mesmos, depois recuamos. Curtimos a novidade um do outro, exagerando nossas características para divertir um ao outro (ela, a falsa boêmia corporativa de West London; eu, o humorista desgrenhado que vivia esquecendo de comprar papel higiênico). Fizemos piadas demais sobre as nossas diferenças e demos sentido demais às semelhanças. Era flerte a nível competitivo. Sempre que alguém vinha falar com a gente, parecia que tinham interrompido a partida. Eu ficava desesperado para voltar toda a minha atenção para ela, e sentia que ela queria fazer o mesmo comigo.

Como previsto, às dez e meia Avi já estava no Uber voltando para casa, com um sanduíche e tudo. Jen e eu saímos de fininho logo antes da saideira para encontrar um bar horrível qualquer sozinhos. Dez libras para entrar, carimbo na mão, bebida em copos brancos de plástico, orquídeas falsas no banheiro, garotas adolescentes dançando ao som de Ja Rule, homens de meia-idade de olho nelas.

Nós nos sentamos em uma cabine, o couro vermelho falso do banco já descascando.

— COMO VAI SER SUA SEMANA QUE VEM? — gritou ela, em meio a "Mambo No. 5".

— AMANHÃ VOU PARA EDIMBURGO — berrei de volta. — VOU PASSAR AGOSTO EM CARTAZ NO FESTIVAL FRINGE.

— QUAL É O ESPETÁCULO?

— SE CHAMA *NADA DE PEGAÇÃO*. FALA DA MINHA EXPERIÊNCIA COMO SALVA-VIDAS NUM CLUBE.

— VOCÊ GOSTOU?

— NÃO, SÓ FIZ ISSO POR UNS MESES PARA TER O QUE ESCREVER PARA EDIMBURGO ESTE ANO.

O rosto dela foi incapaz de esconder a perplexidade.

— VOCÊ JÁ ESTEVE LÁ?

— VOU TODO VERÃO HÁ DEZ ANOS.

— É DIVERTIDO?

— NÃO MUITO! — gritei, bebendo aos poucos minha Cuba Libre e dançando sentado para me distrair do desconforto. — ESSE ANO

VOU PARTICIPAR DA CATEGORIA GRATUITA DO FESTIVAL, ENTÃO NÃO PAGO NADA PELO TEATRO, MAS NINGUÉM TEM QUE PAGAR PARA ME ASSISTIR TAMBÉM. PRECISO PASSAR O CHAPÉU DEPOIS DAS APRESENTAÇÕES PEDINDO DOAÇÕES.
Ela assentiu, sem saber como reagir.
— É UMA BELA VERGONHA PARA UM HOMEM DE TRINTA E UM ANOS — acrescentei.
— E POR QUE VOCÊ CONTINUA?
Balancei a cabeça e mordi o canudo de plástico, contemplando a pergunta.
— ACHO QUE POR AMOR — gritei finalmente, minha voz falhando quando a música mudou para "Hot In Here", do Nelly. — AMOR NÃO CORRESPONDIDO.
Ela me olhou com uma expressão suave que eu não soube identificar. Pena? Tesão? Admiração? Divertimento? Desprezo? Tudo junto?
— VEM DANÇAR COMIGO — falou, se levantando.

Ela não dançava nada, e eu amei. Se Jen dançasse bem, teria qualidades demais. A confiança dela já bastava; a dança desajeitada era um contraste adorável. Suas curvas e as roupas estilosas e casuais sugeriam que ela controlaria os membros e o quadril com a mesma firmeza da inteligência e do humor, mas ela não tinha o menor ritmo. Os passos que deveriam ser lânguidos eram bruscos, e, em vez de seguir a batida da música, ela parecia estar nadando em melado. Aproveitei o fato de que para os homens é muito mais fácil ficar meio que num ponto neutro na pista de dança, então só fui passando o peso de um pé para o outro, mexendo a cabeça e os ombros como se precisasse soltar um nó nos músculos, segurei a bebida perto do peito e me esforcei muito para não fechar os olhos nem fazer uma expressão sensual que sugerisse que eu era capaz de me perder na música.

O medley de *Grease* e as luzes piscantes no teto indicaram o fim da noite, então eu saí correndo do bar com Jen antes que ela visse as poças de suor que tinham se acumulado na minha camiseta, especialmente na área da barriga, o que era o mais preocupante.

— Onde você mora? — perguntei.
— Hammersmith.
— Hammersmith? Que aleatório.
— "Hammersmith, que aleatório" — repetiu ela. — Você faz humor de observação?
— Não sabia que pessoas moravam lá. Achei que fosse só uma estrada e um teatro.
— Essa foi digna de John Betjeman.
— Me dá seu telefone — pedi.
Dei o celular para que ela digitasse o número. Salvei como "Jen (Hammersmith)".
— Como você vai voltar para casa? — perguntei.
— De ônibus.
— Quer companhia?
— Onde você mora?
— Em Tufnell Park.
— Fica a quilômetros da minha casa.
— Eu sei. Juro que não estou tentando me convidar para a sua casa — falei. — Só quero continuar a conversar. Se você também quiser.
— Tá bom — disse ela. — Eu topo.

Sentamos no segundo andar do ônibus e passamos a viagem contando histórias sobre os lugares pelos quais passamos. Pubs onde eu tinha sofrido nas noites de microfone aberto, bares onde ela havia tido encontros ruins. Cada rua oferecia outro destino de um encontro ruim. Me esforcei para não mostrar surpresa diante do volume, mas, em silêncio, tentei estimar quantas vezes por semana aquela mulher devia ter saído na última década. Queria saber como e por que ela estava solteira fazia tanto tempo, mas não queria parecer crítico, nem chato. Por mais tarde que fosse, por mais que tivesse bebido, ela continuava muito segura de si, bem-humorada e articulada. Eu tinha que me esforçar para acompanhar aquela confiança. Fazia careta ao ver palavras bêbadas caírem da minha boca que nem pecinhas de Scrabble, tentando transformá-las em observações espertas.

* * *

Andamos do ponto até a casa dela e paramos nos degraus da frente do prédio. Era uma construção vitoriana grandiosa com janelas salientes, portão e sebe. O apartamento de Jen ocupava o primeiro andar e era, ela insistia, o menor do prédio. Ficamos parados nos degraus, conversando em voz baixa, fingindo não passar frio. Depois de alguns minutos, caiu o primeiro silêncio da noite.

— Esse foi o maior tempo que você já demorou para beijar uma mulher? — perguntou ela.

— Não, isso aqui é até rápido. Já passei anos me preparando para agir outras vezes.

— Ah — disse ela, assentindo. — Os homens pararam de tomar atitude. O que aconteceu com eles, hein?

— O problema não é eles, é você.

— Eu?!

— É, a culpa é sua por ser gostosa pra caralho, inteligente, engraçada... como é que alguém vai conseguir te beijar? É que nem tentar beijar o... Tom Selleck?

Ela levantou as sobrancelhas.

— O Tom Selleck *jovem* — me corrigi.

— Não me faça tomar a atitude.

— Não vou.

— Não quero ter que tomar a iniciativa — disse ela.

— Não precisa — respondi.

Ela passou as mãos por trás do meu pescoço, me puxou e me beijou. Eu me senti minúsculo e enorme; como se fosse, ao mesmo tempo, um brinquedo e um rei.

— Tarde demais — disse ela, me beijando de novo.

Senti o alívio eufórico de quando a gente passa horas apresentando os melhores causos e contando as melhores piadas, cheirando o sovaco e conferindo os pelos do nariz sempre que vai ao banheiro, e percebe que não foi à toa. Eu não ia ser a piada da noite dessa vez. Não tinha feito besteira. Ela também estava a fim de mim.

— Queria que você pudesse passar a noite aqui — disse ela.

— Eu posso.

— Não pode, não.

— Por quê?

27

— Hum...

Ela enrugou o rosto, procurando um motivo.

— Você tem namorado — falei. — Um... gestor de fundos de investimento musculoso que pratica remo. Chamado Tristan. Que está lá dentro dormindo.

— Não — disse ela.

— Então o que foi?

Ela suspirou.

— Não gosto de ser direta assim, Andy, só que estou desesperada para transar com você.

— Mas?

— Mas estou menstruada.

— E daí?! — perguntei. — Eu não ligo. Gosto de tudo em você.

— Você gosta da minha menstruação.

— Gosto da sua menstruação — insisti. — Pode me cobrir todinho de sangue, eu não ligo.

— Que nojo.

— Daqui a sete horas eu viajo para Edimburgo. E aí tenho que esperar um mês inteiro para levar a mulher dos meus sonhos para sair?

— Sim — respondeu ela. — Até lá, a gente pode conversar por mensagem. Sou ótima por mensagem.

— Você deve ter muito tempo livre para mandar mensagem, cuidando daqueles navios todos.

— Você é um bobo.

— Você é uma *beleza*.

— A bela e o bobo. Um lindo conto de fadas.

A gente se beijou mais um pouco.

— *Desesperada*, é?

— Boa noite — disse ela.

Segurei o rosto de Jen com as duas mãos e admirei seus traços: os olhos embaçados, a pele avermelhada depois de tanta vodca, o lábio inchado e ressecado, a maquiagem preta acumulada nas ruguinhas delicadas debaixo dos olhos. Ainda impossivelmente linda às três e meia da manhã.

— *Me conta exatamente o quão desesperada* — sussurrei, colocando o cabelo dela atrás das orelhas. — Acho que preciso ouvir.

— Boa noite — repetiu, se virando e encaixando a chave na fechadura.

Peguei dois ônibus para voltar e fui deitar às quatro. No dia seguinte, embarquei no ônibus com destino a Edimburgo, para passar o mês no Fringe. O espetáculo foi uma merda. Dei um jeito de sair no prejuízo em uma apresentação que não devia custar nada. Ninguém foi assistir. Todo mundo que foi logo notou que a premissa era vazia e falsa. No bar, depois, quando eu encontrava meus amigos humoristas que tinham assistido, eles diziam "Foi ótimo, cara", encarando a própria cerveja, e mudavam de assunto. Uma das críticas declarou: "Foi a hora de comédia mais espetacularmente fraca que já vi no Fringe." Nos folhetos, eu encurtei para "a hora de comédia mais espetacular (...) que já vi".

Jen e eu trocamos mensagens todos os dias e conversamos por telefone toda noite. Foi o agosto mais feliz que já tive em Edimburgo.

Sábado, 6 de julho de 2019

Chorar é uma espécie de sedativo. Acordo depois de dez horas de sono, sem sonhos, e levo uns segundos a menos do que ontem para me ajustar à nova realidade. Estou na casa da minha mãe, não é Natal, e Jen terminou comigo, convenientemente, no exato mês em que nosso contrato de aluguel terminava. As coisas dela já não estão mais lá, mas em um guarda-móveis em Londres. Todos os meus pertences estão sozinhos no nosso apartamento. No meu atual grau de chororô, cheguei ao ponto de começar a sentir pena da minha escova de dentes, da minha coleção de discos, das minhas calças. Todas sozinhas no noroeste da cidade, desavisadas. Sem saber o que vai acontecer com elas.

Por instinto, pego o celular debaixo do travesseiro para ver se recebi alguma mensagem ou ligação de Jen. Nada. Abro o Instagram e o primeiro círculo que aparece nas atualizações de *story* é dela. Claro que é — esse celular me conhece melhor do que todo mundo. Nunca houve um momento pior para todos os meus algoritmos entenderem minha vida íntima melhor do que eu.

Olho para o círculo por alguns segundos, ponderando se devo clicar nele, fazendo o cálculo mental de perda de dignidade versus ganho de informação. Na esperança do post ser um parágrafo escrito sobre um degradê neon explicando aos seus 467 seguidores exatamente por que ela terminou nosso relacionamento, eu clico, sentindo uma onda de euforia masoquista. Mas é só uma foto de um parque perto do apartamento da irmã, que ela postou às 6h47 da manhã, que sei ser a hora da sua corrida matinal. Vejo aquele *story* quatro vezes seguidas, aproveitando que são oito da manhã e já fiz merda, já que ela sabe que acordei e fui ver o Instagram dela, então melhor me refestelar nesse estado patético. Pressiono a tela com o dedo para pausar o *story* e aproximo a cara da foto, em busca de provas. Sol na trilha, céu azul, lago verde-amarronzado. O que posso interpretar disso? Quais sinais não estou percebendo? *Por que Jen deixou de me amar?*

Vou ao centro com uma lista de coisas que minha mãe me pediu para comprar. Acho que ela cansou de me ver na fossa em casa.

Enquanto ando entre a multidão fazendo compras por ali, sinto a presença de Jen ao meu lado e meu corpo reage involuntariamente. Fico tonto, meu coração acelera, a respiração fica entrecortada. Armani She. Por que ela precisava escolher um perfume tão comum? Por que ela faria isso comigo? Jen, que era tão inacreditavelmente fresca com todos os mínimos detalhes estéticos e de marca. Jen, que não comprava nem sanduíche no aeroporto quando saía de férias, porque tudo que encostasse na nossa boca tinha que vir por recomendação da *Condé Nast Traveller*. Jen, que encheu o apartamento de tapetes de antiquário, difusores de sândalo e gim saborizado de toranja. A única coisa que ela escolheu sem pensar foi aquela que me seguiria por aí para sempre, que me lembraria da pele, do cabelo, das roupas e da cama dela. Eu me viro para a esquerda, esperando vê-la ali, mas é só uma desconhecida carregando sacolas e falando ao celular, inteiramente alheia a mim.

O primeiro canto que encontro para beber é um bar de espumante na Grand Central. Normalmente, eu escolheria um boteco escondido, mal iluminado, com cabines, banquinhos e um barman velho e barbudo de pano de prato no ombro que transmite sabedoria para todos — mas quem não tem cão caça com gato. Eu me sento àquele bar de champanhe circular com iluminação no piso, cercado de mães e filhas e amigas se reunindo para fazer compras e tomar uma tacinha. Me informam que não têm vinho da casa, então peço uma garrafa do tinto mais barato do cardápio e coloco os fones para voltar a ouvir um podcast sobre o apocalipse da inteligência artificial. Avi me manda mensagem.

Cara. Onde vc se meteu?

É a terceira mensagem dele que ignoro nos últimos dez dias.
Viro de um gole só a primeira taça, que bate com um gosto cáustico no meu estômago vazio, e então, na metade da segunda, o gosto

fica completamente delicioso. É uma magia das trevas conhecida, que ocorre de um gole para outro. Me sinto mudar de plano, passar para outro estado mental: me sinto até meio conformado com o término com a Jen! Quanto mais bebo, mais me acalmo. Relaxo e aceito tranquilamente aquele fato: nosso relacionamento não sobreviveu. E daí?! Foi bom enquanto durou! Acabo a terceira taça e sirvo a quarta.

— Andy?

Eu me viro e vejo Debbie, uma amiga da minha mãe. Ela mudou o cabelo: agora está pintado de ruivo-escuro, meio bordô, com um corte curto e espetado que lembra um porco-espinho.

— É você mesmo! — exclama. — Ah, querido. Que coisa. Sua mãe me contou tudo.

— Oi, Deb — digo, abraçando-a. — Como você está?

— Como VOCÊ está? — retruca ela, segurando meu braço. — Eu não tenho importância, quero saber de *você*.

— Estou bem. É meio esquisito, sabe, mas tudo bem. Estou segurando a barra.

— É bom beber mesmo. Fico feliz de ver você bebendo. Quando o Malcolm me abandonou, eu comecei a beber logo às onze da manhã. Como você anda dormindo, está com o sono muito interrompido?

— Na verdade, está normal...

— É, varia muito — diz ela. — Agora me escuta. O conselho que tenho para dar é o seguinte: você tem que APAGAR ela da sua vida — afirma Debbie, com um gesto vigoroso, quase como se estivesse apagando um quadro-negro. — Tem que APAGAR. Só assim vai superar. Apague ela da sua vida, da sua memória.

A gente conversa mais um pouco, mas não absorvo muito do que ela diz, porque tive uma ideia. Quando nos despedimos, realmente estou considerando Debbie uma amiga muito íntima, e prometo para mim mesmo que vou aproveitar para passar mais tempo com ela da próxima vez que estiver por aqui.

A farmácia é pura luz fluorescente, o que só faz minha bebedeira parecer mais óbvia. Derrubo um mostruário promocional de filtro solar de absorção rápida na entrada e, quando me abaixo para catar tudo, me desequilibro e tropeço em uma cesta de compras. Vou direto para a seção de perfumes, dando uma paradinha na geladeira de lanches prontos, e chamo a atenção de uma vendedora que parece simpática.

— Licença — digo, e ela se vira para mim com um sorriso caloroso. — Vocês vendem Armani She?

— Posso ver — responde ela, alegre. — Vem comigo.

— Obrigado... — digo, e olho o crachá. — Sally.

— De nada. Vamos conferir. Humm — murmura, procurando em um armário de vidro. — Ah, pronto, aqui está. Armani She.

Ela me entrega o frasco cilíndrico.

— Quantos vocês têm?

— No estoque?

— Sim.

— Deixa eu ver — diz, e se curva para abrir uma gaveta e contar. — Tenho quatro aqui.

— VOU LEVAR TUDO! — declaro, dando um tapa cômico no balcão, que faz mais barulho do que eu esperava.

Sally se encolhe de susto.

— Quer embalagem para presente?

— Não, foi mal, só uma sacola está bom, por favor.

— Ótimo — responde ela, animada, e passa para trás do balcão para escanear os perfumes. — Mas são presentes?

— São.

— Que legal. Para quem?

— Namorada.

— Quatro frascos! Que generoso.

— É o único perfume que ela usa.

Ela passa no caixa o sanduíche de camarão e maionese.

— E você sabe que pode incluir bebida e acompanhamento no...

— Combo de lanche, sei. Quero dois combos, por favor.

— Nossa, quatro perfumes *e* um combo! — diz ela. — Quer trocar de lugar com o meu marido?! Ano passado, no Natal, ele me deu um envelope com trinta libras, e, no Dia dos Namorados, um acessório para malhar a coxa! — acrescenta, rindo.

Eu também rio. E rindo, pago 159,14 libras e me pergunto quem está mais deprimido, eu ou Sally.

33

* * *

O canal está mais sujo do que eu lembrava. Não passo aqui desde a época em que eu e Avi vínhamos fumar haxixe depois da aula. Espero não ter mais ninguém no calçadão e tento selecionar a música certa para criar a sensação solene adequada, mas nada tem o efeito desejado. "I Will Survive" é cinematográfica, em teoria, mas espalhafatosa demais para o cenário quando escuto os primeiros segundos. Eminem dá um toque de nostalgia adolescente ao momento, mas vou pulando as músicas do *The Marshall Mathers LP* porque todas são raivosas demais. Acabo parando, inexplicavelmente, em "Sultans of Swing", do Dire Straits, acendo um cigarro, tiro o primeiro frasco de perfume da sacola e taco na água. Fecho os olhos e viro o rosto para o céu, tentando forçar uma epifania, ou só uma metáfora sobre jogar coisas na água para que possam seguir em frente, mas dá um branco. Escuto vozes ao longe e vejo duas pessoas andando na minha direção, então viro a sacola do avesso às pressas e largo os outros três frascos no canal. Procuro uma sensação de triunfo ao me afastar. Menos quatro oportunidades possíveis de sentir o cheiro de Jen. Que ideia fantástica.

Quarta-feira, 10 de julho de 2019

Eu nunca soube que o Sun and Lion abria às dez. Não aguento mais passar o dia largado no sofá, com um olho no notebook e outro na televisão, então, quando minha mãe vai para o trabalho, saio de casa para procurar um café com Wi-Fi. Passo pelo pub e vejo que está aberto. QUE TAL TOMAR CAFÉ AQUI?, diz a placa na porta. *Que tal?*, eu penso. *Caramba, que tal?* É exatamente onde eu quero estar: no casulo quentinho e aconchegante da nostalgia. Onde posso revisitar meu eu adolescente e ele pode me lembrar como é ser jovem, ter esperança e saber que existem coisas novas pela frente.

Eu me contenho e, em vez de um café da manhã completo, peço torrada com ovo frito e linguiça, bacon, feijão e cogumelos como acompanhamento. Abro o notebook e resolvo os últimos detalhes da van que vai buscar todas as minhas coisas no apartamento, e também do guarda-móveis que aluguei por tempo indeterminado. Abro o WhatsApp no celular e vejo a última mensagem que o Avi me mandou.

Kct PARA de me ignorar cara eu tô vendo
que você tá sempre on-line

Ignoro e abro minhas mensagens com Jane.

Oi Jzinha

Ela imediatamente fica on-line e começa a digitar.

Oi Azão, como você tá? Bjs

Vim tomar café da manhã no pub,
acho que isso já diz tudo. E você?

Tudo bem. Já falou com o Avi?
Ele anda te procurando.

> Não, ainda não. Cara, tenho um favor para te pedir. Pode recusar.

Diga

    Olho para o teto do pub, decorado em boiserie. Se não fosse pelo jogo de críquete na TV de tela plana e pelo velho no bar tomando um copo de uma bebida marrom indecifrável e uma Guinness ao mesmo tempo, quase dava para achar que esse lugar tem certa elegância. Fecho os olhos com força e respiro fundo.

> Posso ficar um tempo aí com você e com o Av?

Claro. Pode ficar pelo tempo que precisar.

> Muito muito muito obrigado.
> E posso cuidar dos meninos, de boa.

Vai se arrepender de dizer isso.

> Ha. Te amo, Jane.

também te amo

    Viro a tela do celular para baixo e pigarreio. Outra decisão em prol do velório do meu relacionamento com Jen. Ficar na casa da minha mãe me permitiu enrolar por um tempo, mas não posso mais fingir que nada aconteceu. Van contratada, guarda-móveis alugado, pouso temporário combinado. Organizei as flores, o rabecão e o enterro, tudo de uma vez.

Uma moça loira me serve no bar.

— Quer alguma coisa? — pergunta.

Penso nas consequências de começar a beber no que só pode ser descrito como o meio da manhã.

— Tá, me vê uma Guinness — respondo.

— Guinness? — confirma ela, imperturbável.

— Isso.

— Certo, saindo.

Ela abre um sorriso que não demonstra o menor sinal de pena ou preocupação. Seus olhos verdes estão alertas e brilhantes. Ela me lembra alguém, mas minha cabeça não me deixa folhear os registros para descobrir quem é.

Depois do quarto chope, todas as minhas playlists no Spotify perderam o sentido que encontrei nos copos anteriores. Estou disperso demais para trabalhar ou resolver minhas coisas. Abro o navegador do celular, na esperança de encontrar uma matéria da *New Yorker* que larguei pela metade, mas encontro só:

> Jennifer Bennett Facebook
> Jennifer Bennett LinkedIn
> Comediantes com menos de 30 anos mais engraçados do Reino Unido — em ordem!
> Jennifer Bennett Twitter
> Guarda-móveis mais barato de Londres
> Esse homem passou um mês comendo só mamão para tratar a calvície. Você nem imagina o que aconteceu!

Abro as mensagens de Avi das últimas semanas, todas sem respostas. Digito uma mensagem em segundos e, antes de ter tempo de mudar de ideia, envio.

Te amo cara

Peço uma taça grande de vinho tinto para marcar a passagem do dia. Meu celular apita — nova mensagem de Avi.

pqp o que rolou você foi diagnosticado
com alguma doença terminal?

                                                      não, por quê?

Passou semanas me ignorando e a
primeira coisa que diz é que me ama pqp

                            Foi mal tô bebendo no sun and lion
                                    e pensei na gente Só isso

Por que você tá aí?? Com quem??

                                                Vim ver minha mãe

OK mas tá com quem no pub

                                                          Sozinho

que aleatório. Há quanto tempo tá aí??

                                                       Um tempo

OK não entendi foi nada mas J disse
que a gente te vê no fim de semana?

                                                 É vai ser legal

    Espero Avi responder, mas ele fica off-line. A funcionária de rosto familiar vem recolher minha taça vazia.
    — Nicky! — exclamo. — É dela que você me lembra!
    Ela me olha com uma expressão neutra.
    — Quem é Nicky?
    — Foi mal, é que passei o dia tentando lembrar. Você é igualzinha à minha primeira namorada, Nicky. Ela devia ter a sua idade quando a gente namorou.

— Ah, ok — diz ela, educadamente.
— Eu também tinha sua idade, óbvio! — acrescento, e ela ri comigo. — Na verdade, acho que ela trabalhou aqui? Trabalhou, sim! — continuo, engatando uma conversa comigo mesmo. — Ela trabalhava aqui no bar nos fins de semana e nas férias! Deve ser por isso que você me lembrou dela.
— Acho que eu só tenho um rosto comum — comenta ela, com um sorriso.
Quando estou indo embora, o velho levanta seu copo para me cumprimentar.

Nicola foi o único bom término da minha vida. 2000–2002. Nós nos conhecemos na escola, perdemos a virgindade um com o outro e terminamos antes de ir para a faculdade, bem no ano de lançamento do álbum *O*, do Damien Rice, graças a Deus, porque passei duas semanas inteiras chorando ao som das músicas. Considerando o tempo, foi meu namoro mais curto, mas ainda parece ter tido três vezes a duração de qualquer outro relacionamento posterior.

Ando à toa e penso em Nicky. É estranho pensar que tudo que sabemos sobre amor romântico e sexo aprendemos juntos, e agora a gente nem se fala. Sei que ela voltou a morar aqui, casou e teve filho. A gente curte as fotos um do outro no Instagram e se deseja feliz aniversário quando lembra. Quando vou procurar ela no Facebook para mandar uma mensagem, meu celular — com a bateria já nas últimas por ser minha única companhia o dia todo — morre. Paro no meio da rua, pensando em como entrar em contato com ela, e percebo minha impotência deprimente na falta de um celular funcional.

Encontro um telefone público, boto umas moedinhas e disco o número da casa antiga de Nicky.
— Alô... sra. Ainsley?
— A própria.
— Oi, aqui é o Andy.
Faço uma pausa para deixá-la compreender o significado disso.
— Andy...?
— Andy Dawson.
Aguardo um som de reconhecimento alegre. Nada.

— Perdão, vou precisar de uma ajudinha, o nome não está me dizendo nada — responde ela, rindo um pouquinho, embora eu não veja bem qual é a graça. — Andy *Dawson* — repete, considerando o nome como se fosse uma dica de palavra cruzada.
— Eu namorei sua filha Nicky. Faz um tempo. Na época da escola.
Alguns momentos se passam.
— Ah! Claro! Andy. Nossa, quanto tempo! Uns vinte anos, já?
— Dezessete, sim. Como vai a senhora?
— Muito bem, obrigada. Está querendo falar com a Nicky?
— Estou! Vim passar um tempo na casa da minha mãe e queria saber se ela gostaria de botar o papo em dia, mas acho que não tenho o número mais recente dela.
— Ela vai gostar da ideia, quer que eu passe o recado?
— A senhora pode só pedir para ela me ligar? Meu número ainda é o mesmo.
— Claro.
— Muito obrigado, sra. Ainsley.

Quando chego à casa dos pais de Avi, está começando a bater a ressaca do dia de bebedeira, que chega no fim da tarde e tem sido recorrente nessas últimas duas semanas. Quero muito falar com o Avi, mas parece que não consigo, então acho que tomar um chá com os pais dele, que ainda moram a duas quadras da minha mãe, pode saciar minha vontade. Só quero passar um tempo confortável com gente que conheço a vida toda. Quero saber das férias dos dois e do cortador de grama do pai dele e rir com carinho de como o Avi pode ser um inútil em diversos aspectos.
Toco a campainha e nada. Tento de novo, mas continuo sem resposta. Bato com força na porta, lembrando que a mãe dele perdeu parte da audição, mas ninguém atende. Rabisco um bilhete para eles no meu caderno, rasgo a folha e ponho na caixa de correio.

Quando volto para a casa da minha mãe, me sirvo de gim e descubro que estamos sem água tônica, então acabo misturando com um refrigerante de frutas vermelhas. Boto o celular para carregar na sala e ligo a

TV bem a tempo de ver um programa em que tutores de animais competem por um prêmio em dinheiro e precisam adivinhar no que o bicho está pensando, com a confirmação de um psicólogo veterinário. Meu celular toca — pulo do sofá e corro pelo tapete esperando ver o nome da Jen, mas é um número desconhecido.
— Alô?
— Andy — diz uma voz feminina, seca. — É a Nicky.
— Oi, Nicky, opa! Como você está?
— Bem, obrigada. Minha mãe disse que você queria falar comigo.
— Ah, é.
— Como...
Dá para escutar ela procurando uma combinação mais educada de palavras em vez de *o que caralhos você quer?*.
— O que foi? — pergunta, enfim.
— Ah, nada. Não é uma emergência, nem nada, desculpa se dei essa impressão.
Paro um segundo, esperando que Nicky preencha o silêncio falando da boa surpresa que foi se lembrar de mim, e que, olha que engraçado, tinha pensado em mim outro dia mesmo, mas não vem nada.
— Foi mal, sei que deve parecer... muito do nada — continuo. — Estou passando um tempo na casa da minha mãe.
— Ah, e como ela está?
— Está bem! Envelhecendo, mas quem não está, né? — digo, rindo sabiamente.
— Manda um beijo pra ela, se ela se lembrar de mim.
— Claro que ela lembra.
— Então por que estava me procurando?
— Queria saber se você topava me encontrar, mas meu celular apagou. E percebi que lembrava o número da sua casa. De mil anos atrás. Loucura, né?
— Não é minha casa, é dos meus pais.
— Então onde você está morando agora? — pergunto, tentando puxar papo.
— Perto deles. Com meu marido e meu filho.
— Sim, claro, desculpa, não achei que você ainda morasse com seus pais! Enfim — cantarolo as duas sílabas —, vou ficar aqui até

41

sábado, e queria saber se você topava almoçar, tomar um café, talvez uma taça de vinho...

— Não posso, infelizmente, preciso de antecedência para arranjar uma babá...

— Eu posso passar aí — digo, imaginando comer azeitonas com Nicky diante de uma mesa de cozinha de madeira, eu e o marido dela fazendo piadas carinhosas, nos dando bem porque os dois a namoramos e temos isso em comum. — Seria um prazer conhecer seu marido!

Há uma pausa bastante demorada.

— Andy, não quero ser grossa, e realmente só tenho boas memórias de você e do nosso tempo juntos, mas não acho necessário a gente se encontrar. Faz uma eternidade que a gente não se vê. Nem sei do que a gente falaria.

— Só achei que a gente podia botar as notícias em dia.

— Acho que a gente provavelmente sabe tudo de importante pelas redes sociais.

— Podemos falar dos velhos tempos...

— Não penso muito nessas coisas. Tenho meu próprio negócio, minha família, não tenho tempo...

— Entendi. Perdão por incomodar.

— Sei que você é muito... nostálgico, mas...

— Não, é verdade, desculpa. É que eu tinha bebido um pouco, e vi uma moça no Sun and Lion que parecia com você, e como você também trabalhou lá, acho que tudo me lembrou de você, sei lá.

— Eu trabalhei no Black Bull.

— Ah, é. Foi mal, minha cabeça anda meio confusa.

Faz-se uma pausa carregada.

— Está tudo bem, Andy?

— Está, sim, desculpa. Estou passando por um término, isso me desnorteou um pouco.

— Sinto muito. Lembro que você sofreu muito quando a gente terminou. Espero que fique tudo bem.

— Vai ficar. Foi bom falar com você.

— Com você também. Tchau, Andy.

Sábado, 13 de julho de 2019

Bon Iver lançou um single novo dois dias atrás. Estava guardando para ouvir no trem de volta para Londres, para turbinar a fossa. Peguei um lugar na janela especialmente para escutar a música em looping enquanto admirava a vista, tendo flashbacks e epifanias. Eu me encolho para passar pelo cara no assento ao lado — que está preparando uma apresentação de PowerPoint no notebook e comendo um sanduíche de atum na baguete às nove e meia da manhã —, ponho Bon Iver para tocar, olho pela janela e me irrito com a realidade por tirar de mim o que poderia ser um ponto de virada crucial na aceitação do fim do meu namoro.

> *I know it's lonely in the dark*
> *And this year's a visitor*
> *And we have to know that faith declines*
> *I'm not all out of mine*

Como é que dizem mesmo? Poesia é a forma de arte mais rejeitada e redundante que existe, todo mundo a despreza e faz piada com ela. Mas, assim que alguma merda acontece na nossa vida, é a primeira coisa a que recorremos. No meio da segunda vez que estou ouvindo a música, consigo o que queria. Meu vizinho me dá as costas e abre um saco de salgadinho de queijo com cebola, e me sinto grato pela recusa respeitosa a reagir ao meu choro silencioso.

Quando desço em Euston, fico um tempo parado na rua, perto da entrada do metrô. Fumo um cigarro, depois outro. Considero entrar no pub na frente da estação — qualquer coisa para não voltar para casa —, mas acabo me forçando a descer a escada e pegar o metrô. Não sei o que acho que vou encontrar no apartamento, mas nem quero vê-lo.

Quando estou chegando na entrada do prédio, quase espero ver a porta isolada com fita pela polícia.

O apartamento cheira a produtos de limpeza com fragrância de limão e quase não tem mais móveis. Jen não quis alugar um apartamento mobiliado, porque é cheia de opiniões sobre guarda-roupas de pinho, mas eu não tinha muitos móveis, nem dinheiro para comprar mais, então ela trouxe alguns e os pais dela compraram outros. Minhas roupas estão dobradas e cuidadosamente empilhadas no chão; meus livros, enfileirados junto à parede. Noto o esforço que ela deve ter tido para tirar todas as suas coisas e organizar as minhas. Eu me pergunto se ela chamou amigas para ajudar, e se elas beberam vinho, pegaram todas as minhas cuecas mais velhas e riram horrores. Ou talvez ela tenha contratado profissionais, que também riram horrores. Não sei por quê, mas tenho uma impressão clara de que alguém andou rindo das minhas cuecas desde a última vez que entrei aqui.

O guarda-móveis Giraffe Storage de Kentish Town fica no subsolo, com uma entrada que lembra um estacionamento. Na recepção, há um homem de vinte e poucos anos e cabelo azul, da cor da camisa polo do uniforme.

— Oi, oi — digo, e ele me olha sem a menor expressão, nem mesmo um aceno. — Aluguei um espaço em nome de Dawson, Andy Dawson.

Ele se vira para o balcão, digita no teclado e dá uns cliques no mouse por mais ou menos um minuto.

— Não tem nenhum Andy Dawson aqui — diz.

— Andrew? Andrew Dawson?

Mais toques e cliques.

— É, não tem nada.

— Que esquisito. Olha, recebi um e-mail confirmando a reserva — digo, abrindo o e-mail no celular para mostrar. — Tem algum nome que dá para encontrar?

Ele suspira e volta a olhar a tela.

— Bom, tem um Andrew DawsonDawson aqui...

— Isso! Sou eu. Devo ter escrito o sobrenome duas vezes.

— Bom — diz ele, rindo baixinho —, por acaso esse é o nome na identidade com foto que você trouxe hoje para confirmar a reserva?

— Não?

— Imaginei — responde, balançando a cabeça com satisfação.

— Então agora está inválida essa reserva, e a gente vai ter que começar do zero.

— Tá, eu estou com muita, muita pressa, então será que...

— É a regra da empresa.

— É o meu nome, está óbvio que é o meu nome.

— A gente tem duas opções — diz ele, subindo o tom. — A gente pode fazer uma nova reserva ou ficar aqui discutindo, o que, para alguém que aparentemente está morrendo de pressa, parece não fazer muito sentido.

Ficamos em um impasse silencioso até ele empunhar a arma: uma prancheta com um formulário de cadastro de cliente novo. Aceito a prancheta sem interromper o contato visual e preencho a ficha.

— Completamente ridículo — resmungo baixinho.

— O que foi que você disse? — ele me corta.

Balanço a cabeça, me recusando a responder. Quando devolvo o formulário, ele olha para baixo, suspira com um exagero teatral e me devolve.

— Vai precisar preencher de novo.

— Por quê?

— Porque preencheu errado. Aqui diz que vai guardar todos os seus pertences, mas está alugando um depósito de um metro e meio.

— Correto.

— Não tem espaço para todos os seus pertences.

— Tem, sim — digo.

— *Todos* os seus pertences? Sua cama, seu colchão, seus móveis todos...

— Não tenho móveis.

Faz-se uma pausa enquanto ele tenta entender.

— Certo, tudo bem, então, você estava fazendo mochilão ou...

— Não, eu não estava fazendo *mochilão*, só não tenho tanta coisa. Por que você precisa saber disso tudo?

45

— Só quero confirmar que você não está aqui me fazendo perder tempo...

— POSSO SÓ ALUGAR ESSA PORCARIA DE DEPÓSITO?

— TÁ BOM — grita ele, levantando as mãos como se eu representasse uma ameaça física.

Passamos os próximos minutos em uma discussão repetitiva sobre "porcaria" ser ou não um palavrão e, portanto, constituir "agressão verbal", até eu finalmente me desculpar e conseguir alugar o depósito minúsculo e patético com espaço suficiente para guardar 35 anos da minha vida minúscula e patética.

No trem de Londres para o subúrbio onde Avi e Jane moram, mando uma mensagem para Jen.

> Oi, peguei minhas coisas. Vou deixar as chaves na corretora. Valeu por pegar a faxina.
> Me diz quanto estou devendo. Bjs

> *pagar

Paro na frente da casa geminada muito adulta deles, no meio de uma fileira de outras casas geminadas idênticas. Avi abre a porta e me olha com desinteresse.

— Pois não? Posso ajudar?

— Oi, cara! — digo, e me aproximo para um abraço.

Ele recua. Jackson, meu afilhado de quase quatro anos, que tem o cabelo cacheado de Jane e os olhos castanhos de Avi, vem correndo até a porta.

— TIO ANDY!! — grita ele. — TIO ANDY!

— Não, Jackson, não é seu tio Andy. É um estranho que eu não conheço.

— Tio Andy, por que sua cara é tão grande e esquisita?

Eu entro no hall e pego Jackson no colo.

— Grande *e* esquisita, muito descritivo. Onde você aprendeu essas palavras?

— Bactérias — diz ele, devagar.

— O que tem elas?
— Sério, cara — diz Avi. — Por onde você tem andado?
— Ah, você sabe... — resmungo ao botar Jackson no chão, e ele imediatamente sai correndo que nem um filhotinho de cachorro inquieto.

Entramos na cozinha, onde Jane está enfiando uma colher de plástico cheia de papa laranja na boca do filho de dois anos.

— Oi! — diz ela, me olhando.
— Você pode ficar um tempinho? — pergunta Avi, tirando uma cerveja da geladeira para me oferecer.

Encontro o olhar de Jane, que revela sua preocupação.

— Posso — digo, aceitando a cerveja.
— Ótimo.

Jackson volta correndo para a cozinha, tão ofegante que mal consegue falar.

— Eu... eu... eu... — começa ele, arfando.
— Opa, meu bem, se acalma. Lembra, a gente respira fundo... — diz Jane.
— Eu... eu vi no jardim uma minhoca — completa ele, com a vozinha rouca e os olhos esbugalhados.
— É? — pergunta Avi, assentindo.
— E... e... ela se remexeu toda.
— Tá — diz Avi, devagar.

Jackson se apoia na cadeira e fala mais devagar.

— Ela é primeira-ministra — finalmente nos informa, solene.
— Tive uma ideia! — diz Jane, com o entusiasmo repentino de uma apresentadora de programa infantil. — Que tal você ver um filme hoje? Hein? O que você quiser.

Jackson dá pulinhos e grita de alegria. Jane e Avi dão uma arrumada na cozinha enquanto eu levo os meninos até a sala caótica, abro caminho entre os brinquedos de plástico espalhados pelo chão e boto *Valente* na TV.

— Então, por que você estava na casa da sua mãe? — pergunta Avi quando volto à cozinha, apontando para minha mala de rodinhas. — Veio direto da estação?
— Vim.

Jane me olha em súplica.

47

— Não — me corrijo. — Na verdade, vou ficar um tempo aqui com vocês.
— Por quê?
— Já pedi para a Jane.
— O que houve? — pergunta ele, olhando de Jane para mim, incrédulo.
— Eu e a Jen terminamos.
— Como assim? Quando?
— Umas duas semanas atrás. Quando a gente voltou de Paris.
— Você sabia disso? — pergunta Avi, se virando para Jane.
— Ele pediu para eu não te contar.
— Inacreditável — diz ele.
— Por sinal, eu estou bem, cara.
— Então todas essas vezes que você foi visitar a Jen e sair com a Jen foi para falar do término?

Quero desviar o rumo da conversa para saber exatamente quantas vezes Jane se encontrou com Jen e o que exatamente Jen lhe contou, mas não quero ser tão óbvio assim.

— Foi, Avi. Óbvio. Ela é minha melhor amiga.
— É — concordo. — Elas são melhores amigas. Elas conversam sobre tudo. É muito legal que vocês possam apoiar uma à outra assim. Ela provavelmente te contou todos os motivos dela e como ela está se sentindo agora com essa decisão, não foi?
— Andy, eu te amo — diz Jane. — Mas não posso e não vou servir de mensageira entre vocês, então é melhor nem tentar.
— Porra — digo, balançando a cabeça em ultraje e tomando um gole de cerveja.
— Estou totalmente chocado — declara Avi. — Como isso aconteceu?
— Fomos passar o fim de semana em Paris, tudo certo, estávamos nos divertindo. Até ela ficar meio quieta e esquisita no segundo dia, mas nem estranhei. Pegamos o Eurostar de volta. Pegamos o metrô até em casa. Largamos as malas. Ela disse que não queria mais ficar comigo.

Avi absorve a informação.
— Ela disse *por quê*?

— Disse que tem se perguntado se a gente é compatível.
— O que isso quer dizer?
— Não faço a menor ideia, cara. E aí ela usou a desculpa mais furada que já ouvi na vida, que é que não só ela acha a gente incompatível como tem questionado se sequer deseja estar em um relacionamento sério.

Há uma longa pausa enquanto Avi absorve o que eu disse.
— Para sempre — insisto.
— Então ela conheceu outra pessoa.
— AVI! — exclama Jane, e dá um tapa no braço dele.
— Valeu, cara, ajudou muito.
— Foi mal, foi mal — diz ele.

Eu descasco o rótulo da cerveja, nervoso.
— Assim, óbvio que ela conheceu outra pessoa — digo. — Não tem nenhuma outra explicação.
— Licença, mas por que não tem outra explicação? — pergunta Jane.
— Porque ninguém termina um namoro com uma pessoa com a qual nunca teve problema absolutamente nenhum só para ficar solteiro. Ninguém gosta *tanto* assim de ser solteiro.
— Eu ia gostar de ser solteira — responde Jane. — Acho que a maioria das mulheres gostaria. São os homens que não sabem ficar sozinhos.
— Estou odiando esse dia — diz Avi, emburrado.
— Amor, eu não *quero* ficar solteira. Quero ficar com você e com os nossos meninos. Só estou dizendo que eu consigo imaginar uma outra vida em que fico bem feliz sozinha.
— Mentira! — digo. — Você só está falando isso hipoteticamente, mas não ia conseguir ser feliz de verdade sem ele.
— Valeu, cara.
— E é isso que eu não entendo — continuo, reclamando abertamente, porque passei duas semanas escrevendo uma coleção de discursos sem ter para quem recitar. — Tipo, já sonhei acordado com ser solteiro? Claro! Mas a parada é que relacionamentos dão trabalho, são chatos e irritantes, e isso é inevitável. A gente precisa superar, não pode simplesmente abrir mão de tudo.

— Mas você nunca ficou solteiro por muito tempo. Jen passou a maior parte da vida solteira até te conhecer — diz Jane.

— E daí?

— E daí que talvez ela só queira mesmo ficar sozinha, talvez não tenha uma mentira por trás.

— Tem, sim — replico, batendo a cerveja na mesa com mais força do que pretendia. — Ela não me ama mais, e eu não sei por quê.

— Términos podem fazer bem — comenta Jane. — Podem nos ensinar quem somos de verdade.

— É, talvez, tipo, o primeiro ou o segundo término — retruco, com um suspiro. — Mas vai desvalorizando com o tempo. Já tenho 35 anos. Eu sei quem eu sou. Já até cansei de mim mesmo.

Jane coloca a mão sobre a minha.

— Logo o pior vai passar — diz. — Eu prometo.

Avi olha para a mesa.

— Obrigado por me abrigar.

— Claro, cara — ele consegue dizer. — E a gente vai marcar uma noitada daquelas com o pessoal. Logo, logo você vai melhorar.

— Valeu, cara.

— Quer outra cerveja? — oferece Jane.

— Acho que finalmente acabou — diz Avi. — A gente comprou o estoque todo do mercado.

— Isso dá um bom título de álbum — comento, e Avi ri generosamente, aliviado por terem acabado as emoções. — Vou dar um pulo no mercado e comprar mais.

— Vai com ele — diz Jane para Avi, fazendo eu me sentir o irmãozinho inútil dele.

Avi e eu não falamos explicitamente sobre a Jen pelo resto do dia. Vamos ao supermercado e eu pago pelas compras para agradecer pela hospedagem. Na volta, passamos no pub e tomamos duas cervejas. Arrastamos um colchão para o sótão reformado (mas ainda não mobiliado), onde vou dormir que nem o urso Paddington. Damos o jantar das crianças e, bêbado, leio histórias para Jackson dormir, fazendo-o rir com minhas vozes ridículas. Faço curry de camarão para a gente, tomamos um vinho e ficamos conversando. Sempre que falamos do término, dizemos "por causa do que aconteceu". Sinto um pavor crescente conforme o relógio vai se aproximando das onze, a hora que descobri ser o limite do quanto pais com filhos pequenos conseguem ficar acordados.

Eles me dizem que a louça pode ficar para amanhã e sobem para dormir, mas eu não aguento ir deitar sozinho com meus pensamentos. Boto um podcast que discute se árvores podem se comunicar umas com as outras e lavo a louça, olhando para o meu rosto no reflexo da janela da cozinha.

Escovo os dentes, deito e fico ali acordado, olhando para a claraboia, pensando em todas as vezes que eu e Jen dormimos na mesma casa que Avi e Jane. Nas férias, nas viagens de fim de semana. A gente dava boa-noite, ia para o quarto, e eu gostava de saber que eles provavelmente estavam cochichando sobre a gente, assim como a gente cochichava sobre eles. Eu nunca tinha vivido uma amizade assim com outro casal, e eu amava. Amava a gente. Amava que Jane e Jen sabiam de coisas uma sobre a outra que eu e Avi não sabíamos. Amava que Jen e Avi tinham uma música "deles", que, quando tocou no casamento de Jane e Avi, fez os dois correrem pela pista de dança até se encontrarem. Amava que Jane me zoasse e que eu zoasse Jane. Amava que, quando via que ia ter um filme ou um festival que parecia legal, mandava um link no nosso grupo de WhatsApp com um ponto de interrogação. Amava que a gente conhecia a família de todo mundo, e sabia o que cada um pedia no bar, e nossas histórias sexuais mais vergonhosas. Amava que eu e Jen fôssemos padrinhos do primeiro filho deles. Amava que eles tivessem nos ligado por FaceTime da maternidade uma hora depois de o segundo filho nascer.

Jen e Jane, Avi e Andy. Era uma sincronia perfeita. Éramos almas quadrigêmeas.

Há muitos términos em miniatura escondidos em um término grande. Tenho tantos pela frente que ainda nem imaginei. Estava tão ocupado sentindo saudade de Jen que esqueci de sentir saudade de nós quatro. Abro o WhatsApp e encontro nosso grupo, chamado "Js & As". Releio anos de piadas internas, planos que viraram memórias, fotos, passando de semana em semana. Leio até meus olhos doerem, e então guardo o celular debaixo do travesseiro.

Domingo, 14 de julho de 2019

Acordo às 7h10, quando Jackson entra correndo no quarto e se joga na minha cama, gritando alguma coisa sobre um policial hamster. Jane corre atrás dele.
— JACKSON! — grita ela. — JACKSON, VEM CÁ.
— Tarde demais! — grito em resposta, sonolento, enquanto Jackson se enfia no edredom que nem um cão farejador.
— Jackson — diz ela, usando a voz de Mãe Séria. — O que eu falei? O tio Andy precisa dormir.
— O tio Andy está em surto — digo, bagunçando o cabelo dele e pegando o celular debaixo do travesseiro.
— QUERO BOLO DE ANIVERSÁÁÁÁÁÁÁÁRIO!!!!! — grita ele.
— Jackson! — exclama Jane, levantando um dedo. — A gente precisa fazer aqueles exercícios de respiração e se acalmar. Senão, não vou deixar mais você comer aquele cereal, porque o açúcar te deixa ligado demais.
— Ai, meu Deus.
— Que foi?
— Jen mandou uma mensagem.
Jane se senta na beira da cama.
— Dizendo o quê?
Mostro o celular para ela, consternado.

Bj

— O que ela quer dizer com isso? — pergunto.
— É um beijo. Deve ter sido só uma resposta à mensagem sobre o apartamento e as chaves.
— Mas por que um *beijo*? E por que ela mandou às... — Aproximo o celular para ler o horário. — À uma e vinte e sete da manhã?

52

— Eu amo a tia Jen — declara Jackson.

— Talvez ela tenha saído com um cara e se sentido culpada por ter esquecido de responder minha mensagem e por isso me mandou só um beijo — digo.

— Eu amo a tia Jen.

— A resposta para essas coisas é sempre a mais simples — argumenta Jane. — Sei que não é o que você quer ouvir, porque está na sua fase obsessiva e quer pensar nela sem parar. Mas a explicação sem graça provavelmente é a verdade.

— A tia Jen tem cabelo amarelo e parece uma princesa! — diz Jackson, pulando na cama e quase acertando minha canela.

— Tá bom, xiu — diz Jane, pegando Jackson no colo. — Acho melhor deixar o tio Andy em paz. Vou fazer café.

Ela sai com o filho do quarto.

Fico o dia todo pensando na mensagem, que ganha um novo significado a cada hora que passa. Um beijo pode ser totalmente carregado de significados ocultos — afinal, é um *beijo*. Mas também pode ser um gesto impiedoso. Um simples beijinho é o tipo de coisa apressada que ela mandaria para a assistente como resposta a uma mensagem sobre uma mudança na sala de reunião.

A gente toma café, vai para o parquinho, almoça no pub. Entro na rotina da vida deles e, como sempre, fico chocado com a diferença nesse outro fuso horário de família jovem. Lógico que sei que é diferente — eu e Jen conversamos muito ao longo dos anos sobre o assunto, dizendo exatamente isso sem parar. Mas, vivendo a experiência, em vez de só visitar, dá para ver que é diferente *mesmo*; que pais de filhos pequenos não só não reclamam demais, como na verdade nem reclamam o suficiente. Meu corpo também fica diferente no horário da família de Avi. Passo o dia todo com aquela sensação de *jet lag*, meio tonto, distraído e desorientado. Às onze, estou morrendo de fome e desesperado pelo almoço; às duas, começo a bocejar, pensando em tirar um cochilo. Vejo Avi, normalmente tão impaciente e mal-humorado — o tipo de cara que reclama em restaurantes e resmunga em filas —, fazer tudo sem dar um pio. Não só isso, mas com uma alegria genuína. É realmente incrível.

* * *

— Oi, ovo — diz Rocco, o filho de dois anos, sentado nos meus ombros enquanto passeamos pelo parque.
— Que ovo? — pergunto.
Ele faz carinho na parte do meu cabelo que está começando a ficar mais rala, atrás.
— Ovo — diz, com um tapinha carinhoso.
Olho para Avi em ultraje, mas ele está rindo. Jane também.
— Obrigado, Rocco — digo.
Jackson está curvado de tamanha histeria, gargalhando teatralmente.
— O tio Andy tem um ovo na cabeça!
— Tá bom, tá bom, talvez um dia você acabe assim, considerando seu avô materno — diz Avi.
— O tio Andy é um COCÔ feio de cara gorda com um ovão na cabeça!
— Ah... não — diz Jane, de repente. — Jackson, isso é falta de educação. Você exagerou.
— Dá para ser engraçado sem ser malvado — complementa Avi, e todos paramos de andar. — Senão pode magoar as pessoas.
Não quero interromper o método de disciplina deles, então olho para o chão como se também fosse uma criança.
— Ovo quente — murmura Rocco, cutucando a própria cabeça com o dedo como se fosse um soldado procurando a gema.
— Tá, já deu, peçam desculpa para o Andy — diz Avi.
Eu sorrio quando os dois se desculpam e tento ignorar Rocco cutucando minha cabeça com curiosidade pelo resto do passeio. Quando chego em casa, ponho um boné.

— Você vai voltar para os apps? — pergunta Avi, fazendo um mexidão na panela.
— Sei lá. Ainda não consigo pensar nisso — respondo.
Escuto gritinhos e barulho de água vindo do segundo andar, onde Jane está dando banho nas crianças.

— Posso ser sincero?
— Sim?
— Acho que arranjar um novo hobby é a melhor ideia nesse momento.
— Que tipo de hobby?
— Sei lá, tipo... Não *jardinagem*, mas...
— Jardinagem, não, com certeza.
— Foi isso que eu falei, *não* jardinagem — diz ele, um pouco impaciente. — Escalada, quem sabe.
— É, quem sabe.
— É só que, para ser bem sincero, da última vez que você estava solteiro, ainda dava conta de ir atrás de rabo de saia no Soho sábado à noite. Mas não dá mais para fazer isso, não hoje em dia.
— Para de falar comigo como se eu fosse um velho tarado no parquinho. Tenho trinta e cinco anos.
— Trinta e cinco anos é velho.
— Trinta e cinco é a juventude da meia-idade — digo. — Estamos no primeiro estágio de algo novo, não no último estágio da juventude. Eu fiquei aliviado quando fiz trinta e cinco anos. Foi que nem fazer dezoito de novo.
— Trinta e cinco está mais perto de cinquenta do que de vinte.
Faz-se uma pausa, e não dizemos nada.
— Enfim — retoma ele. — Tranquilo se eu organizar nossa noitada com o pessoal?
— Claro, vai nessa.

Vou ao banheiro do térreo, acendo as luzes e tiro o boné. Levanto o celular em modo *selfie* para examinar O Ovo. Aquele bostinha está certo. Tem mais pele aparecendo. Que desastre — a entrada nas minhas têmporas tem aumentado desde a época da escola, mas já aceitei isso. Só que a parte de trás da cabeça é o terreno mais valioso no corpo de um homem. Cada fio de cabelo que cai dessa zona representa uma desvalorização catastrófica no bem como um todo.

Mais perto de cinquenta do que de vinte.

Tiro uma foto e juro que vou fazer a mesma coisa todo dia, para me manter a par do avanço e dar um jeito de impedir a passagem do tempo. Fiquei distraído demais com a felicidade quando namorava Jen para notar o que estava acontecendo. Mas é hora de acordar. Tiro três fotos e guardo em uma nova pasta no celular, com o título "CARECA".

Quando volto à cozinha, os meninos estão de pijama. De cara vermelha, cabelo molhado e cheirando a sabonete.
— Eles quiseram descer para dar boa-noite — anuncia Jane.
Eu me abaixo para abraçar os garotos, um de cada lado.
— Não esconde o ovo — diz Jackson baixinho, tirando meu boné.
— Tá bom — digo.
Abraço os dois e Jane sobe com eles. Por um breve momento, aquele dia exaustivo, que parece ter durado um mês inteiro, quase vale a pena.

Depois do jantar, vou deitar cedo e procuro quartos para alugar em apartamentos e pensões. Meu celular pisca com uma mensagem de Avi no grupo de seis amigos, todos homens, chamado Crocodildos, uma piada interna da época da escola que se estendeu mais do que devia.

Avi
GALERA. Andy tá precisando sair.
Ele e Jen terminaram = cerveja.
Quando todo mundo pode?

É tudo que ele pode fazer, e eu o amo por tentar: bebida, distração, soluções. Abro a mensagem de Jen de novo e olho para aquele *Bj* solitário, na esperança de descobrir novos significados. Não descubro. Vejo que ela está on-line e me pergunto com quem está conversando. Jane? Abro a conversa com Jane para ver se ela está on-line, mas não está. É esse tipo de comportamento que mais me deprime — mais do que beber de manhã, mais do que comer compulsivamente, mais do que bater punheta desde o término e tentar pensar em alguma coisa além dela, mas ela sempre aparece, batendo na porta, que nem uma celebridade convidada em um programa de comédia dos anos 1990. Odeio ter virado um detetive particular do meu próprio relacionamento fracassado.

Jon
Ah, que droga! É uma pena, cara, tomara que você esteja bem.
Fim de semana é difícil pra mim porque tô filmando aos sábados.

Procuro quartos espaçosos em Kentish Town, mas não encontro nada por menos de £750 por mês. Vou me afastando mais do centro, mas também não encontro nada. Faz anos que não preciso procurar apartamento. Nossa, como minha vida era mais fácil com a Jen.

Jay
Sinto muito, Andy, abração. Tô livre todo fim de semana (vantagem de ter um bebê), mas não posso voltar muito tarde (desvantagem de ter um bebê).

Avi
Nem vem falar da desvantagem de ter um bebê.
É uma emergência.

Jay
Hmmm vou sugerir pra Andrea, mas acho que ela
não vai gostar

Rob
Pau-mandado.

Jay
Filho da puta

Rob
Eu topo! Mas não tô com mt fds livre, parece que todo mundo da família da esposa tá fazendo aniversário.
Tomara que esteja de boa, amigo.

Jay
Vamos criar um google doc que fica mais fácil de ver quando todo mundo tá livre

57

Rob
A gente não pode criar um google doc pra marcar de sair. que parada deprê

 Abro o Instagram de Jen. Nenhum post novo.

                Andy
    Valeu, pessoal, agradeço. Mas concordo com o Rob, nada de Google doc pra sair

Avi
Andy, fica na sua, a gente cuida de você.
Todo mundo: nada de Google doc.

Matt
Oi, pessoal. Andy, tomara que esteja bem. Topo total.
Meio complicado com as crianças, a Sara etc., mas de cabeça tô livre nesses dias: 27/07, 15/08 (antes das 22h), 23/08, 12/09.

Jon
Posso 15/08, mas deve ser só DEPOIS das 22h por causa do trabalho

Avi
Pau no cu de vocês todos, 12/09, fala sério

                Andy
  Sinceramente, tá de boa. Vou comprar um lanche e ficar em casa.

Jay
Rs

Jon
Por sinal, a nova do Bon Iver é FODA, quem quer ver o show dele ano que vem?? Ouça este álbum:
Faith https://open.spotify.com/album/6udb0IhmEdSQvWwjfnh6UA

Matt
Foco, Jon

Opa! Quarto com cama de casal em uma casa dividida entre cinco homens, em Muswell Hill, por £675. Clico, mas vejo só um quarto com uma cama de solteiro, sem móveis, com o comentário de que preciso levar minha própria porta para o quarto "se desejar".

Avi
Ok, vou tomar as rédeas desse show de horrores. Nosso amigo é um desastre rejeitado sem teto nem emprego fixo. A gente vai levar ele pra uma farra daquelas NESTE sábado (20 de julho), sem desculpinhas.

Andy
Tô indo dormir, boa noite, pessoal.

Alguma coisa mudou desde a última vez que estive solteiro. Quando terminei com a minha ex anterior, alguns anos atrás, lembro que isso causou uma onda de energia no grupo. Estava todo mundo animado. A impressão era de que eu tinha voltado ao clube, que minha carteirinha estava renovada. Mas não é o que sinto agora — parece que minha solteirice pode acabar sendo meio inconveniente para todo mundo.

É aí que percebo: metade deles estavam solteiros quatro anos e meio atrás. Agora, não tem mais ninguém.

Mais perto de cinquenta do que de vinte.

Fecho o notebook e apago a luz. Deitado, escuto o telefone fixo tocar e Avi conversar aos cochichos com a mãe. Ele faz várias perguntas preocupadas, a acalma, dizendo que não é nada grave, e dá boa-noite. Escuto Avi explicar para Jane o que aconteceu: os pais dele voltaram da Índia, onde estavam visitando a família, e encontraram um bilhete no capacho. De caneta vermelha, numa letra que eles não reconheceram, e sem assinatura, estava rabiscado: *Vim ver vocês, mas vocês não estavam. Vou ficar aqui um tempo e volto logo. Amo vocês.*

Ele acha que foram uns moleques pregando uma peça e disse para a mãe que não era caso de envolver a polícia.

Não digo nada, não admito nada, e vou dormir.

Terça-feira, 16 de julho de 2019

Primeiro show depois do término. Estou torcendo para que isso me ajude a me sentir melhor, mas já aprendi que a plateia é uma namorada pouco confiável. Trabalho por um turno na barraquinha de queijo e pego o trem para a casa de Emery no fim da tarde. Quando chego, ele está vestido todo de jeans, na calçada, inspecionando a porta do fusca. Tabaco enrolado na boca, óculos escuros, argolinha de prata brilhando na orelha esquerda, cabelo cacheado solto ao vento. Ele me vê chegar e se endireita.

— Rapaz, quanto tempo — diz, vindo de braços bem abertos, e eu dou um abraço desajeitado nele. — Por onde você tem andado?
— Tirei um tempinho de folga. Fui visitar minha mãe.
— Em Coventry? — chuta. — Nottingham?
— Birmingham.
— Ah, claro. Sempre vi certa nobreza nas Midlands. No povo e na paisagem. Certo. Vamos lá?

Arrumo maços de cigarro e caixas de sanduíche vazios para abrir espaço no banco do carona. Emery ajeita o retrovisor e dá a partida. Com uma das mãos, tira uma fita cassete do porta-luvas e enfia no toca-fitas. Uma voz masculina rosna na caixa de som.

— Warren Zevon — diz. — Conhece?
— Um pouco.
— Que homem lindo. Sabia que ele contratava humoristas para abrir os shows dele nas turnês? Porque entendia que o poder da comédia como arte se comparava ao do rock'n'roll. Ele nos respeitava. Sabia que um bom humorista é um astro do rock, e um bom astro do rock, um humorista.

Deixo ele continuar falando, sem interromper. Ele canta desafinado sobre russos, advogados e exílio em Honduras, e eu abaixo o vidro para fumar um cigarro. Ele é só um ano mais novo do que eu, e continua sendo basicamente o homem mais espetacular que já vi, o que me deixa furioso. Ele tem olhos tão enormes e hipnotizantes, um queixo tão forte, maçãs do rosto tão marcadas e lábios tão carnudos que parece que está sempre se desafiando para ver se é possível deixar de ser atraente. Ele deixou o cabelo dourado crescer até o ombro e parece que nunca o lava, usa camisas estampadas de brechó, discursa sobre liberdade de expressão nos shows, dá sermões esnobes sobre cultura para todo mundo e enche a cara a níveis tão extremos que vive permanentemente vermelho, seja de bebedeira, seja de ressaca. Mas é impossível. Ele segue sendo o homem mais bonito de qualquer lugar. Ele irrita muita gente da nossa área porque chama seu humor de "sua mensagem", mas eu sinto um estranho carinho por ele.

— Eu e Jen terminamos — anuncio do nada, principalmente para interromper a cantoria.

— NÃO! — exclama ele, empurrando os óculos de sol até o alto da cabeça e se virando para me olhar. — Quando?

— Faz um tempinho. Mês passado.

— Quem foi que terminou, ela?

Faz-se uma pausa.

— Como você sabia?

Ele solta sua famosa gargalhada ribombante, ao mesmo tempo alegre e cruel.

— Foi mal, amigo, só adivinhei. Como você está?

— Hum. Sinceramente?

— Neste carro só permitimos sinceridade.

— Tipo. Horrível? Nunca me senti pior. Passo noventa por cento do tempo pensando nela. Acho que nunca mais vou ser feliz? Essas coisas.

Ele assente devagar.

— Você está na Loucura.

— Isso.

— É um estado terrível, terrível para qualquer homem. Há algumas coisas que aliviam a Loucura... posso dar um conselho?

— Por favor.

— Ok, em primeiro lugar: pare de bater punheta pensando nela.

61

— Como você sabe que estou fazendo isso?
— Foi só um pressentimento. Mas precisa parar.
— Bom, não é, tipo, no começo do *Street Fighter*, que a gente escolhe com quem jogar. Eu não escolho pensar nela. Às vezes ela só aparece do nada no quarto, sabe? No quarto mental. É o equivalente erótico daquela pontada de adrenalina que bate quando você percebe que está no mesmo pub que a outra pessoa. Sabe do que estou falando?
— Sei, e é patético — diz ele, pegando um chiclete da embalagem grande no porta-luvas e começando a mascar. — Enquanto ela for tema da sua masturbação, seu corpo ainda vai estar ligado a ela.
— Então quer dizer que você NUNCA bate umazinha pensando em ex nenhuma por nostalgia?
— Assim, acho que já bati umazinha pensando em basicamente tudo neste ponto da minha vida — admite ele. — Mas, depois de um término, não me permito pensar na pessoa desse jeito por um ano, no mínimo. É a única forma de superar.
— Quem sabe eu só pare de bater punheta e pronto.
— Não, não faça isso — diz ele, sério. — Foi Samuel Johnson quem disse: "Ter um pênis é como viver preso a um louco. Mas é preciso deixar o louco falar."
— Pode parar de se comunicar em enigmas? — replico, com um suspiro. — Você não está num programa de rádio.
— Por que você escolheria como fantasia uma mulher que não quer estar com você? Não é a função da fantasia. Pense na Cleópatra, vá à loucura, pelo amor de Deus.
— A questão é essa, ela querer ficar comigo é a minha fantasia mais louca.
— Meu Deus, você está mesmo na Loucura — diz ele, balançando a cabeça, e em seguida aumenta o volume para continuar cantando até chegar ao Colchester Comedy Club.

Somos os últimos a chegar, mas a hierarquia dos bastidores já se estabeleceu. O mais poderoso do grupo é Danny, que vai se apresentar no horário principal — ele é um veterano do circuito, tem óculos iguais aos do Eric Morecambe e seu material é majoritariamente sobre a época em que era professor de geografia, com poucas histórias de depois da virada do milênio. Ele passou vinte anos participando de programas de auditório por dinheiro e de festivais literários por prestígio, embora não tenha feito turnês em arenas lotadas, como sempre quis. Logo abaixo dele fica Emery, o mestre de cerimônias da noite. Aí vem Thalia — a primeira a se apresentar —, uma artista de 23 anos, em alta, que carrega um ukulele e conta histórias sobre seu passado sexual aventureiro e os problemas do governo conservador. Sobramos eu e Dean. A meiuca capenga do show. Somando as conquistas de nós dois, temos uma ou outra participação na TV, uns programas de rádio e muitas amizades com humoristas conhecidos que têm vários seguidores nas redes sociais, onde às vezes temos a sorte de aparecer. Somos a parcela esquecível da noite, para completar a programação, com nossas camisetas sem graça e observações pouco desafiadoras sobre como encontrar a temperatura perfeita no chuveiro.

Eu e Dean entramos na órbita um do outro e batemos papo sobre trabalho e amigos em comum. Thalia pede conselhos profissionais a Emery e Danny enquanto afina o ukulele. Emery bebe uísque com Coca-Cola e se refestela no papel de guru da noviça deslumbrada, dizendo "Acho que o Danny pode falar melhor sobre isso" apenas o suficiente para demonstrar reverência. Danny é simpático, mas amargurado, e acaba quase qualquer história com "o circuito não é mais como antigamente".

Vejo Emery se apresentar à plateia e contar sua história: órfão aos 21 anos, quando o pai e a mãe morreram em um intervalo de seis meses, ele encontrou duas peças de xadrez medievais raras quando estava esvaziando o sótão deles, leiloou por um milhão de libras, torrou tudo em cocaína, foi parar no Narcóticos Anônimos e encontrou a salvação no stand-up. Todo comediante que eu conheço concorda: se a situação não parecesse uma merda tão grande, a gente sentiria inveja por ele conseguir tirar quinze minutos tão bons dessa história.

Ele anima a plateia, que perde um pouco de gás com a apresentação de Thalia quando ela comete o erro de principiante de comentar que está nervosa, o que só deixa o público nervoso também. Depois é a vez do Dean, com umas piadas sobre o que o gato diria do relacionamento dele se soubesse falar — bastante experimental, para ele.

Aí eu sirvo de aquecimento para Danny, com todas as paradas mais

63

seguras, começando com as vantagens de ter um sotaque que todo mundo subestima e concluindo com a minha teoria de que na verdade é o molho de ervas e alho que nos mantém dependente da Domino's. Não é meu show mais memorável, mas escutar uma sala cheia de gente rir das minhas piadas é o ápice dos meus dias desde o término. Danny faz a mesma apresentação que escuto ele fazer há uma década, e a plateia adora. No geral, é um bom show, e ninguém se sai mal a ponto de a gente ter que ir embora mais cedo para não precisar conversar na volta do palco.

Quando nos despedimos de todo mundo, escuto Thalia reclamar da própria apresentação com Danny e elogiar a dele.

— É porque eu não tenho mais para onde ir — escuto ele dizer, direto, tomando chá num copo de papel. — Não tenho mais nada a tirar dos erros. Você foi o verdadeiro triunfo da noite, porque ainda tem tudo pela frente.

Ela ri e, em tom de brincadeira, diz que não é verdade. Ele veste a jaqueta e joga o copo vazio no lixo.

Emery bota uma fita do Bill Hicks para ouvirmos na volta.

— Por que você não falou da Jen hoje? — pergunta.

— Não faço essas paradas vulneráveis no palco — respondo. — Não é meu estilo de humor.

— É, eu sei, mas fiquei pensando se não é a sua chance de criar uma obra-prima. De se afastar dessa coisa toda de — diz, imitando um sotaque genérico do interior — "Já notaram essa coisa engraçada sobre os enroladinhos de salsicha?" e tal.

— Não faço essas coisas.

— Você não contou uma piada sobre enroladinho de salsicha hoje? Achei que tinha contado.

— Acho que você está se referindo à piada sobre *panini*, não enroladinho de salsicha. Que o tomate está sempre estranhamente mais quente do que todos os outros ingredientes. É sempre a parte em que a plateia mais ri.

— As pessoas são imbecis mesmo.

— Valeu.

— Desculpa, mas é verdade. É deprimente.

Passamos alguns minutos em silêncio.
— Acho que você recebeu uma dádiva, sabia? — continua ele. — Não só a oportunidade de crescer como homem, mas como artista. A voz do corno com dor de cotovelo. O rigor filosófico da punheta. Maestria.
— Humm — murmuro, sem dar bola. — Não me anima muito.
— Vai ser sua apresentação de órfão — diz ele.
— Eu não sou órfão. Você que é órfão.
— Dá para montar uma boa hora com esse material — insiste ele, empolgado. — Estou com inveja.
— Não sei do quê.
— Tem muitas vantagens em ser solteiro, sabia?
— Não sabia, não. Quase nunca fiquei solteiro. Me diz aí o que posso esperar.
— Liberdade. Diversão. A aventura do fim de semana.
— Aventura?
— Ah, você sabe... a novidade de uma sexta ou um sábado à noite. Quando você não tem ideia de que terras vai desbravar, quem vai conhecer, que montanhas vai escalar, em que lagos vai nadar.
— Acho que não sou muito de aventuras na natureza — suspiro. — Eu quero um resort. Um resort legal, confortável, *all inclusive*.
Isso faz Emery cair na gargalhada.
— Amarra bem os cadarços das suas botas de trilha e vem comigo, Andy! O tempo está uma delícia por aqui!
Ele dá um tapa no meu braço e aumenta o som.

Quando chego à casa de Avi, já passou de uma da manhã. Dou um dinheiro para Emery para cobrir o valor da gasolina e saio do carro.
— Andy! — grita ele, abaixando o vidro. — Lembra: o coração partido é o melhor adereço do bobo da corte.
Abro um sorriso derrotado.
— Você recebeu uma peruca e uma gola de palhaço — continua Emery. — Pode criar seu melhor trabalho a partir dessa situação.
— Talvez.
— Vamos fazer um show juntos domingo que vem, né?
— Em Hull — confirmo.
— A gente se vê no Rum!

— *Hull* — corrijo.
— Foi isso que eu disse!
Ele ri e dá a partida.

Entro em casa e vejo que Avi ainda está acordado, apesar da hora, trabalhando no notebook à mesa.
— Oi, cara — diz ele, mal desviando o olhar da tela. — Como foi o show? Foi bom voltar à ativa?
— É. Foi legal — respondo. — Se incomoda se eu beber um negocinho?
— Fica à vontade. Você deve estar morto.
Pego uma garrafa de uísque e um copo no armário.
— Quer? — ofereço.
— Não, tenho que apresentar uma proposta amanhã cedo no trabalho.
Eu me sirvo e me sento à mesa.
— Você sente saudade da aventura do fim de semana?
— Do quê?
— Daquela sensação de ser jovem e solteiro, de não saber como vai terminar o fim de semana. A que festa você vai, que pessoa vai levar para casa, essas coisas.
Avi se recosta na cadeira e reflete.
— Não.
— Jura?
— Na minha experiência, a vida de solteiro é cheia de constrangimentos e inseguranças. E noitadas ruins. E decepção. E aí você tem, tipo, um sábado incrível a cada três anos que só poderia ter acontecido porque você estava solteiro.
— Que nem aquela noite quando a gente conheceu aquelas duas gatas inacreditáveis em Edimburgo.
— Um absurdo — diz ele.
— E a gente subiu o monte Arthur's Seat durante o nascer do sol e tomou MD. E você ganhou uma punheta, e eu, um abraço.
— Exatamente! *Exatamente!* — exclama Avi. — E é fácil contemplar o passado e achar que a vida de solteiro era assim. Mas, para cada noite dessas, teve umas trinta em que a gente andava de bar em bar

tentando encontrar alguém que gostasse da nossa cara, não encontrava ninguém e acabava passando duas horas de mau humor no ônibus tarde da noite.

— É. Acho que é verdade.

— E a real é que eu só saía para encontrar alguém com quem ficar de vez — confessa ele, rindo do próprio sentimentalismo. — Não me dou bem sem responsabilidades. Já aceitei que sou um cara bem sem graça. Gosto de ter de quem cuidar, quem alimentar.

Fico surpreso pelo raro momento de sinceridade.

— Fico muito feliz por você ter o que sempre quis, Avi — digo. — Eu teria feito qualquer coisa para ter um pai que nem você.

Ele me olha sem dizer nada por um tempo, me encarando fixamente. Fico nervoso, com medo de que ele vá chorar.

— Vai tomar no cu — diz, enfim. — Para de zoeira.

— É o quê?! Porra, eu estava te elogiando.

— Não estava, não, está é sendo um filho da puta.

— Ai, meu Deus, eu estava sendo sincero, porra, mas deixa pra lá.

— Ah, tá bom — aceita ele. — Valeu, foi gentileza sua.

— Puta que pariu, nunca mais vou tentar dizer uma coisa dessas.

— Foi mal.

— Vou deitar. Boa sorte com o trabalho.

Sábado, 20 de julho de 2019

Chegou o grande dia. Avi me acorda às oito com uma xícara de chá para mim e segurando a mão grudenta de Jackson.
— Bom dia, amigo — diz ele.
— Bom dia, cara.
— Jackson... manda ver.
— ALEXA???? — grita ele. — TOCA "INSOMNIA", DO FAIFLESS.
— Bom menino! — exclama Avi, e dá um beijo nele.
— *Tocando "Insomnia", de Faithless* — responde a voz robótica.

Eu esfrego os olhos enquanto a abertura assombrosa da música que eu e Avi mais gostamos de pedir para DJs em festas toca alto das caixas de som espalhadas pela casa.

Desço e encontro Jane igualmente animada. Ela vai passar o fim de semana fora, e eu e Avi vamos deixar os meninos na casa do irmão dele, para fazerem uma festa do pijama com os primos, e assim dar uma folga ao casal.

— Aonde você vai, Jane?
— New Forest — responde ela, bebendo café. — Ardleigh House. Um hotel com spa.
— Legal! Com as amigas?
— Isso — diz ela.

Noto que ela e Avi se entreolham.

— Então é óbvio que a Jen vai — comento, tentando, sem sucesso, parecer o mais relaxado possível.
— É, vai, sim... desculpa, Andy, não consigo mentir pra você — diz Jane. — Na verdade, a viagem é por causa dela.
— Por quê?
— Para ajudar com o término — responde ela, como se fosse óbvio. — Distrair ela, dar uma animada. Conversar.

Olho para Avi, indignado.

— Ouviu isso? Ela ganhou um fim de semana inteiro.

— Eu fiz planos pro fim de semana todo também — diz ele, dando de ombros, na defensiva.

— Ah, é? Tipo o quê?

— Tipo... amanhã. Quando a gente estiver de ressaca. Pesquisei se o KFC entrega aqui.

— E aí? — questiono.

— Entrega, sim.

— A gente vai fazer sauna e uma trilha na floresta — comenta Jane.

Tento não me incomodar, mas me incomodo. Por que a Jen vai passar o fim de semana no spa? Foi *ela* quem terminou *comigo*. Ela está triste? Precisa se animar? Por que foi tão fácil cinco amigas da Jen, todas mães ou grávidas, largarem tudo para passar o fim de semana com ela em um hotel, se eu mal consegui que meus melhores amigos combinassem de ir num bar? Quero mais informações sobre a viagem, mas sei que só posso fazer uma quantidade limitada de perguntas para Jane antes de ela me dizer, com toda a razão, que estou sendo invasivo e interromper qualquer fluxo de dados, então decido poupar as perguntas para amanhã, quando a viagem já tiver acontecido e eu puder recolher mais informações.

Somos os primeiros a chegar no pub. Fico surpreso e feliz ao descobrir que Avi ligou para reservar uma mesa, o que, traduzido para a língua das mulheres, é o equivalente a marcar uma sauna e uma trilha na floresta. Jay chega logo depois, perfumado com colônia demais e murmurando que não pode ficar para a saideira porque tem que acordar cedo para cuidar do bebê. Depois vem Rob, que sempre foi a fonte de energia das nossas saídas — todo grupo precisa de alguém assim —, e hoje não é exceção. Matt chega logo em seguida, cansado, mas pronto para repetir piadas velhas e fazer comentários sobre as atitudes de sempre de cada um — ele é responsável pela integridade e pelo histórico do grupo. Por fim, Jon chega depois de uma filmagem, vestindo o uniforme de operador de câmera — camiseta da marca Patagonia e bermuda cargo —, e a gente consegue zoar ele por isso por uns bons sete minutos.

E então acontece algo de extraordinário. Nas três horas seguintes, bebemos ao redor da mesa. E ninguém menciona meu pé na bunda. Nunca. Na verdade, parece até que é um jogo de listar a maior quantidade possível de temas aleatórios para evitar falar daquele que eu supus ser o motivo do encontro. Falamos dos homens carecas mais confiantes que conhecemos, da empolgação da esposa de Matt em contraponto à hesitação dele em relação a comprar um samoieda, do conteúdo do cisto benigno de Rob, da morte do cupom do iTunes, dos boatos de que nosso professor de matemática de vinte anos atrás teria cometido uma agressão sexual, da política do filho único na China, e todos fazemos piadas sobre experiências desastrosas com caixas automáticos no supermercado. E ninguém comenta sobre meu coração partido.

Vou ao banheiro, me sentindo estranhamente furioso com todos eles. Quero extravasar minha dor para forçá-los a reconhecer o que estou vivendo. Quero catar com a boca meu término destroçado e largar na frente deles, como um gato trazendo um rato ensanguentado do quintal.

Volto ao bar, peço seis shots de tequila e os levo para a mesa com seis rodelinhas de limão em uma bandeja redonda prateada. Essa visão faz meus amigos gemerem em vez de comemorarem — uma mudança que aconteceu de forma bastante repentina quando passamos dos trinta anos. Bebemos de uma vez, batemos os copinhos na mesa com força, chupamos o limão e, ainda fazendo careta, eu solto:

— Então. Eu e a Jen. Acabou.

É esquisito e desajeitado, e eles não sabem bem o que eu quero deles, o que é compreensível. Perguntam como aconteceu, depois todas as questões práticas: quando saí do apartamento, para onde estou pensando em me mudar, se tive notícias dela. Dão os conselhos óbvios e conseguem dizer algumas coisas genéricas do tipo "melhor terminar agora do que perder tempo só para acabar mais para a frente". E aí começa uma grande tradição de grupos de amigos homens: reclamar de mulheres como método terapêutico. Todos contam histórias de pé na bunda, falam de ex-namoradas. Fico ali com minha melhor cara de atenção, mas não escuto praticamente nada, e me pergunto por que achei que isso iria me ajudar.

Jay tenta fugir às onze, mas a gente o pressiona até convencê-lo a seguir para o próximo bar também. É um bar barulhento e movimentado, uma franquia de rede tentando convencer a gente de que é original, com placas de neon, banquinhos de veludo e mesas geométricas douradas. Encontramos um canto para nos sentar, e Rob, percebendo o desânimo geral do grupo, vai comprar bebida e volta com três jarros de um drinque vermelho, frutado e de sabor incerto.

Vou ao banheiro para passar uns minutinhos quieto e sozinho e, bêbado apenas o suficiente para ignorar meu bom senso, abro o site do Hotel e Spa Ardleigh House. Vejo a piscina com borda infinita tão aquecida que sai vapor, a biblioteca com uma lareira crepitante, a horta que "nos orgulhamos de dizer que fornece 90% dos ingredientes utilizados na experiência de luxo do restaurante The Orangery". Imagino Jen e as melhores amigas vestindo roupões brancos e felpudos, relaxadas em uma suíte espaçosa, bebendo vinho e conversando daquele jeito que eu às vezes escutava Jen falar com as amigas quando elas iam lá em casa. Todas se revezando para falar de algo pelo que tinham passado e examinar cada uma de suas emoções minuciosamente em grupo, como se fosse uma pedra preciosa de bilhões de facetas.

Volto à mesa e me sirvo de mais um copo daquele drinque sem nome.

— Hora de falar com umas gatas! — grita Avi no meu ouvido, passando o braço pelo meu ombro.

— Não — digo, petulante, me desvencilhando. — Tô de boa.

— Fala sério! — grita Jon.

— Que tal aquela ali? — grita Avi, apontando para uma loira bonita pedindo bebidas no bar. — Vai lá!

Não tenho paciência para protestar, então vou lá abordá-la.

— E aí — digo, meio desanimado.

— Oi!

— A noite está boa?

— Está, sim, obrigada. E a sua?

— Sim, estou aqui com uns amigos — respondo. — E você?

— Isso, também vim com amigos.

O barman traz as três bebidas dela, e ela abre um sorriso educado para mim, indicando o fim definitivo da conversa.

— Quer vir sentar com a gente? — pergunto.
— Ah, obrigada, mas acho que vou voltar para o meu grupo.
— Claro — digo. — Boa noite.
— Para você também.

Nos meus momentos mais entusiasmados após o término, me permiti acreditar que flertar poderia ser divertido, que, com a idade, eu poderia ter melhorado. Por algum motivo, essa suposição fica mais forte a cada fim de relacionamento, apesar de eu não ter praticado nos anos de namoro e de nunca ter sido muito bom nisso. Aí sou jogado no mundo do flerte e percebo que passar as noites sentado no sofá maratonando séries com a mesma mulher não me tornou mais corajoso, nem carismático. Na verdade, talvez tenha tido exatamente o efeito contrário. Como eu me deixei acreditar, por um segundo sequer, que a vida de solteiro aos trinta e tantos anos seria um self-service de oportunidades, sendo que sei que, no máximo, é uma bandeja de canapés?

A fila da boate é comprida, estamos todos bêbados e começando a ficar com sono. Jay procura rotas de fuga, ansioso, Jon está forçando a barra, se dizendo muito animado para dançar, e Avi repete o mesmo conselho sem parar.
— A gente entra, bebe um negócio. Aí você encontra uma mulher pra pegar, não precisa casar com ela! — grita, com os olhos embaçados. — Só precisa recuperar a dignidade.
Ele não para de falar disso: que preciso encontrar minha dignidade, que perdi a dignidade. Que ele sempre vai me respeitar, mesmo que eu não tenha dignidade. É isso que meus amigos parecem valorizar acima de tudo no auge da bebedeira, em uma repetição infinita: respeito e dignidade.
Não deixam Jon entrar por causa da bermuda e Jay, notando a oportunidade de saída, se oferece generosamente para trocar de calça com ele. Eles tropeçam, um apoiado no outro, tirando e trocando de roupa, ficando de cueca na frente dos seguranças rabugentos, causando uma onda de risadas na fila. Jay pula a grade da fila e praticamente sai correndo para pegar um táxi. Finalmente, a gente entra.

A boate tem um tema praiano e é composta por uma pista de dança ampla e circular, ao redor da qual estão o bar e as áreas para sentar, como uma estranha espécie de auditório. Seguimos para a pista, agarrando as bebidas com força para tentar ganhar ânimo. Felizmente, a maioria das músicas é bem o que a gente ouvia quando era mais novo. Eu chutaria que a boate deve estar fazendo uma festa temática do início dos anos 2000. O fato é confirmado quando olho ao redor e vejo só adolescentes e gente de vinte e poucos anos cantando as músicas de um jeito irônico, sem um carinho sincero. Enquanto danço, calculo se dezenove anos é mais perto da idade do Jackson ou da minha, e percebo que fica bem no meio de nós dois. Todo mundo canta junto quando toca "Without Me", do Eminem, Avi dando um show especialmente emocionante.

— LEMBRO DE VER ESSE CLIPE COM VOCÊ NO *TOP OF THE POPS* — grito para ele.

Ele faz que sim com a cabeça, sorrindo, mas sei que nem me escutou.

Matt e Jon, que sumiram por um momento, voltam à pista trazendo dois shots para mim. Viro um atrás do outro para me livrar deles mais rápido. Está tocando "Hit 'Em Up Style", de Blu Cantrell.

— TAMBÉM LEMBRO DE VER ESSA NO *TOP OF THE POPS* — berro no círculo que formamos.

— PARA DE FALAR DO *TOP OF THE POPS*, OTÁRIO — grita Rob.

— A GENTE NEM TEM IDADE PARA TER VISTO *TOP OF THE POPS* — acrescenta Matt.

Talvez seja verdade. Talvez eu só esteja dizendo isso porque tenho medo de alguém olhar para a minha cara e dizer "Ele parece que viu essa música no *Top of the Pops*", então é melhor que eu diga isso primeiro. Mas não sou tão velho. Sou? Nem sei mais se sou velho. Não sei onde quero estar. Tecnicamente, ainda tenho idade para estar na balada, mas não quero estar na balada. E também não quero ficar em casa. Não tenho nada que me faça ficar em casa — não tenho namorada, nem filho, nem bicho de estimação, nem apartamento próprio. Não quero curtir a noite na rua, nem em casa. Onde quero estar? Fecho os olhos durante a abertura de "Blue (Da Ba Dee)" e sinto que estou girando num carrossel. Quero estar no meu pub preferido com a Jen. Aí quero ir para o restaurante italiano barato no fim da nossa rua e comer pão e espaguete demais, beber duas garrafas de Chianti. Quero ir para casa e beber uísque com ela, dançar na sala e cantar nossas músicas preferidas até os vizinhos reclamarem, e aí quero cair na cama, transar e dormir à uma da manhã abraçado nela, que de tão bêbada não tirou a maquiagem nem escovou os dentes. É isso que eu quero.

— QUERO UM CIGARRO — grita Avi.
— EU TAMBÉM — grito de volta.

Fico aliviado ao sair. Estou ensopado de suor e sinto um calafrio com a brisa da noite. Avi tira um cigarro do maço, fecha um olho para se concentrar e enfia o cigarro na minha boca, antes de fazer o mesmo com outro para ele.

— Estou com saudade da Jane — diz ele, com a voz arrastada. — E daqueles outros filhos da puta.
— Quem?
— Meus filhos. Sabe, eles até que são legais, são bem divertidos. Se não fossem meus filhos, eu pensaria, caramba, não quero nunca ter que sentar do lado deles numa festa. Eles contam histórias compridas demais e às vezes cagam na calça. Nota quatro de dez, sem dúvida.
— É — digo, em um tom neutro.
— Mas, porque são meus filhos, acho que eles são dez de dez. Acho mesmo! Não tem jeito.

Não sei o motivo — se é o esforço para tentar acompanhar o raciocínio de Avi, a mistura de bebidas, o cigarro, o jantar só de batata frita —, mas, do nada, eu me inclino e inundo o fumódromo de vômito cor-de-rosa.

Avi chama o pessoal, quase triunfante. Há uma certa noção de que esse sempre foi o fim implicitamente esperado da noite. Eles agem como se tivessem me conduzido por um ritual xamânico e eu estivesse curado. O consenso é que vamos seguir para a casa do Rob. A esposa dele também não está em casa, e ele tem uns balões de gás hilariante que sobraram do Glastonbury.

* * *

Mal falo durante a viagem de táxi, ou depois de chegar na casa do Rob. Faço muito esforço para me equilibrar. Nos sentamos todos nos dois sofás, Rob bota uma playlist de Britpop para tocar e Matt enche o primeiro balão com uma lata.

— Aqui, cara, isso vai ajudar — diz Jon, me passando a bola.

Levo o balão cheio à boca, fecho os olhos e começo a respirar depressa. O balão faz efeito e, inspirando e expirando, só minha audição continua na sala. Sou transportado. Meu corpo de repente está debaixo de um toldo. Estou em Dorset, num casamento rural íntimo. Sei que só inalei um pouquinho do gás, mas já faz uma hora que estou aqui. Tem luzinhas pisca-pisca para todo lado, Pulp tocando no som. Jen está usando um vestido comprido azul-celeste e vem dançar comigo. A gente dança por uma hora, e depois outra, mesmo eu sabendo que ainda estou no mesmo balão. Inspiro, expiro, inspiro, expiro. Jen e eu conduzimos uma fileira de conga, rindo enquanto recrutamos parentes idosos e sobrinhos e sobrinhas pequenos. Agora está tocando Blur. Não sei de quem é o casamento, mas amo essa festa e amo os noivos.

— Cacete, cara — escuto alguém dizer ao longe.

— Ele está chupando isso aí que nem mamadeira! — grita Rob, e todo mundo ri.

Aí tudo apaga.

E é a última coisa da qual me lembro.

Domingo, 21 de julho de 2019

Acordo em uma cama na qual nunca acordei. A cama de Avi. Ele não está aqui, estou sozinho. São onze da manhã, e estou usando uma calça de moletom dele, uma cueca que não reconheço, e mais nada. Levo as mãos à cabeça e sinto um leve alívio da ressaca quando aperto vários pontos do crânio. Vou até o sótão buscar uma camiseta e desço para o térreo, onde Avi está fazendo chá.

— Oi, cara, bom dia! — diz ele, alegre. — Como tá a cabeça?
— Hum. Péssima? O que caralhos aconteceu ontem?
— Do que você se lembra? — pergunta ele.
— Essa é a pior resposta pra essa pergunta.
— Que nada! Tá de boa, cara. Mas, e aí, qual é a sua última lembrança?
— Dar um tapa naquele balão na casa do Rob.
— Tá, então, a gente curtiu uns balões, bebeu umas cervejas, voltou de táxi para casa, tudo certo.

Olho para o sorriso largo de Avi, que mal me distrai dos olhos remelentos dele.

— Aconteceu alguma parada estranha.
— Não aconteceu, não!
— Então por que eu acordei na sua cama?
— Ah, é que a gente chegou tão bêbado que achou que seria engraçado se eu dormisse na sua cama, e você, na minha!

Eu processo a informação.

— Qual é a graça? E que cueca é essa que estou usando? Cadê minhas roupas de ontem?
— Pô, cara, menor ideia. Eu tava doidão. O importante é que a gente se divertiu, né?
— É — digo, ainda desconfiado. — Foi uma noite ótima, valeu por organizar, cara.

76

— Não tem de quê, cara. Já está pronto pra um combo do KFC?
— De jeito nenhum.

Procuro um podcast novo para me fazer companhia no banho. Os dez mais ouvidos são todos apresentados por comediantes mais famosos do que eu, o que eu detesto, então acabo dando play no número 17, *Mum's the Word*, uma discussão semanal sobre maternidade apresentada por duas participantes do *American Idol*. Fico quase uma hora sentado debaixo d'água, vomito duas vezes, e preciso usar o chuveirinho e a espuma de banho com perfume de abacaxi do Jackson para fazer tudo descer pelo ralo, e esse talvez seja o momento mais deprimente da minha vida adulta até agora.

Quando me seco, troco de roupa e desço, estou quase pronto para tomar uma xícara de chá, o que leva a um pedido de quase 35 libras no KFC enquanto eu e Avi ficamos largados no sofá, vendo *Harry Potter e as Relíquias da Morte — Parte Um* em silêncio. Jane chega umas duas horas depois com os meninos e, felizmente, ainda estou enjoado demais para juntar a energia necessária para interrogá-la sobre as várias atividades do spa. Reúno forças para a longa viagem de metrô domingo à noite até Euston e encontro Emery na plataforma cinco. Ele está usando uma camisa de manga curta com estampa de losangos dos anos 1980 e segurando um saco plástico cheio de latinhas de gim.

— O problema. É. Esse — diz ele, em resposta ao meu chororô por Jen, que começa em Kings Cross e acaba logo depois de Stevenage. — Homens e mulheres heterossexuais não combinam. Aconteceu algum defeito de fábrica quando Deus, quem quer que ela seja, criou os dois e acreditou que seriam compatíveis.

— Como assim? — pergunto, comendo um sanduíche.

— São ritmos de término invertidos — explica ele. — Quando homens e mulheres terminam, os homens odeiam tudo em relação à ex-namorada por três meses, aí sentem saudade, aí acham que ainda a amam, e é então que mandam mensagem. Enquanto isso, ela passa três meses apaixonada por ele e depois *odeia o sujeito para sempre* — argumenta Emery, se curvando para dar ênfase, o hálito quente e azedo de gim. — Não fomos feitos para ficar juntos. Homens e mulheres são incompatíveis.

Eu processo o que ele disse.

— Espera aí, isso não tem a menor relevância. Você está dizendo que eu segui o padrão de comportamento feminino depois do término. E a esperança é que ela siga o padrão masculino. Mas a gente nem sabe disso. Talvez ela tenha me odiado de cara e continue assim.

Ele toma um gole da latinha.

— Ah, é — diz. — Foi mal, meu chapa, não ajudei em nada. Vou ser sincero: estou bebendo desde o meio-dia.

Ele estremece ao lembrar disso.

Uma das pouquíssimas coisas que não gosto em Emery é que ele pode subir no palco trocando as pernas, e quase sempre acaba se dando bem. Tudo no humor dele condiz com a embriaguez. Os discursos, a repetição, os palavrões, a gritaria sobre política, as generalizações enormes sobre mulheres. Quanto mais vermelho e doido ele fica, mais a plateia parece amar. Ele inventa na hora uma piadinha sobre como o Mark Zuckerberg vai ser tratado nas portas do inferno — pura enrolação, quase não faz sentido, mas, com uma boa dose de berro, cuspe e pausas para tomar goles de cerveja, ele acaba parecendo um gênio sofrido e anárquico. Mas, na verdade, sei que ele só está sendo idiota de tão bêbado.

Eu me apresento logo depois dele e, quando subo no palco enxugando os restos do seu carisma, percebo que meu show não vai dar certo. A plateia está toda pilhada por causa dele. Querem mais comédia de rock star, e sinto que meu novo material leve sobre a dificuldade de marcar uma noitada com um bando de caras de trinta e tantos anos não vai descer bem. Sinto o fracasso do começo ao fim, mais uma vez me lembrando de que há centenas de jeitos de se sentir bem quando uma apresentação dá certo. E só um jeito de se sentir mal quando dá errado.

Pegamos o trem de 21h30 de volta para Londres, bem a tempo de comprar um segundo jantar no Subway.

— Estou pensando em contratar um personal trainer — digo, enfiando o sanduíche na boca.

— Meu DEUS — urra Emery, todo dramático, e encosta a cabeça na mesinha dobrável, desesperado.

— Sei que é clichê, mas...
— Não é só clichê, é BURGUÊS, Andy.
— Bom, burguês ou não, tenho que dar um jeito nisso aqui — argumento, apontando para a minha barriga.
— Então vai fazer o quê, dar uma repaginada no visual?
— Não. Talvez — respondo, tomando um gole de Coca. — Eu vivo muito na minha cabeça, queria pelo menos tentar viver um pouco no resto do meu corpo.
— Hum — murmura ele, incrédulo.
— Não quero uma existência só interna. Toda essa obsessão egocêntrica, essa mania de pensar demais. Às vezes eu me sinto só um cérebro dentro de um jarro.
— E você nem é tão inteligente — comenta ele.
— Valeu — digo, balançando a cabeça e pegando o celular.

Abro o Instagram e vou para a pasta de solicitações de mensagens, para ver se alguém postou sobre a minha apresentação. Vejo uma mensagem de uma mulher, @Tash_x_x_x_.

Oi, engraçadinho bjs

Abro o perfil dela e aproximo o celular da minha cara para tentar enxergar melhor a foto de perfil. Vinte e tantos anos? Cabelo escuro comprido, sobrancelhas grossas, olhos castanhos amendoados. Sorriso relaxado. Dentes muito brancos.
— Ai, meu Deus — digo.
— Que foi? — responde Emery, desviando o olhar do livro que está lendo.
— Uma gata daquelas me mandou DM.
— Me mostra.
Viro o celular para ele ver.
— É um bot — diz Emery.
— Não é um bot, olha só.
Mostro as poucas fotos que ela postou no feed. Um cachorrinho peludo. Um café gelado. Uma mulher que parece ser a mãe dela.
— Será que ela estava lá hoje?
— Sei lá.

— Vai responder?
— Não sei, eu deveria?
— SIM — diz ele.
Eu digito:

> Nem todo mundo concorda.

Mostro a mensagem para Emery.
— Boa. Modesto. Sucinto.
Mando a mensagem. Emery aperta meu braço e sorri.
— É o sinal — diz ele. — Você disparou o aviso invisível. Está rolando.
— Como assim? — pergunto.
— Quando alguém fica solteiro, transmite algo para o mundo, sem nem tentar, em uma frequência que só outros solteiros escutam. De repente, todos os ex aparecem mandando mensagem, desconhecidos interessados...
— Ai, meu Deus, ela leu. Está digitando. Ai, meu Deus, ela está digitando.

Eu já vi seu show, você é engraçado. E gato.

Fico de queixo caído. Mostro a mensagem para Emery.
— É um bot, sem dúvida — diz ele, antes de afundar na poltrona e perder qualquer interesse na conversa.

> Acho que você deve estar me confundindo com outra pessoa.

Ela digita.

Vi sua apresentação ano passado no comedy club de Crouch End. Você mandou suuuuper bem.

> É muita gentileza sua. Como você se chama?

Tash bj

Andy, prazer

Kkkk tô sabendo

O que você faz da vida, Tash?

Sou babá

Hesito e penso na minha resposta, temendo que meu entusiasmo esteja fora de controle.

Legal.

O que tá fazendo nesta linda noite de domingo?

Sofrendo com a pior ressaca de 2019, que não foi nem um pouco aliviada por um show em Hull. Agora tô no trem voltado pra casa.

Sorte sua que eu estou aqui pra te fazer companhia.

Emery não para de ler pelo resto da viagem. Fico o tempo todo grudado no celular, trocando mensagens com a Tash. O tom da conversa é parecido com o que me lembro do meu breve período em apps de namoro — um clima de flerte, sem a impressão de que o alvo do flerte sou eu, especificamente. Amigável, mas sem amizade. Sugestivo, sem nunca sugerir nada. Chego em casa à 1h30, depois de quase três horas de papo furado com ela. Escovo os dentes, tiro uma foto para a pasta CARECA e me deito.

Boa noite, Tash. Obrigado por alegrar o que TALVEZ pudesse ter sido a pior viagem de trem da minha vida.

O prazer é todo meu. Boa noite, gato.

Quarta-feira, 24 de julho de 2019

— E finalmente os candidatos a desenvolvimento mais eficiente de *employer branding* são...
Eu me viro para a tela atrás de mim, onde as palavras aparecem.
— ABC Employer Brand Team.
Há uma rodada capenga de aplausos entre a massa escura à minha frente.
— Absolutely Management.
Mais aplausos.
— E... — digo, cheio de expectativa, mas não aparece mais nada. — Ah. Ok, são só dois candidatos. Bom. Cinquenta por cento de chance. E o prêmio vai para...
Abro o envelope no púlpito.
— Absolutely Management.
Escuto uma pessoa comemorar em uma mesa distante e bato palmas enquanto uma mulher usando um vestido impossivelmente cintilante atravessa a distância muito longa da sua cadeira até o palco. Entrego o troféu para ela, e posamos lado a lado para uma foto, rígidos.
— Bem, chegamos ao fim da cerimônia do Prêmio de Recrutamento e *Headhunting* de 2019. Eu sou Andy Dawson, e vocês foram uma plateia incrível. Posso não saber com o que vocês trabalham, mas sei que ganham muito dinheiro, então podem comprar champanhe e curtir a pista de dança. Muito obrigado e boa noite.
Quando saio do salão do evento e sigo pelo corredor do hotel para buscar meu casaco no guarda-volumes, um homem se aproxima, apressado. Ele está de terno, camisa azul e gravata e é careca, exceto por uma faixa de cabelo grisalho que cerca a parte de baixo da cabeça. Ele me cumprimenta usando as duas mãos.

— Meu nome é Bob — diz ele —, prazer. Devo dizer, isso foi completamente *fantástico*. Normalmente esses eventos são uma chatice que só, mas você acertou em cheio.

— Valeu — digo. — Que bom que gostou.

— Eu também sou de Birmingham. Preciso de todas as minhas forças para não perguntar casualmente sobre a origem da calvície dele, e se começou pela frente ou por trás.

— Ah, é? Ainda mora lá?

— Não, me mudei para Londres faz trinta anos. Na verdade, nos últimos anos, tenho morado em um barco no canal.

— Quem diria! Não combina com um trabalho tão careta.

— É, pois é — concorda ele, rindo. — Sempre me dizem isso.

— Como foi parar lá?

— Foi o divórcio — conta ele, se aproximando com um tom conspiratório. — Dos brabos. Eu não sabia mais onde queria me firmar, e quando surgiu a oportunidade de comprar uma casa flutuante, pensei... por que não? Meus filhos ficaram chocados. Diziam o tempo todo: "Pai, não acredito que você vai fazer isso." Mas fui lá e *fiz*.

— Mandou bem! Estou passando por um momento parecido. Terminei com a minha namorada mês passado e acabei de sair de casa. Por enquanto, estou morando com meu melhor amigo e a esposa dele, mas não posso ficar lá para sempre. Mas a ideia de voltar a dividir apartamento com desconhecidos aos trinta e cinco anos é tão esquisita...

Ele me olha de um jeito intenso.

— Já considerou a vida náutica?

— Não?

— Acho que pode ser exatamente do que você precisa agora. É um lugar perfeito para um artista como você. A comunidade na água é surreal. E deixa eu te dizer uma coisa: as mulheres adoram. — Ele se curva mais para perto outra vez e solta uma gargalhada esganiçada. — Na verdade, estou procurando alguém para alugar meu barco, se interessar.

— Para onde está se mudando?

— Conheci uma moça legal. Ela me trouxe de volta à terra firme. Mas ainda não estou pronto para vender ela... — diz, e faz uma pausa bem treinada. — A casa flutuante, é claro.

— Boa.
— Olha... fica com meu número. Me manda uma mensagem se quiser falar mais disso. Consigo fazer um precinho camarada.

Ele me entrega um cartão de visitas, dá um tapinha nas minhas costas e vai embora. Só então noto a trancinha minúscula que ele conseguiu juntar com esmero aparecendo por cima do colarinho do paletó.

Compro comida chinesa na volta para casa, e eu, Avi e Jane vemos o primeiro discurso de Boris Johnson como primeiro-ministro.

— "... E por isso me apresento hoje aqui para dizer a vocês, povo britânico, que esses críticos estão errados. Quem duvida, quem vê o pior, quem espera o fracasso... vão todos errar de novo..."
— Odeio ele — digo.
— Eu também — opina Avi.
— Por que vocês odeiam ele?
— Cuzão reaça — diz Avi.
— É, cuzão reaça — concordo.
— Claro que ele é um cuzão reaça — diz Jane. — É o líder do partido conservador. Também não gosto dele, mas vocês sabem me dar um motivo além desse hábito inglês patético de resmungar sem parar sobre como odeiam os conservadores só para provar que são boas pessoas?
— Ele é metido — diz Avi.
— É, é metido mesmo — concordo.
— Um ursão polar playboy inútil.
— Exatamente — digo.
— "... com o coração a mil e a confiança crescente, agora aceleraremos o trabalho de nos preparar. Os portos estarão prontos, e os bancos estarão prontos, e as fábricas estarão prontas, e os negócios estarão prontos. E os hospitais estarão prontos..."

Não admito que o motivo para que eu o odeie com tanta intensidade seja por ele ser o primeiro primeiro-ministro da minha vida adulta a ter mais cabelo do que eu. Claro que ele é metido. Eu também seria. Essa cabeleira dele é absurda. Tem tanto volume que ele nem tem saco para pentear.

— Encontrei um apartamento por quinhentas libras por mês — anuncio. — Em East London.

84

— Quinhentas?! — pergunta Jane.
— Isso! É uma quitinete espaçosa.
— Que incrível, cara! — opina Avi. — Onde fica, exatamente?
— Hackney. No canal.
— Vista para o canal! — diz Jane. — Opa, isso que é apartamento de solteiro.
— Porque flutua no canal — explico, e os dois me olham, confusos.
— É um barco.
— Um barco *no canal*? — pergunta Avi.
— É, óbvio.
— E você moraria lá o tempo todo?
— Isso.
— *Por quê?* — exclama ele.
— Porque hoje conheci um cara que me ofereceu um ótimo negócio e é o único jeito de eu conseguir pagar um apartamento sozinho em Londres. E vai ser uma aventura!
— Mas... — diz Avi, que, excepcionalmente, está sem palavras. — Você não fica enjoadaço em barcos?
— É, tipo, em um pedalinho em Corfu quando a gente tinha dezenove anos, depois de eu ter bebido onze copos de sidra com cerveja.
— Será que não é melhor passar mais um tempinho na água antes de decidir se mudar para um barco?
— Avi, cara, não dá para ficar feliz por mim?
— Foi mal, foi mal. Estou feliz, sim. Mandou bem, cara. Levantar âncora!
Ele ergue a lata de Coca para brindar comigo.
— Obrigado — resmungo. — Vou me mudar no fim de semana. Já abusei demais da boa vontade de vocês.
— Não abusou, nada — diz Jane. — Foi um prazer receber você. E vai ser divertido visitar o seu barco!
— Verdade — concorda Avi, sem muita convicção.

Subo para o meu quarto e passo meia hora na frente do espelho do banheiro contorcendo o braço e a cabeça em posições desconfortáveis na tentativa de tirar a foto mais nítida possível para a pasta CARECA. Deito na cama, por cima do edredom, e fico indo e voltando pela última semana de fotos da CARECA, tentando avaliar qualquer progressão ou regressão. Tash manda uma mensagem.

Oi. Como foi seu dia?

      Tudo certo, fora a demolição da democracia. E o seu?

Na mesma.

Como é frequente nas últimas mensagens que troquei com Tash, não sei bem como responder. Ela parece querer conversar o tempo todo, mas sem puxar nenhum assunto. Ela resiste em me dar detalhes sobre a própria vida. Não quer se aprofundar sobre nada — nem interesses, nem ideias, nem piadas. Parece que só falamos sobre o que aconteceu no nosso dia, com uma pitada leve de tesão. Então me surpreende quando ela diz:

Mas como você tá de verdade?

Comparado ao que falamos até agora, isso é um negócio e tanto para a Tash. Escrevo e reescrevo várias vezes a resposta.

      Estou meio deprê, Tash

Por quê?

      Não quero estragar o clima

Vai lá, engraçadinho. Estraga com jeito.

Hesito com os dedos no teclado.

      Terminei um namoro recentemente

Ela responde no mesmo instante.

Términos são uma droga

                                                          São mesmo

Que pena vc estar nessa

    Faz parte da vida, né? Tipo impostos e sabores experimentais de salgadinho que nunca vendem. Inevitável

Vc tem com quem conversar?

                                                                   Hum. Não sei.

    Sinto vontade de chorar, e não sei bem por quê. Ela digita por um tempo, e eu fico nervoso com o que vai aparecer no chat. Finalmente, surge o emoji sorridente com mãozinhas de abraço. E voltamos ao que interessa.

Onde você tá

                                                                         Na cama

Pelado?

    Há muitos motivos para eu escolher não responder a esta mensagem com a mentira de que estou, sim, pelado, e não usando a samba-canção do Batman que minha mãe me deu de Natal. O principal é que dois anos atrás uma mulher que mandou DM para o Emery tirou print dele batendo punheta no FaceTime e a imagem viralizou, e graças a DEUS ele criou um bom show a partir dessa situação, mas eu não vou cometer o mesmo erro.

                                        Quando a gente pode se ver?

Por quê?

> Se é pra gente ficar pelado provavelmente seria bom ficar pelado junto, né? Pode ser legal.

Qual foi a última vez que você fez umas safadezas de vdd?

> Hesito, pensando no que responder. Não sei se devo ser sincero. Não sei se sinceridade é o que uma conversa dessas pede — parece fazer tanto tempo que eu não faço isso.

> Faz um tempo

Vc vai fazer alguma safadeza logo?

> Se você quiser, sim, por favor.

Boa noite, Andy bj

> Boa noite, Tash bjbj

Sexta-feira, 26 de julho de 2019

Eu e o homem de cabelo azul trocamos exatamente zero palavras quando volto ao guarda-móveis. Ele me entrega a chave em silêncio e eu sigo pelo corredor comprido, me perguntando quantos dos depósitos estão sendo usados para o mesmo fim do meu — bunkers de guerra onde o conteúdo da nossa vida pode se esconder. Quando abro o cadeado e vejo meus parcos pertences, finjo ser um desconhecido, imaginando o que pensaria da vida desta pessoa a partir da seleção de objetos. Não cometo o erro de contratar outra van depois de perceber que cabe tudo em um táxi espaçoso.

Bob me espera em frente ao barco, de camisa de linho de manga curta, bermuda comprida, sandália e óculos escuros esportivos. Ele balança a chave na minha frente.

— Essa minha belezura aqui é um ótimo lar para um homem livre — declara.

— Valeu, Bob — digo.

— Vem, vamos embarcar, vou mostrar todos os cantinhos e segredos dela.

Decido, naquele momento, nunca, nunca mesmo, tratar o barco por "ela".

Descemos para o barco, e tento esconder minha surpresa ao ver como ele é pequeno. Sinto a ponta do meu cabelo encostar no teto.

— Ceeeerto — diz ele, com um suspiro. — Vou listar tudo o mais rápido possível. Lareira, combustível, luz, toalete. É o básico. Sobre o fogo... você sabe acender uma lareira?

— Sei — minto.

— Fantástico, tem lenha ali. Vai precisar manter o fogo aceso a noite toda quando fizer frio. Combustível... dura muito tempo, mas não tem mostrador para indicar quando está acabando, então precisa usar a régua medidora. No seu lugar, eu checaria hoje mesmo. Gás — continua ele, indo até o fogão. — Vem de um cilindro portátil que você precisa recarregar. Eletricidade... fica de olho na saúde da bateria. Chuveiro... bem básico, dá para o gasto. Banheiro — diz, com um novo ar de seriedade, me levando ao lavabo minúsculo. — Olha, pode ser meio complicado. É um banheiro químico. O reservatório enche e precisa ser esvaziado mais ou menos de duas em duas semanas. Para esvaziar, tem que tirar a parte de baixo e achar uma estação de despejo. O problema é que as estações de despejo geralmente estão cheias ou desativadas, ou fechadas de vez, aí você vai precisar... ser criativo, digamos assim.

Ele ri, como se eu soubesse do que está falando. Eu também rio, mas não entendi.

— Cama! — anuncia, atravessando o barco a passos largos. — Você é um sujeito bem alto, quanto você mede?

— Um e oitenta e oito.

— Então não tem problema — diz, com um sorriso largo. — A cama mede mais ou menos um e oitenta e três, então você só vai precisar se encolher um pouquinho de noite para caber e dormir.

Há um momento de silêncio enquanto tento descobrir se ele está brincando.

— Bom, isso parece ser um problema, Bob.

— Não, não é nada para um boêmio como você — garante ele.

Desconfio profundamente de onde quer que ele tenha tirado essa percepção a meu respeito.

— É bem estreito, né? — tento dizer despreocupadamente.

— Bom... é! — Ele ri. — Que nem todos os barcos do canal! Relaxa, você logo se acostuma. Certo, acho que é só isso que eu preciso explicar. Você tem meu telefone. Só faltou dizer que... você tem mais cinco dias antes de precisar seguir viagem.

— Seguir? Para onde?

— Para onde encontrar espaço. Pode ser ao leste, ao oeste, ao norte. Dá para navegar o rio todo até Oxford. Quem sabe? A graça é essa.

— Não posso só ficar atracado aqui? — pergunto.

Ele me olha, atônito.

— Aqui? — pergunta, apontando para o piso do barco.

— É.

— Nossa, de jeito nenhum, isso aqui não é um ancoradouro! Sabe quanto custa um ancoradouro aqui por Hackney?! — pergunta ele, e eu o encaro, nitidamente perdido. — Mil pilas por mês, no mínimo! É um roubo, na minha opinião.

— Então de quanto em quanto tempo eu preciso mudar de lugar?

— De duas em duas semanas, senão pode ser despejado — diz ele, com naturalidade. — BELEZA. Vou lá, então, capitão!

Ele ajeita a postura e bate continência antes de sair para o convés e de lá para o píer, me deixando sozinho em meu novo lar.

Tiro uma foto do casco exposto do interior branco-amarelado e mando para Tash.

TÔ NUM BARCO PORRA!!

É bom manter o tom leve. E serve de assunto. Nos últimos dias, tenho sentido o interesse dela em mim diminuir. As mensagens estão ficando mais espaçadas, com cada vez menos perguntas. Ela se recusa a elevar nosso relacionamento e tornar tudo mais tangível — dei meu número para ela, mas ela só manda DM. E não se decide quanto a uma data específica para a gente se encontrar. Fico com receio de que a mensagem sobre o barco não dê possibilidades de resposta, então mando outra alguns minutos depois.

Vamos dar uma volta!

Boto para tocar um podcast sobre uma mulher nos Estados Unidos que deu um golpe em quatorze homens diferentes para que eles doassem vários órgãos vitais sem a menor necessidade e desfaço as malas. Desembrulho minhas canecas, meus talheres e minhas tigelas. Guardo as roupas no pequeno armário e nas duas gavetas debaixo da cama. Coloco o edredom no lugar e arrumo uns travesseiros. Em menos de uma hora, a mudança acabou, e não sei bem o que fazer.

Tem uma cafeteria no píer, onde me sento e tomo um café. Eu me afasto do canal e compro um pouco de comida e umas garrafas de vinho. Conto para todo mundo que encontro que acabei de me mudar para um barco, e recebo respostas de inveja e fascínio. Nunca me senti tão interessante, e me divirto respondendo às perguntas sobre os aspectos práticos de saneamento, correspondência e eletricidade com toda a autoridade adquirida em uma hora na embarcação.

Volto andando na chuva e, quando chego ao barco, vejo uma poça se formando no chão, debaixo das janelas. Mando uma mensagem para Bob.

> Oi Bob. Acho que a chuva está entrando pelas janelas. Já aconteceu isso antes?

Remexo nos trincos e abro e fecho as janelas algumas vezes, o que só piora a situação da chuva. Bob responde.

Já! É bem normal. Não se preocupe. Use toalhas, camisetas etc. para secar até parar. Pode ser bom reservar uns panos de prato para isso.

Uso minha toalha de banho e algumas camisetas para absorver a água e faço uma torrada com feijão para jantar. Quando o céu escurece e a chuva fica mais forte, deito na cama para me esquentar. Compartilho a internet do celular para ver um filme no notebook enquanto bebo uma garrafa de vinho.

Eu me pergunto o que Tash está fazendo e, com vergonha de mandar mais uma mensagem, digito o nome dela no Instagram para ver se ela postou algum *story*. O perfil não aparece. Apago e digito de novo.

Usuário não encontrado

Abro o grupo de WhatsApp que antes levava o nome de Crocodildos e agora se chama Balão Bobão, a conclusão natural de qualquer noite de farra. Envio uma mensagem para o grupo.

> **Andy**
> O que quer dizer usuário não encontrado no Instagram?

Matt digita.

Matt
Perfil deletado ou ela te bloqueou

Andy
Como você sabe que é ela

Rob
Kkkk

Avi
Até parece que você ia ligar se fosse um cara

Jon
Levou um perdido?

Andy
Dá pra descobrir se ela bloqueou ou deletou???

Matt
Qual é o nome no Insta

Andy
@Tash_x_x_x_

Matt
Aqui também não aparece, deve ter deletado o perfil ou mudado de usuário

Jay
Você mandou nude pra ela? Hahahahahah

 Viro o celular para baixo na cama, sentindo uma decepção e uma tristeza inteiramente desproporcionais ao relacionamento, se é que ele merece ser chamado disso. Percebo que a última semana foi como uma folga muito breve, mas muito concreta, da minha cabeça. Longe de Jen, da memória do nosso relacionamento. Eu tinha recebido alguns dias de descanso — uma curta viagem à Ilha Tash, com várias atrações e clima ensolarado. E agora acabou. Voltei para onde estava uma semana atrás, para o continente do sofrimento. Escuto um ruído alto e me levanto da cama, descobrindo que a força da chuva escancarou uma janela. Fecho de novo e encontro outra camiseta para secar a água.

E então, enquanto recolho as peças de roupa ensopadas e as largo em um saco plástico, percebo outra coisa:

Acho que não gosto deste barco. Na verdade, acho que o odeio. Acho que a única coisa que gostei até agora foi *sair do barco e andar por aí dizendo para as pessoas que moro em um barco.*

Será que o barco e Tash apareceram na minha vida exatamente ao mesmo tempo e embolaram meus sentimentos? Será que confundi meu entusiasmo por uma possível nova namorada com o entusiasmo por morar em um barco no canal? Será que conectei as duas coisas? Será que achei que minha nova vida em um barco andava de mãos dadas com um novo relacionamento com uma mulher absurdamente bonita que me achava hilário?

Acabo com a garrafa de vinho e abro outra. A chuva continua e o barco esfria. Não consigo descobrir como ligar o aquecedor, então tomo um banho fervendo e só quando estou pelado e pingando reparo que minha toalha está sendo usada para impedir que o barco alague. Sinto um calafrio, volto para a cama e checo o celular. Nenhuma mensagem.

Sinto falta de ir dormir sabendo que tem mais gente dormindo na casa. É a primeira vez que durmo sozinho de verdade desde o término. Será que Jane estava certa quando disse que homens não sabem ficar solteiros? Dependo tanto assim das formas, dos sons e dos cheiros de outro corpo ocupando o mesmo ambiente que eu?

Acabo com a segunda garrafa de vinho e abro minha conversa com Jen no WhatsApp. É um péssimo hábito que adquiri: entrar no porão digital do nosso relacionamento e procurar palavras que me levam de volta a períodos diferentes dos nossos quase quatro anos de mensagens. Às vezes estou sentimental, e os termos que procuro me levam aos momentos mais carinhosos do nosso tempo juntos — *amor, meu bem, te amo, saudade*. Outras vezes, quero voltar às fases mais tesudas do relacionamento e revisitar nosso histórico de mensagens safadas. Hoje, infelizmente, é o segundo caso.

Piroca

Digito na caixa de busca e dou enter. A palavra aparece como mensagem. Jen imediatamente fica on-line. Ela responde:

Como é que é???

Ai, meu Deus.
Ai meu Deus ai meu Deus ai meu Deus, isso não aconteceu. Eu não fiz isso. Ela está digitando. Está respondendo rápido demais para que eu possa inventar uma desculpa crível. Tenho que pensar rápido.

Sei que você está magoado, Andy, mas não pode falar assim comigo. É inaceitável. Pior — é agressivo.

Começo a digitar, meus dedos dormentes de frio e lentos por causa da bebida.

Mil desculpas Jen foi sem querer era pro Avi

Olho para o status dela. Ela não digita nada.

Jen me desculpa mesmo foi acidente.

OK.

Foi mal deve ter sido muito esquisito
receber uma mensagem aleatória
minha falando de piroca

Foi, sim.

95

Desculpa de novo. Espero que esteja tudo bem aí. Bjs

Bj

Outro beijo solitário. Guardo o celular debaixo do travesseiro, apago as luzes e puxo o edredom até cobrir a cabeça. Fecho os olhos e tento imaginar o rosto de Jen. Como sempre, só consigo visualizar um traço de cada vez. O nariz que mudava de formato de acordo com o ângulo da cabeça. As pálpebras pesadas, os cílios compridos e retos. As cinco sardas que apareciam no nariz durante o verão. Havia algo eternamente misterioso no rosto, nos pensamentos, no cérebro dela. Sempre senti que havia uma parte dela que eu nunca entenderia de verdade, uma parte que era apenas dela.

Levo mais uma hora para pegar no sono, e a chuva continua por todo esse tempo. Ainda está chovendo quando a luz que entra pelas janelas sem cortinas me acorda ao amanhecer.

Segunda-feira, 29 de julho de 2019

Demoro mais para me mudar do barco do que demorei para me mudar para lá. Bob me manda uma mensagem dizendo para deixar as chaves no cofre no convés e fica nítido, pelo tom dele, que nossa relação amistosa acabou. Quando volto ao guarda-móveis pela terceira vez no mesmo mês, o cara de cabelo azul insiste que tenho que preencher um formulário do zero, mesmo que eu esteja alugando exatamente o mesmo depósito.

Acho que Jane conversou com Avi e mandou ele não fazer piada com a situação do barco, porque quando chego na casa deles o fato nem é mencionado. O colchão está de volta no sótão, Rocco vem correndo me dar um beijo e Jackson me presenteia com um desenho em que estou de mãos dadas com Avi. Tenho a impressão de que a casa inteira foi informada de algo.

À noite, peço comida de novo, como uma forma mixuruca de agradecimento. Enquanto abrimos as embalagens de pad thai e curry vermelho, Avi diz:

— Será que a gente conta pra ele?
— Conta — responde Jane.
— Me contar o quê?

Eles se entreolham, cheios de segredos.

— Estou grávida — diz Jane, orgulhosa.
— Como assim? *De novo?* Você não acabou de voltar a trabalhar na agência? *Três?* Que história é essa? Av, você não pode fazer uma vasectomia ou sei lá?
— É loucura, eu sei. — Ele dá de ombros. — Mas a gente sempre quis ter três. Até gostaria que a gente não quisesse, mas a gente quer.
— Eu quero uma trupe. Vim de uma trupe. É legal — comenta Jane.
— Entendi — digo, sem entender. — Bom, vem cá.

Eu me levanto e envolvo os dois em um abraço.

— Amo vocês. Mais seres humanos fabricados por vocês dois só pode ser boa notícia.

Nós três nos abraçamos, e me bate tanta saudade de Jen que sinto uma dor aguda no meio do peito.

A notícia do bebê basta para me fazer subir direto para o quarto logo depois do jantar, apoiar o notebook na barriga e me recusar a dormir até encontrar um lugar para morar. Posto súplicas vergonhosas nas redes sociais. Nada cabe no meu orçamento e, quando entro em contato com quem está alugando os poucos quartos que posso pagar, já não estão mais disponíveis. Depois de duas horas de pesquisa, me detenho ao ver um anúncio com um preço relativamente baixo em uma área relativamente boa da cidade. Leio e releio o anúncio algumas vezes.

QUARTO PARA ALUGAR HORNSEY
SÓ PRÓ-BREXIT
£618/mês incl. contas

Alugo quarto na minha casa de dois quartos em Hornsey onde moro me chamo Morris não tenho bicho de estimação tenho 78 anos. Tem jardim e não aceito aluguel por transferência só espécie ou cheque. O quarto é grande cama de casal mobiliado. NÃO para QUALQUER religião praticante e instrumento musical. Tem televisão banheira chuveiro. Qualquer gênero e idade menos abaixo de 25. Qualquer nacionalidade menos holandês. Meu número é 02083419595 por favor ligue se quiser tchau

— ALÔ? — grita uma voz masculina com sotaque do norte.
— Alô, falo com o Morris?
Uma pausa.
— POR QUÊ?
— Eu me chamo Andy, vi o anúncio do quarto na internet.
Outra pausa muito demorada.
— Alô? — insisto.
— Sim? — grita ele.

— O quarto ainda está disponível?
— Sim?
— Ok. Posso visitar?
— Como você sabe meu nome? — pergunta ele.
— Está escrito no anúncio.
— Ah. Sim, é uma casa de dois quartos, bem grande. Seu quarto é grande, com cama e mais um pouco de mobília. Sim?
— Sim, acho ótimo. Posso visitar amanhã?
Outra pausa.
— Você trabalha para o Estado?
— Para o *Estado*? Não, sou comediante.
Outra pausa demorada.
— Ok, pode se mudar daqui a dois dias — diz ele, brusco. — Avenida Montague, 33, por favor, não toque a campainha.
— Pode repetir, por favor? Avenida...
Ele desliga.

Quarta-feira, 31 de julho de 2019

Quando entro no Giraffe Storage de Kentish Town, o homem de cabelo azul nem me olha, só empurra a chave para mim pelo balcão.

— Não se preocupa, é a última vez que você vai me ver — digo.

Ele finge que não ouviu e segue olhando para o computador.

Chego ao endereço que Morris me passou e bato na porta, evitando a campainha, como ele pediu. Ninguém atende. Bato mais algumas vezes, e nada. Vou até a janela da frente, que está entreaberta, e grito ali.

— OI? OI, MORRIS? ESTOU NA PORTA.

Escuto uma movimentação dentro da casa e, após alguns instantes, um homem baixo com parcos cabelos brancos abre a porta.

— Que foi? — pergunta ele. — Quem é você, o que você quer?

— Sou o Andy — digo. — Conversamos no telefone. Vou alugar o quarto. Vim me mudar.

Ele me encara cautelosamente, os olhos castanho-escuros enormes, alertas e vulneráveis como os de uma criatura silvestre.

— Cadê suas coisas? — pergunta, olhando para trás de mim com expectativa.

— Aqui — digo, apontando para as malas e caixas no chão.

— Só isso?

— Só — respondo.

— Isso é tudo que você tem?

— É.

Ele mantém a expressão desconfiada ao olhar para as minhas coisas e, em seguida, me analisa de cima a baixo.

— Está vivendo na moita? Para se esconder do fisco?

— Puta que... *não* — digo, exasperado. — Só não tenho muita coisa.

Ele hesita mais um instante antes de finalmente fazer sinal para eu entrar na casa.
— Tudo bem, entra.
Eu o acompanho. O corredor é cheio de tapetes velhos e vasos de plantas no chão, além de outras plantas penduradas nas paredes de terracota.
— Caramba, que matagal. São de verdade?
— São — responde ele, pegando um regador de plástico e molhando um grande clorofito. — Você não deve mexer nelas, por favor, nem tente ajudar. Tenho uma rotina muito rígida.
— Entendi — digo. — Posso? — pergunto, indicando a porta.
— Sim, pode olhar a casa.
Eu assinto e sigo para a sala de estar, que tem menos plantas porque as paredes estão ocupadas por colunas altas e arrumadas de jornais. Olho para o topo de uma das pilhas: *Evening Standard,* de 1993.
— Também não pode mexer nisso — diz ele.
Ao me virar, percebo que ele está no meio da sala, me observando.
— Tudo bem. É uma coleção é tanto.
— É importante ter um arquivo das coisas.
— É. Imagine se existisse uma rede de informação histórica que o mundo inteiro pudesse acessar de casa mesmo! — digo, brincando, e ele me olha sem expressão. — Foi uma piada ruim. Sobre a internet.
— Tem Wi-Fi aqui. Banda larga.
— Que bom.
— Nos últimos anos, eu não tinha banda larga. Antes, tinha internet discada. E, antes disso, ia para a casa do meu amigo Tim, porque ele mora na rua do lado, mas aí comecei a pensar que não queria minha informação e minhas pesquisas no computador dele. Não que eu estivesse fazendo alguma coisa que quisesse esconder, mas não sei como poderiam usar aqueles dados, então pedi pra ele zerar o computador, mas é claro que, desde então, li que não dá mais para apagar completamente nada hoje em dia. Não, depois de colocar seu nome e endereço e se inscrever no que quer que seja, eles rastreiam você pelo resto da vida, mesmo depois de apagar os logins.
Ele mal se detém para respirar no meio da fala, correndo para acabar cada frase como se tivesse receio de que pudesse se interromper.

Ele continua assim por um tempo, e eu faço os barulhos certos para ele achar que estou escutando.

— Posso ver meu quarto? — pergunto, quando ele faz um intervalo de meio segundo e percebo a oportunidade.

— Sim — diz ele, e imediatamente sai marchando para o corredor e escada acima.

O segundo andar é igual: plantas, papel de parede estampado descascando um pouco nas beiradas, pilhas de jornais, muitas luminárias — decoração gasta e usada, mas limpa, e estranhamente aconchegante. Percebo um porta-discos no chão, contendo principalmente LPs dos Beatles.

— Fã dos Beatles? — pergunto.

— Sou.

— Eu também.

— Eram só quatro rapazes de Liverpool — diz ele, balançando a cabeça. — E mudaram o mundo.

— É. Loucura, né?

— Tem uma história dos Beatles que envolve esta casa.

— Jura?!

— É. Comprei esta casa 49 anos atrás de um homem chamado Terry McAllister — conta, e já estou perdido. — E ele me garantiu que o primo de George Harrison era amigo dele e passou um tempo morando aqui. E, em 1963, George dormiu nesta casa, no sofá.

— Muito legal.

— Estou tentando arrumar para que coloquem uma placa na frente da construção, mas o Instituto do Patrimônio Histórico não responde às minhas cartas, nem às minhas ligações.

— Não imagino que eles tenham muito mais o que fazer.

— Ora, exatamente! — exclama Morris, indignado. — Talvez eu possa contar com uma ajuda sua, já que você é cantor de bar. Você é conhecido?

— Não sou cantor de bar. Sou humorista.

Morris volta à expressão desconfiada.

— Humorista? Não parece.

— Bem, é porque não estou me apresentando agora, Morris — digo, um pouco impaciente.

— Sempre gostei de Tommy Cooper. Vi mais de uma apresentação dele.

E lá vai ele, sem fôlego, na competição de anedotas consigo mesmo. Enquanto ele fala, abro a porta do quarto. É maior do que eu esperava. Largo as malas e ando até a janela dupla de guilhotina, que dá para o jardim comprido, estreito e bem-cuidado. Noto um volume no fim da grama, junto à cerca. Forço a vista, tentando identificar o que é.

— ... enquanto, hoje em dia, comédia é sempre cheia de sarcasmo e palavrão e...

— Morris — digo, e ele interrompe o fluxo.

— Sim?

— O que é aquilo no fundo do jardim?

Ele se junta a mim perto da janela.

— Abrigo antiaéreo.

Olho para ele, para ver se é piada.

— Veio com a...?

— Eu mesmo construí — responde.

— Impressionante. Já teve oportunidade de usar?

— Ainda não. Mas está todo pronto para quando for necessário. Você também terá permissão para utilizá-lo, como parte do aluguel.

— Obrigado.

— Certo, vou deixar você se instalar — anuncia ele, seguindo para a porta.

— Obrigado, Morris. Estou feliz de estar aqui — digo, surpreso por isso não ser inteiramente mentira.

Ele assente e se vira. Olho para o telhado abobadado do abrigo antiaéreo, em parte escondido pela grama. Alguns segundos depois, escuto:

— Andy?

Morris voltou à porta, com uma expressão estranha.

— Pois não?

— Eu não me incomodaria, sabe? Não contaria para ninguém.

— Não contaria o quê?

— Se você estivesse evitando o fisco. Se estivesse vivendo na moita. Eu entenderia.

— Tá bom, Morris, valeu! — digo, num tom entusiasmado demais, tentando quebrar a atmosfera sombria. — Não é o que estou fazendo, mas, se acontecer, eu aviso.

— Você está seguro aqui — diz ele, hesitante. — Eu não contaria para ninguém.

— Valeu — repito.

Ele assente mais uma vez e desaparece com uma rapidez surpreendente.

Consigo reunir três amigos para ir ao pub à noite. Sei que aquela última saída foi só para cumprir tabela. Eles não têm mais nenhuma obrigação de aparecer. Toda amizade dá direito a uma noite no pub custeada pelo Sistema Nacional de Saúde depois de um término, mas é só. Agora já estou no plano particular, e por isso pago a primeira rodada.

— Ele parece surtado — opina Avi, balançando a cabeça. — Por isso o aluguel é tão baratinho.

— Eu gostei de você virar pensionista de um idoso — comenta Rob. — Parece coisa dos anos 1970.

— Ele definitivamente não é perigoso — digo. — Mas é meio... esquisito. Não me surpreenderia se eu descobrisse que ele não é um homem de verdade, e sim, tipo... um fantasma.

— Eu ia amar se o Andy acabasse morando com um fantasma — diz Rob, alegre.

— Levou um pé na bunda, morou duas noites no canal, foi morar com um fantasma — acrescenta Matt, com um sorrisão no rosto, passando o braço ao redor dos meus ombros. — Um cara bem único mesmo.

— Que bom que vocês acham tanta graça na minha vida — replico, bebendo cerveja.

— Mas *é* engraçado. Mais do que qualquer coisa que você já contou no palco, cara! — exclama Rob, todo orgulhoso da própria piada.

— Você vai falar disso no palco? — questiona Avi.

— Do Morris? — pergunto.

— Não. Dessa história toda, do seu colapso como um todo.

— Ah — digo. — Não. Gente, eu ia perguntar... semana que vem é aniversário da Jen, e eu estava pensando...

— Qualquer que seja a pergunta, a resposta é não — interrompe Avi.

— Concordo — opina Rob.
— Concordo — repete Matt.
— Vocês nem sabem o que eu ia perguntar.
— Não, você não pode ligar pra ela — insiste Avi, com um suspiro.
— Não pode compor uma música sobre ela, não pode escrever o nome dela em filhotinhos de labrador e enfileirar eles na rua dela.
— Eu literalmente só ia mandar uma mensagem.
— Não — diz Rob.
— Não — diz Matt.

A resposta tão unânime e imediata me faz desconfiar de que eles tenham falado sobre isso antes. Penso no grupo do WhatsApp que eles podem ter criado sem mim, com um nome do tipo "Controlando Andy". Estou me sentindo meio *controlado*.

— Por que você quer mandar mensagem, cara? — pergunta Avi. — Vocês terminaram.
— Por educação — digo.
— Até parece — comenta Avi.
— Até parece — comenta Rob.
— É, cara, foi mal, mas até parece — concorda Matt.
— Você só está atrás de um motivo para retomar o contato com ela — diz Avi.
— Tá — admito. — É verdade, é melhor eu não dizer nada.
— Se distrai semana que vem — sugere Avi. — Você vai começar a malhar com aquela personal. Aproveita para se instalar na casa nova.
— Curte com seu amigo fantasma — diz Matt.
— E não pensa nela — conclui Avi, antes de mudar de assunto.

Eu gostaria de conseguir explicar que não quero mais pensar nela, mas que pensar nela não é uma escolha; que, embora Jen não esteja mais presente na minha vida concreta, o cômodo mental que ela ocupa há quatro anos ainda existe. Quero transformá-lo em uma academia ou uma sala de meditação, ou arranjar outra inquilina, mas não dá. Às vezes acordo e a primeira coisa em que penso é Jen, e imagino uma versão minúscula dela em um quarto de bonecas no meu cérebro, e me sinto reconfortado pela Jen Imaginária que quer me fazer companhia por mais um tempinho.

* * *

Quando chego em casa, escuto um programa sobre expedições à lua vindo da sala, em um volume altíssimo.
— NÃO PRECISA DAR BOA-NOITE! — berra Morris de trás da porta entreaberta.
Subo a escada, escovo os dentes e me familiarizo com a iluminação do novo banheiro para tirar as fotos mais eficientes para a CARECA.
Deitado na cama com o notebook apoiado na barriga, entro no fórum do bairro e leio os tópicos para ver se encontro móveis baratos.

- **Esquilos comendo lixo de novo**
- **Oi, meu nome é Garotão**
- **Esquilos comendo produtos íntimos usados do LIXO**
- **Tem alguém alimentando esse gato??**
- **Encontrei fezes na porta de casa**
- **Poltrona grátis retirada hoje**
- **Larga de chororô, Nythia**
- **Recomendação de sapateiro??**
- **Olá, primeiro post aqui**
- **POR FAVOR PAREM COM OS POSTS SOBRE ESQUILOS**
- **Procuro namorada**

Clico no último tópico.

Olá. Estou sozinho há muito tempo. Estou procurando uma namorada. Por favor me ajudem. Ela pode estar nesta área ou mais distante.

Leio as respostas.

Sinto muito por você ter perdido sua namorada. Imagino que tenha avisado a polícia, certo? Pode postar uma foto dela para sabermos por quem procurar?

O que você quer dizer, que não está encontrando sua namorada?? Ou que quer conhecer uma nova?

Não é adequado usar este site como serviço de relacionamentos. A função não é esta. É para informações, notícias, recursos e bens etc. no bairro.

Deixa ele, não faz mal a ninguém

Você é um esquilo? Hahaha

Se achar uma namorada e ela tiver uma irmã, me avisa kkkkk

Abro as notas do iPhone e rascunho cinco mensagens de aniversário diferentes para Jen.

Sexta-feira, 2 de agosto de 2019

— Qual é o seu objetivo? — pergunta ela. Ela está na minha frente na academia, de cropped e shortinho de ginástica, mãos na cintura, cabelo comprido e escuro preso em um rabo de cavalo, expressão séria e um crachá que diz "KELLY — ESCULTORA DO CORPO DOS SONHOS".

— Ganhar definição — digo. — Me sentir mais saudável.

— Fala sério, nós dois sabemos que isso não é verdade.

— Hum, me sentir mais forte — me corrijo, arfando.

Ela dá a volta no painel do simulador de escada e aperta o botão algumas vezes, até chegar no último nível.

— Por que quer se sentir forte? Quem fez você se sentir fraco? — questiona.

O aparelho desacelera e a resistência fica mais difícil. Como posso estar tão ofegante, com tanta dor nas pernas, se estou só subindo devagar uma escada de mentira ao som de "When Love Takes Over"?

— Minha… — Arfo. — Minha ex-namorada.

— Ahá. Agora foi sincero.

— Mas… — Arfo mais um pouco. — Não é culpa dela que eu me sinta fraco. Ela só… — digo, apertando os apoios para as mãos. — Terminou comigo. Está no direito dela.

— Bom, escuta, quando a gente acabar aqui, ela vai se arrepender dessa decisão. Ô, e como vai se arrepender.

Faço que sim e espero que ela não me pergunte mais nada.

Fazemos esteira inclinada, musculação e alongamento. Ela mede e calcula meu percentual de gordura e minha massa muscular. Determinamos objetivos, ela me passa uma dieta, eu assino formulários e entrego o cartão de crédito.

— Agora, lembra: a gordura é sua amiga — diz ela. — Carboidrato e açúcar, nunca. Mas gordura é parte importante do plano do Corpo

dos Sonhos que preparei para você. E lubrifica as sinapses, que é o que você precisa agora, nesse estado. Você precisa estar... — Ela bate as mãos com força como se fosse um machado, fazendo um ruído seco.
— Alerta.
— Gordura é bom — repito, concordando com a cabeça, mesmo sem entender como ou por que seria. — Saquei.
Ela relaxa a postura.
— Qual era o nome dela?
— De quem?
— Da sua ex.
— Jen — digo.
— Jen. Bom saber. Veja bem, Andy, eu gosto de avaliar a situação como um todo. É um trabalho holístico, completo. Não vou só dar um upgrade no seu corpo, vou ajudar você a se curar.
— Valeu, Kelly.
— Porque, sinceramente, a gente está no mesmo barco. Nós dois estamos do lado errado dos trinta e cinco e levamos um pé na bunda do amor da nossa vida. No seu caso, a Jen. No meu, a Natalie.
Não sei o que isso tem a ver com meu Corpo dos Sonhos, mas continuo a fazer que sim com a cabeça, mantendo a expressão séria.
— E temos o seguinte para provar — continua ela, segurando firme no meu braço. — Mundo... ainda não desisti de você. Estou aqui, forte, energizada. Vem com tudo.
Concordo com a cabeça.
— Isso...
— *Vem com tudo* — repete ela, se inclinando para dar ênfase.
— Isso aí! — grito acidentalmente, ávido para expressar entusiasmo.

Passo o dia trabalhando na barraca da queijaria em um galpão, durante uma feira de negócios do ramo alimentício. Não tinha considerado como essa decisão seria ruim para o primeiro dia da minha nova dieta e como eu ficaria cansado e faminto depois de malhar de manhã cedo. Passo o dia todo pensando em comida. Passo pelos estandes com minha bandeja de amostras e mal consigo vender alguma coisa, enquanto as luzes fortes do teto refletem nas travessas. Listo itens mentalmente e os encaixo nas categorias da nova dieta. Pão: proibido. Batata: só

109

doce. Álcool: transparente, e só de vez em quando. Salmão: ilimitado. Gordura é minha amiga. Açúcar é meu inimigo. Carboidratos querem esmagar todos os meus sonhos de felicidade e amor. Batatas e massas estão de complô contra mim. Mas é hora de enfrentá-las.
É legal ficar obcecado por alguma coisa que não seja a Jen.

Até exatamente seis da tarde, quando acabo o turno, saio do evento, pego o celular e espero dar um horário ímpar (18h23) para mandar para ela a mensagem casual de parabéns que passei dias escrevendo.

> Oi, Jen. Feliz aniversário! 35 vai ser sucesso. Tomara que seu dia hoje seja mais divertido do que aquela vez que fomos comer uma torre de frutos de mar e acabamos com intoxicação alimentar. Mas talvez um pouco menos legal do que a vez que comemoramos no show do Fleetwood Back, a banda cover número 1 do Fleetwood Mac. Porque nada pode ser melhor do que aquela noite (ou aquelas perucas). Enfim. Pensando em você e brindando em seu nome. Com amor, Andy. Bj.

Fico aliviado em mandar a mensagem. Eu a escrevi e reescrevi tantas vezes que consigo recitá-la de cor. Estou satisfeito com tudo que abarca em um texto tão curto. É nostálgica sem manipulação. É amigável sem ser excessivamente casual. Se eu fizesse uma resenha desta mensagem de primeiro aniversário depois do término, chamaria de "ousada e certeira" e daria quatro estrelas. Vejo Jen ficar on-line e digitar imediatamente.

As perucas são inesquecíveis! Obrigada, Andy.
Agradeço. Espero que você esteja muito bem. Bj

Sei que essa é uma oportunidade preciosa e fugaz para uma troca de mensagens ao vivo, então penso rápido. Eu não esperava que ela fosse responder na mesma hora, então não preparei uma resposta para a resposta. Tenho que manter a bola rolando, mas não sei o que dizer. Por isso sou tão ruim em improviso.

> Será que o sósia do Mick Fleetwood aproveita a peruca para tocar também numa banda cover do Kiss??

Olho para o status dela, que continua on-line por alguns minutos. Finalmente, ela volta a digitar.

Haha bj

Já era. Fiz merda. Sei o significado de "Haha bj", e é "por favor, pare de me mandar mensagem". E, realmente, ela fica off-line segundos depois. Olho para as respostas e as releio tantas vezes que as palavras começam a parecer formigas pisoteadas, perdendo todo o sentido. Quando aceito que Jen não vai responder mais nada, decido comprar comida a caminho do meu show do dia. Passo direto pela baguete com bacon e salada e escolho um "Pack Proteico Poderoso". Conforme instruído, mando para Kelly uma foto da embalagem de três ovos cozidos frios enrolados em salmão defumado, para me ajudar a "me responsabilizar" pela minha alimentação. Ela responde imediatamente.

SUCESSO!!!! Proteína pela força, gordura saudável pelo poder mental. Você está ARRASANDO, ANDY. A gente se fala amanhã com as fotos do café, homem de ferro

Enquanto como um ovo cozido frio enrolado em salmão no segundo andar do ônibus, percebo que, desde o dia em que terminamos, eu estava fazendo contagem regressiva para o aniversário da Jen. No fundo, eu nutria uma esperança secreta de que o aniversário dela marcaria o recomeço do nosso relacionamento. Que abriria nossas vias de comunicação, e que, tão inundada pela memória de aniversários que passamos juntos, Jen não teria opção além de reatar o namoro. A oportunidade para isso tudo chegou e se foi em menos de cinco minutos, e eu fico profundamente decepcionado comigo mesmo por ter estragado tudo assim. Faço uma lista mental de todos os outros acontecimentos possíveis no ano que poderiam abrir as portas para mensagens casuais.

Natal
Meu aniversário
Planejar uma festa surpresa para Avi ou Jane juntos (por que a gente faria isso pela primeira vez logo depois de terminar?)

Desastre nuclear
Morte de alguém que nós dois conhecemos (espero que não)
Diagnóstico de doença terminal de um de nós dois (idem)

Abro o grupo do WhatsApp e escuto várias das mensagens de voz engraçadas que mandei para meus amigos no último ano. Curiosamente, noto que nunca quero ouvir as mensagens dos outros de novo, só as minhas, e decido que a única conclusão relevante que dá para tirar disso é que preciso mesmo lançar um podcast ano que vem. O ônibus passa por um McDonald's e eu imagino o que pediria agora: cheeseburguer duplo com bacon, nuggets, torta de maçã, batata frita grande. Sou patético.
Estou morrendo de fome.

Há uma lenda urbana de que Londres em agosto é boa para humoristas, visto que a maioria está em Edimburgo para o festival. Quando parei de frequentar o festival de Edimburgo, alguns anos atrás, esperava que isso fosse verdade — infelizmente, logo aprendi que os raros eventos em Londres são apresentações em grupo com outros profissionais medíocres e público escasso, ou casamentos. A pior hora da vida de qualquer um que faz stand-up.

Hoje é o primeiro caso. Sou o quarto na fila de um evento longo em um pub no Soho, que acaba só de madrugada e inclui uma mulher que escreve sonetos improvisados sobre membros da plateia e os artistas principais: um homem e uma mulher, casados, que fazem teatro de fantoches com a própria genitália. Nos bastidores, consigo evitar conversar com qualquer um deles e fico fazendo listas no celular de comidas que posso comer e de modos que posso combiná-las. Duas latas de atum e um abacate. Um pote de iogurte grego e quinze amêndoas. Ricota e presunto. Mirtilo e peito de frango. Minha apresentação é a pior que fiz o ano todo — estou tão tonto e distraído que no meio esqueço se já contei uma história que contei minutos antes.

Quando chego em casa, como um pedaço enorme de stilton da queijaria, puro, em menos de vinte segundos, de pé na frente da bancada da cozinha. Decido não mandar uma foto para a Kelly.

Sábado, 3 de agosto de 2019

Tenho um sonho inacreditável com a Jen. A memória é tão nítida que chego a desconfiar que ela veio passear no meu inconsciente ontem. Acordo me sentindo realmente feliz pela primeira vez desde o término. Queria ter aprendido antes esse truque de *A Origem* para solucionar a dor de cotovelo. É só comer queijo bem mofado no meio da madrugada, e aí você consegue se encontrar com a sua ex nos sonhos. Meu bom humor me sustenta ao longo do dia enquanto resolvo assuntos burocráticos, quase até a noite, até que apareço no pub para tomar umas cervejas com o pessoal todo e descubro que só Avi e Rob não desmarcaram de última hora. Não consigo deixar de sentir que esses encontros e sua frequência decadente são uma causa na qual só eu acredito. A primeira farra pós-término parecia uma sociedade, uma irmandade com um objetivo em comum: *Vai ficar tudo bem com o Andy, vamos resolver tudo*. Mas, conforme o tempo passa, sinto que o apoio deles à Sociedade do Andy diminui. Avi começa a bocejar na segunda cerveja e Rob não para de falar que precisa acordar cedo para visitar os sogros. Entendo a deixa e sugiro fechar a conta antes das nove. Os dois mal conseguem esconder o alívio.

Quando chego em casa, vou à cozinha atrás de outro pedaço enorme de queijo pré-sono e encontro Morris descascando batatas e as empilhando na bancada.
— Oi.
— Boa noite — diz ele, sem olhar para mim. — Tudo bem?
— Tudo. Cansado. Fiz um show hoje.
— Um *show*? — pergunta ele, me olhando com curiosidade. — Da sua banda de jazz?
— Não, eu sou humorista — digo, abrindo a geladeira e pegando o queijo. — Faço stand-up.

— Ah — responde ele, assentindo.
— Está cozinhando o quê?
— Não estou cozinhando, só fazendo um pouco de... planejamento preventivo, digamos.
— Para o quê?
— O inverno — diz ele.
— Então está...?
— Congelando batatas para o inverno — confirma, como se explicasse a tirada óbvia de uma piada que eu não entendi.
— Por que você não pode comprar mais batatas no inverno?
— Algumas coisas vão acontecer ano que vem — diz ele, cansado.
— Coisas inesperadas. Então estou estocando comida no congelador, caso precise.
— Que coisas?
— Ainda não sei bem.
— E fez a mesma coisa ano passado?
— É claro.
— Quem falou isso? Do ano que vem?
— É uma informação que estão compartilhando em algumas comunidades on-line das quais participo.

Tem uma coisa que não entendo sobre Morris: como ele passa, aleatoriamente, de falar demais a não falar absolutamente nada. Ontem ele fez um tour de todos os aquecedores da casa, dando instruções de uso específicas e o histórico individual de cada um. Hoje, não pode me explicar por que está congelando batatas para o inverno.

— Legal — digo, desistindo e comendo o queijo direto da embalagem.
— Você não devia comer queijo tão tarde — diz Morris. — Faz mal para a barriga.
— Valeu, Morris, mas vai ficar tudo bem. Tenho um estômago de aço.
— Eu tenho um amigo chamado Ian que mora em um lugar de Nottinghamshire chamado Cropwell Bishop...
— Boa noite, Morris! — declaro, alto, e jogo o embrulho do queijo no lixo.

Ele faz uma expressão momentânea de susto, e então assente.

— Boa noite. Tomara que o queijo não atrapalhe seu sono.

* * *

Como uma última tentativa de recriar os sonhos de ontem, abro o álbum de fotos, onde meu celular generosamente criou um vídeo do meu relacionamento com Jen, que leva o título de "Juntos ao longo dos anos". Dou play e vejo uma coleção de fotos de nós dois, que passam em sequência ao som de uma melodia eletrônica etérea. Fecho os olhos e vou encontrá-la nos meus sonhos.

Domingo, 4 de agosto de 2019

A parada do queijo não funcionou. Não sonhei com nada e acordei às três da manhã desidratado e com dor de barriga. Fui e voltei tantas vezes ao banheiro que acabei levando o travesseiro para dormir no chão. Acordo com Morris me sacudindo algumas horas depois.

— ANDY? ANDY?

Eu me levanto de sobressalto e abro os olhos.

— VOCÊ MORREU?

— É óbvio que não — digo, rouco, esfregando os olhos.

— O que está fazendo no chão do banheiro? — pergunta ele, me encarando atentamente com os olhos castanho-escuros.

— Passei mal.

— Foram drogas? Heroína?

— Não. Tive dor de barriga e não dormi direito.

— Ah — diz ele, a preocupação sumindo do seu rosto quando desvia de mim para chegar à pia. — Ah, que pena.

— Por que achou que fossem drogas? — pergunto, me apoiando no chão para me levantar.

— Bom, é bem comum entre músicos, né? — replica ele, botando pasta de dente na escova.

Aperto o travesseiro contra a barriga e saio do banheiro arrastando os pés.

— Me avisa se eu puder ajudar — acrescenta.

— Gentileza sua, obrigado. Acho que vou só tentar dormir.

— Eu bem avisei para não comer aquele bloco enorme de queijo tão tarde! — grita ele.

— Não foi um bloco enorme, foi uma fatia.

— Uma fatia bem grande — resmunga ele.

* * *

Durmo até meio-dia e, como não acordo nada melhor, desmarco minha apresentação da noite. Desço para buscar mais água e encontro Morris escrevendo uma carta à mesa da cozinha.

— Como você está? — pergunta ele.

— Meio mal.

— Tem umas sopas enlatadas na despensa que você pode tomar, quando tiver vontade. Tem muitas latas.

— Valeu, Morris. Sempre preparado, né? — pergunto, e ele confirma com a cabeça. — O que vai fazer hoje?

— Tenho que resolver umas coisas na rua. Ir à loja de ferramentas. E entregar isso na penitenciária de Belmarsh — diz, indicando a carta.

— Entendi. — Começo a encher minha garrafa na pia. — Conhece algum detento lá?

— Sim e não, digamos.

Há uma longa pausa em que ele me olha sem piscar.

— Tudo bem se não quiser me dizer quem é — digo.

— É o Julian Assange.

As palavras ficam no ar por alguns instantes enquanto penso na minha resposta.

— Ele é seu amigo?

— Não, claro que não — retruca Morris, impaciente. — As cartas são para demonstrar meu apoio emocional e financeiro.

— Financeiro?

— Sim, apenas cinquenta libras por semana — diz ele, abrindo o talão de cheques e pegando uma caneta.

— Ele saca?

— Até agora, não.

De repente, me dou conta de algo que explicaria muitos dos mistérios de Morris. A ausência de esposa e filhos. Nenhuma menção a uma namorada.

— O senhor gostaria de ter um... relacionamento íntimo com ele? — pergunto, hesitante.

Morris ruboriza e arregala os olhos.

— Deixa de ser ridículo! — exclama. — Francamente, minha nossa. Que ideia.
— Ah, perdão, foi mal. Achei que talvez...
— Nunca escutei nada tão...
— Desculpa! Me confundi.
— Ele é um homem muito, muito bom — argumenta Morris, com a voz grave e lenta. — Tem meu total respeito e apoio. E deveria ter o seu também.
— Para ser sincero, não sei se deveria, mas...
Morris se levanta abruptamente e arranca o cheque do talão.
— SE me der licença... Tenho que entregar isso aqui pessoalmente.
— Não pode colocar na caixa de correio?
Morris suspira, coloca o cheque no envelope e o fecha.
— Não posso, não — diz. — Tem mais riscos de ser interceptado.

Subo com a água e paro na frente da janela do corredor, vendo Morris sair de casa. Ele muda o peso todo de um pé para o outro, mas caminha rápido, o corpo pequeno e os passos ágeis e arrastados lembrando um camundongo.

Volto para a cama e durmo a tarde toda. Quando acordo, no começo da noite, escuto Morris se movimentando no térreo, escutando um programa de rádio sobre 5G. Inquieto, mas esgotado, abro o notebook para encontrar alguma coisa para assistir. Não sei se estou ainda mais desanimado porque passei o dia de cama que nem uma criança doente, mas tudo me lembra a Jen. Filmes românticos me lembram dela por motivos óbvios. Comédias me lembram dela porque imagino compartilhar com ela tudo que acho engraçado. Filmes de família me lembram dela porque era com ela que eu queria formar uma família. Até um documentário sobre o mar me lembra a Jen, de tanto que ela gostava de férias na praia e natação.

Acabo escolhendo uma série de *true crime*, mas pego no sono nos primeiros minutos. Quando acordo, me surpreendo ao notar que dormi a noite toda. E me surpreendo ainda mais ao ver que recebi uma mensagem da Jen.

Quinta-feira, 8 de agosto de 2019

— Vamos falar sobre motivação — diz Kelly, dando a volta no colchonete enquanto subo e desço sem parar na terceira série de *burpees*. — Amanhã começamos a segunda semana. Aquela onda de queimar gordura pode chegar ao platô. Pode ser mais difícil encontrar as endorfinas no treino. Então o que vai nos motivar? Fim da série, pausa, respira.

Deito largado no chão, com a cara vermelha esmagada no colchonete, respirando com dificuldade.

— Quando estivermos cansados, de manhã cedinho, e quisermos pegar um pãozinho com canela em vez de puxar peso, no que vamos pensar para ficarmos firmes? Levanta, vamos começar a próxima série.

Eu me levanto com esforço.

— Pode começar. Então, vou dar um exemplo. Eu e Natalie íamos todo ano pra Ibiza. Contrai o abdome. Vou pra lá daqui a algumas semanas. A gente não está se falando, mas, pelo que soube, tenho quase certeza de que ela também vai estar por lá. Pisa com o calcanhar. Então sabe no que eu penso toda vez que sinto vontade de comer um Big Mac? Eu me imagino entrando na boate, com uma mulher maravilhosa do meu lado, na minha melhor forma de todos os tempos, e Natalie me olhando e pensando: "O que eu fiz? Por que terminei com ela?" Então a gente tem que achar isso pra você, Andy. Essa imagem. Esse sonho. Porque esculpir um corpo dos sonhos não é coisa de frouxo. Fim da série, pausa, respira.

Deito no colchonete, descansando o rosto suado na poça que se formou.

— Agora, você não tem cara de quem vai muito a baladas, certo?

Concordo em silêncio.

— É um homem mais de... — Ela para, buscando as palavras. — De bistrô, né?

Eu não concordo.

— Então, toda vez que quiser ficar na cama em vez de treinar, vai se imaginar bombado pra caralho, com uma moça bonita do seu lado, um sapatênis bem elegante, seu... pulôver sem manga preferido. Não aguento escutar mais uma palavra que seja de como Kelly me vê. Já sei até demais.

— Aí você entra no restaurante, e lá está a Jen. Ela olha para você e pensa: "Como é que fui jogar isso fora?" Ok, vamos lá, última série.

Volto a pé para casa debaixo de sol e releio a mensagem de Jen, uma mensagem tão econômica, de conteúdo tão meticuloso, que sei que antes ela deve ter mandado para Jane comentar e aprovar.

Olá. Espero que esteja tudo bem! Desculpa, sei que isso é uma chatice extrema, mas hoje soube que não podemos fechar a conta conjunta sem irmos juntos ao banco. Não é bom para a nossa análise de crédito deixar uma conta vazia e sem uso, então que tal resolvermos isso logo? Posso me adaptar à sua agenda. Obrigada. Bj

Depois de mais algumas mensagens no mesmo tom seco e formal, ficou nítido que Jen não ia se adaptar à minha agenda e que eu precisava na verdade me adaptar completamente à agenda dela e encontrá-la em uma agência perto do escritório dela, no horário de almoço dela, no dia mais conveniente para ela. Que é hoje.

Bloqueio a tela do celular e vejo uma foto minha com Jen, do Ano-Novo passado. A gente alugou uma casinha na beira da praia com Avi e Jane, em um lindo vilarejo irlandês, perto de onde Jane cresceu. Em um passeio bêbado à tarde, Av tirou uma foto da gente se beijando por cima de uma cerca. Toda essa viagem é uma das minhas lembranças mais felizes com ela, e ainda não consegui tirar a foto do bloqueio de tela. Procuro alguma imagem para substituir, para o celular estar à prova de Jen quando nos encontrarmos, mas não acho nada de depois do término que não sejam prints de coisas da internet ou fotos da minha cabeça.

Quando chego em casa, tiro mais algumas fotos para a CARECA e noto com uma agradável surpresa que meu cabelo parece ter crescido nas últimas duas semanas. Fico confuso com o que aconteceu e me pergunto se poderia ser a mudança na dieta. Antes de sair de casa, dou uma última verificada no espelho, para também estar à prova de Jen. Não sei o que estou procurando, além de EU AMO A JEN escrito nas minhas peças de roupa.

Eu a vejo pela porta de vidro quando chego. Ela chegou cedo, o que é raro, e mexe no cabelo antes de pegar o celular, ler alguma coisa na tela e digitar. Meu coração acelera e sinto que já estou suando, mesmo que tenha andado devagar do metrô, exatamente para que isso não acontecesse. Paro ao lado do edifício para respirar fundo algumas vezes. É só a Jen. Ela é sua amiga. É só uma mulher. É só uma pessoa.

Quando entro no banco, ela ergue o rosto e me vê. Abre um sorriso e se levanta. Vou andando até ela.

— Oi, Andy — diz, abrindo os braços para mim.

Jen me abraça apertado, dá um tapinha nas minhas costas e faz um barulho como se tivesse se alongado depois de malhar.

— Oi — digo.

Faz-se silêncio por alguns segundos.

— Foi tranquilo de chegar? — pergunta ela.

O amor da minha vida me perguntando sobre o meio de transporte até o banco, porque não tem mais nada para me dizer. Em questão de semanas, ela foi de namorada para tio parado no corredor quando chego no Natal.

— Foi difícil entender o mapa do metrô, mas cheguei ileso — digo, e ela parece confusa. — Foi mal. Piada ruim. Aposto que você estava com saudade disso.

— Ah — diz ela, sorrindo. — Saquei. Onde você está morando?

— Hornsey. Aluguei um quarto.

— A casa é legal? — pergunta, alegre, querendo que eu alivie sua culpa pela minha situação de moradia e responda: *É, é uma cobertura no centro com sauna particular, você nem imagina o que dá para alugar com 650 libras por mês em Londres.*

— É, sim.

— E os colegas de casa são legais?

— É só um — respondo. — Ele é tranquilo.

Ela volta a se sentar, e eu me sento ao lado dela.
— Disseram que não deve demorar muito.
— Que bom — digo.
Mais silêncio.
— E você, está morando onde?
— Ainda com a minha irmã — diz ela. — Está meio apertado, com o bebê. Mas ainda falta um mês para os locatários saírem do meu apartamento, então por sorte tenho onde ficar enquanto espero.
— E como vai a Miranda?
Ela está abrindo a boca para responder quando um funcionário uniformizado do banco sai de trás de uma porta.
— Jennifer Bennett? — chama.
— Eu — responde Jen, e se levanta rápido, pegando a bolsa.
Entramos na sala atrás dele. Seguro a porta e faço sinal para Jen entrar primeiro. Ela passa por mim, e nossos corpos chegam o mais próximo que já estiveram desde o término. Eu me sinto na presença de uma celebridade. Meses atrás, Jen era a mulher cujas calcinhas eu botava junto com as minhas cuecas na máquina de lavar. Agora, é desconhecida e intocável; alguém com quem tenho uma relação unilateral, em fotos, lembranças e na minha imaginação. Não consigo acreditar que ela existe de verdade e que está aqui, do meu lado.
— Oi, boa tarde — diz o homem. — Eu me chamo Anthony e vou atender vocês hoje.
Nós dois sorrimos e fazemos que sim com a cabeça enquanto ele se instala atrás de uma mesa com computador e nós nos sentamos do outro lado.
— Então, hoje a intenção é fechar uma conta conjunta, é isso mesmo?
— Isso — confirma Jen.
— Certo — diz ele. — E posso perguntar o motivo?
Pode, sim, Anthony. Porque eu já perguntei o motivo inúmeras vezes. Agora é sua vez. Por favor, arranje uma resposta satisfatória do porquê do fim do nosso relacionamento.
— Sim — diz Jen. — Tivemos uma conta conjunta nos últimos anos, principalmente para pagar contas e aluguel quando morávamos juntos. Mas não estamos mais morando juntos, então não precisamos mais de uma conta conjunta.

— Ok, tranquilo — concorda Anthony, alegre, e começa a mexer no mouse e digitar no teclado.

Eu e Jen olhamos para a frente, sem dizer nada. Fico remoendo mentalmente nossa interação até agora, tentando me manter presente no momento, sem analisar as coisas antes do tempo. Até que um pensamento repentino me ocorre. Uma conclusão que mancha todas as conversas que já tive com Jen desde que terminamos. Uma conclusão tão urgente que, por mais que eu tente, não consigo guardar para mim mesmo.

— Quando você disse para os locatários que ia voltar para o apartamento? — pergunto.

Anthony ergue o rosto, preocupado. Rapidamente nota que não dirigi a pergunta a ele e volta o foco para o computador. Jen olha para Anthony e depois para mim.

— Um mês atrás? Por quê?

— E disse que vai se mudar daqui a um mês? — pergunto.

— Isso.

Deixo um tempo para ela notar que foi pega no flagra, voltar atrás ou inventar um álibi. Ela não diz nada, apenas me encara com seus olhos enormes, azuis e brilhantes. Que ousadia.

— Jen... isso é impossível. Proprietários têm que dar aviso prévio de três meses para os locatários. Você falou para eles que ia voltar para o apartamento um mês antes da gente terminar.

Anthony tem a decência de não desviar o olhar do computador, mas se remexe na cadeira.

— São dois meses — diz ela. — Legalmente, só tenho que dar dois meses de aviso prévio. Falei com eles uma semana depois de a gente terminar.

— Não é verdade! — digo, a voz um pouco esganiçada. — Todo mundo sabe que são três meses.

— Hum, todo mundo sabe que são dois meses, Andy — diz ela, com um tom que beira o desdém. — Então podemos voltar a esta questão?

Ela aponta para Anthony, que ainda faz um belo esforço de fingir estar absorto na tela do computador.

— Todo mundo, tipo quem? Alguém que mal alugou um apartamento a vida toda? Ou alguém que mora de aluguel desde os dezoito anos?

123

— Ah, lá vamos nós — diz ela, se largando no assento. — Meu pai me ajudou a comprar um apartamento há quase dez anos e por isso não tenho direito a dar opinião sobre nada.

— Você não tem direito de citar leis falsas de aluguel pra disfarçar suas mentiras.

— NÃO É MENTIRA! — grita ela.

Anthony cede e olha para nós.

— É, sim. Claro que é. Você só decidiu "de repente" que não queria mais ficar comigo, e que "talvez nem acredite no amor", durante nossa agradável viagem de fim de semana?

— Por que você não pode aceitar o que eu disse? — pergunta ela, abanando as mãos como só faz quando está muito bêbada ou com muita raiva. — Pode inventar todas as histórias que quiser para me fazer de vilã. Mas eu contei tudo que podia contar do meu lado.

— Você sabia que não queria mais ficar comigo antes da gente viajar para Paris — digo. — Sabia que ia se mudar do nosso apartamento, sabia que ia me abandonar no instante em que a gente voltasse.

Jen se vira para mim. O rosto dela assumiu uma expressão que reconheço das piores brigas que tivemos quando estávamos bêbados. Um olhar que me diz que ela está prestes a dizer algo cruel.

— Quer saber, Andy? Você só precisa arranjar uma namorada. Jesus amado. Arranja uma namorada, aí logo vai me esquecer e ficar bem.

— "Arranja uma namorada"... o que caralhos você quer dizer com isso?

— Será que a gente pode acabar de resolver isso aqui, já que tem gente que precisa voltar para o trabalho? — diz ela.

— Nossa, você ama me dizer isso, né? Sai da sua boca com tanta facilidade. Você finge que apoia meu trabalho, que acha admirável fazer algo que eu amo e ganhar tão pouco dinheiro. Que não preferiria que eu fosse um vendido do centro. E aí, no minuto em que precisa de alguma coisa pra me atacar, lá vem.

— Perdão, o que a gente precisa fazer para fechar essa conta? — pergunta Jen, se voltando para Anthony.

— É, e, aproveitando que estou aqui, posso, por favor, retirar ela dos meus contatos de transações on-line? — acrescento, sem ajudar em nada.

— Isso pode ser feito pelo app — responde Anthony. — É bem fácil, na verdade...

— Isso, boa ideia, eu gostaria de fazer a mesma coisa — diz Jen, seca. — Não gosto de ver seu nome sempre que vou fazer um pagamento.

— Ótimo — digo.

Há uma breve pausa na qual sinto os tremores residuais das nossas palavras. Anthony parece confuso. Ele espera um instante antes de voltar a falar.

— Então, é, como eu falei, é só abrir o app, entrar em...
— E nem precisa me transferir aquelas duzentas libras — diz Jen.
— Que duzentas libras? — pergunto.
— As duzentas libras que você me deve do Eurostar para Paris.
— Não devo nada, eu comprei minhas passagens.
— Até parece — responde ela, com uma risada teatral de desprezo.
— OLHA! — exclamo, tirando o celular do bolso. — Acho que até tirei print da reserva.

Jen se estica para olhar meu celular e examinar as provas, e eu abro o álbum. Aparece uma foto com zoom da minha careca. Fecho rapidamente e bufo. Olho de soslaio para Jen, para ver se ela notou, mas não consigo interpretar a expressão dela. Vou passando pelas fotos e resmungando baixinho:

— Está por aqui, que dia foi mesmo...

Há um silêncio insuportável, enquanto Anthony olha para a mesa.

— Andy... Não me importo com as duzentas...
— Bom, parece que se importa, sim, então...
— Não me importo mesmo — diz ela. — Só quero fechar essa conta. E aí a gente pode seguir com a vida.
— Não — retruco. — Não vou deixar isso mal resolvido entre nós.

Eu me lembro do talão de cheques no bolso da jaqueta, que peguei para pagar o aluguel para o Morris. Pego o talão e preencho um cheque de £200, que concluo com uma assinatura ridiculamente grande, como se estivesse em uma peça de teatro. Eu me levanto.

— Toma — digo, com amargura, arrancando o cheque do talão e jogando para ela.

125

Quando nós três vemos o papel flutuar devagar até o chão na minha frente, percebo que nunca vi ninguém jogar um cheque em filme nenhum, provavelmente por esse motivo. Eu me abaixo para pegar o cheque e entregar para ela do modo convencional.

— Vou embora.

— Que bom — diz ela.

— Eu só preciso mesmo de um documento de identidade para fechar esta conta hoje — declara Anthony, exausto.

Tiro minha habilitação da carteira e deixo na mesa. Eu me recuso a me sentar. Jen pega o passaporte na bolsa e entrega para ele. Anthony olha para os dois documentos, compara com a tela, digita e dá mais uns cliques por alguns minutos e volta a nos olhar, sorrindo.

— Tudo resolvido. Posso ajudar com mais alguma coisa hoje?

— Não — respondemos em uníssono.

— Obrigado — acrescento.

Atravessamos o banco determinados, nos mantendo longe um do outro. Jen sai antes de mim e para, me olhando feio.

— Que foi? — pergunto.

— Sei que derrota não faz parte do vocabulário masculino, Andy — diz ela. — Mas acho que você precisa encontrar alguém com quem conversar sobre a gente.

— É assim que você me vê nesse término? Como um derrotado?

— Não — replica ela, com um suspiro. — Foi uma palavra ruim, mas quis dizer que...

— Não preciso ouvir mais nenhuma teoriazinha sobre mim vinda da sua terapeuta, obrigado.

Percebo que ela se envergonha, porque fica vermelha e vira o rosto.

— E, por sinal, isso NÃO é verdade — acrescento. — Eu me DELEITO com a derrota. A derrota é FREQUENTE na minha vida.

— Também é difícil pra mim — replica ela. — Sinto sua falta, penso em você sempre. Muitas coisas me lembram você.

— Tipo o quê? Que *coisas*? — questiono.

Não sei aonde quero chegar. Faz-se uma pausa. Ela não diz nada. Eu espero. Ela continua sem dizer nada.

— Isso é difícil demais — diz, balançando as mãos de um jeito que indica que desistiu. — A gente não consegue conversar sem se magoar. Não dá certo.

— Nisso, a gente concorda. Adeus, Jen.

Eu me afasto e, após alguns passos, me viro de volta.

— Não consigo nem mais olhar para o mar porque me lembra de você — digo.

— Se não consegue olhar para o mar a CULPA É SUA, ANDY! — grita ela.

Pessoas na rua se viram para olhá-la, surpresas por verem uma pessoa tão arrumada berrando algo tão absurdo no meio do dia.

— Não é minha — continua. — É SUA. VOCÊ precisa resolver sua relação com o mar, NÃO EU.

Ela dá meia-volta e sai andando.

— VOCÊ ESTRAGOU O MAR! — grito antes de me virar também e ir embora.

Ela sempre foi melodramática.

Sábado, 10 de agosto de 2019

Avi e eu nos encontramos no pub para ver o jogo de futebol. Mais ninguém vai com a gente, apesar de termos convidado no grupo. A sociedade se desfez, restaram apenas dois membros. Não culpo ninguém. No lugar deles, eu também não apareceria mais.

— Encontrei a Jen — digo, no meio do primeiro chope, nos minutos iniciais do primeiro tempo.

Avi olha para a tela.

— Ah, é? — diz, sem me encarar. — E como foi?

— Uma merda.

— Por que vocês se encontraram?

— Pra fechar nossa conta conjunta no banco — explico. — Mas acabou numa briga enorme.

— Não dava para resolver pelo telefone?

— Não, parece que tem que ser pessoalmente, levar identidade.

Avi franze a testa.

— Não, acho que não é assim. Tenho quase certeza de que dá para fazer pelo telefone.

— Posso perguntar por que esse é o aspecto da história que mais te interessou?

— Foi mal — diz ele, se forçando a desviar os olhos da televisão. — Quer conversar?

— Não — minto.

Avi volta a prestar atenção na partida. Ele passa o braço ao redor dos meus ombros, dá dois tapinhas e me solta.

— Com que término dos Beatles você acha que eu e Jen mais parecemos? — pergunto.

— Aaah, boa pergunta, hum… — Ele suspira, pensativo. — Sei lá.

— Fala sério. Pensa aí.

— Tá, hum, acho que Pattie e George?

— Por quê?
— Loira rica e gata.
— Dá pra pensar um pouco melhor? — peço.
— Tá, hum... — diz ele, e fecha os olhos para chegar em uma resposta satisfatória. — AH. Já sei! Heather e Paul.
— Por que Heather e Paul?
— Loira gata que te enlouqueceu.
— Estava pensando mais em John e Yoko.
— Mas eles terminaram?
— Aham, eles passaram dezoito meses separados. Ele curtiu a liberdade, aproveitou bastante, compôs. Yoko teve a paz necessária para fazer a arte dela. Aí eles voltaram. Foi o fim de semana perdido dele.
— E você acha que está vivendo seu fim de semana perdido? — pergunta ele, um pouco incrédulo demais.
— Não, o John é *ela*. Eu sou a Yoko. Jen é que está vivendo o fim de semana perdido.
Avi dá de ombros.
— Se você acha.
— É o que eu acho, sim.

O Aston Villa perde. Nós nos conhecemos há muito tempo, e já vimos muitos jogos juntos, então sabemos que, agora, cada um só quer ir para a própria casa e ficar na sua. A gente acaba de beber e anda até o metrô.
— Posso te dar um conselho? — pergunta ele.
— Não — respondo. — Manda.
— Você está preso em uma jaula de nostalgia. Precisa deixar o passado pra lá.
— Nada a ver. Não acho isso. Você acha?
— Acho. Você não está se permitindo ver a situação direito.
Eu suspiro, irritado.
— Foi mal pela comparação com John e Yoko, foi só uma piada.
— Não é só isso. Sinto que você está, tipo... — Ele para de andar para argumentar. — Soterrado. Pelas lembranças e por todo o potencial não concretizado desse relacionamento. Vai acabar enlouquecendo assim.

— Eu sou artista. É isso que a gente faz. A gente analisa tudo. Rumina a própria desgraça até o negócio virar pó e dar para engolir.
— Eu sou artista e não faço isso — protesta ele.
— Você é designer.
— Olha... eu já fui assim — diz Avi. — Ficava obcecado pelas minhas ex-namoradas, pelas mulheres que me rejeitaram. Até que me casei e tive filhos. E precisei parar. Não tinha tempo para todo esse drama.
— Bom, então me diz como fazer isso. Sem ter filhos.
— Você só precisa tentar parar de pensar nela! — insiste Avi, em um tom exasperado que me deixa com vergonha. — Parece que você está se forçando a ver o replay dos melhores momentos da Jen e do Andy sem parar. E aí depois se pergunta por que ainda está se sentindo uma merda com isso tudo.

Não digo nada. Me sinto tão humilhado com essa observação de Avi, tão envergonhado de pensar nele conversando sobre isso com outras pessoas, que só consigo fazer que sim com a cabeça e mudar de assunto, perguntando outras coisas para não ter que falar muito até chegarmos à estação e pegarmos linhas diferentes no metrô.

Tenho a impressão de que Avi acha que o papel dele nesse término é executar uma série de afazeres. Me acolher em casa, organizar uma saída com os amigos, me ver algumas vezes durante a semana, mandar umas mensagens para saber como estou, ter aquela conversa motivacional difícil. A cada tarefa, ele espera que o serviço esteja mais perto do fim, e eu, de me curar. Porém, quanto mais ele avança na lista de afazeres do Andy, mais insuportável eu me torno. Na volta para casa, paro no pub do bairro para mais um chope, que acaba virando mais dois chopes e quatro cigarros, e penso sobre como Avi está errado com essa história da jaula de nostalgia, e escuto o *Imagine* inteiro.

Quando o pub fecha e eu volto para casa, Morris está debruçado sobre a mesa da cozinha com uma luminária apontada para um rádio portátil.
— Oi — digo, notando que estou cambaleando um pouco na porta.
— Quer uma cerveja?
— Não — responde ele, absorto no trabalho. — Mas obrigado.
— De nada. — Abro uma latinha. — A noite foi boa?

— Foi. Fiquei consertando algumas coisinhas que precisavam de conserto.

Faz-se uma pausa antes de ele se lembrar de que deveria perguntar o mesmo para mim.

— E você?

— Tranquilo, vi o Spurs jogar contra o Villa. O Villa perdeu. Então estava afogando as mágoas — digo, mostrando a sacola cheia de latinhas. — Gosta de futebol?

— Não muito.

Ele quer que eu o deixe em paz. Vou até a geladeira e guardo as cervejas que sobraram.

— De que Beatle eu te lembro, Morris? — pergunto.

Ele ergue o rosto por um momento e força a vista.

— O baterista que foi mandado embora — diz.

— Pete Best — respondo, e Morris confirma com a cabeça, abaixando o olhar. — Boa noite, Morris.

Ele me cumprimenta com a cabeça.

Eu me jogo na cama, totalmente vestido, com uma lata de cerveja na mão, e olho para o teto. Tenho pelo menos que *tentar* ser menos irritante. Tenho que dar um jeito de maneirar no papo sobre o término. Gastar menos vale-Jen na conversa.

Preciso é de um sistema. De um jeito de passar por essa fossa sem perder todos os meus amigos. Vou precisar implementar uma técnica para registrar quanto estou falando dela. Decidir um limite de vale--Jen que posso gastar — dez por encontro, por exemplo. E não é toda menção que gasta a mesma quantidade de vales, acho que é nisso que errei. Por exemplo: mencionar o nome de Jen de passagem, quando relevante, gastaria dois vales. Porém qualquer coisa que envolva relembrar o relacionamento está mais para quatro vales. Relatar nosso encontro no banco, em detalhes — com leves exageros, imitações etc. —, seria equivalente a seis vales. Pedir para Avi comparar meu término com Jen com algum término dos Beatles usa oito vales. E abrir o antigo anúncio do apartamento dela no celular, mostrar para todo mundo a planta-baixa esquisita e pedir para a zoarem comigo? Bom... Aí iriam os dez vales de uma vez.

131

Meu celular toca. Emery quer fazer uma chamada pelo FaceTime comigo. Atendo e, quando a cara dele enche a tela, imediatamente percebo que ele já tomou umas cinco cervejas no bar do pátio de algum teatro. Tem um atraso entre o som e a imagem, um burburinho de conversas, gargalhadas, bebedeira e gente reunida. Eu queria estar lá.

— Meu garoto! — berra ele.

Seu cabelo cacheado e volumoso está maior ainda por causa do suor, o rosto, corado, os olhos, claros e embaçados. A bebedeira combina muito com o rosto dele, como um terno sob medida.

— Meu grande, grande garoto.

— Oi, cara — digo. — Tudo bem?

— Tudo muitíssimo bem. Agosto em Edimburgo. A terra dos doces empanados e dos homens cansados. "*Edina! Scotia's darling seat!*" — declama, em um sotaque escocês capenga. — Como decretou o grande Robert Burns.

— Como andam as coisas por aí? — pergunto, igualmente desesperado para saber a resposta e para não saber.

— Posso ser sincero?

— Pode.

— Estou arrasando.

— Jura?

— Eu mal acredito. Nunca fui tão bem assim em Edimburgo. Casa cheia todo dia. Uma mulher diferente toda noite. Você leu as críticas?

— Não — respondo, seco.

— Leia as críticas — diz ele, com um sorriso espertinho.

— Não vou ler de jeito nenhum, mas fico muito feliz por você.

— O que houve, cara?! — berra ele, e eu o vejo ser empurrado na fila, revelando um vislumbre de outra camisa de estampa horrenda debaixo da jaqueta jeans desbotada. — Tá todo deprê!

— Agosto em Londres é uma porcaria. Meus amigos estão todos em Edimburgo, ou em parques aquáticos com os filhos — resmungo.

— Vem pra cá!

— Não. Seria deprimente demais. Não quero me sentir que nem o cara demitido que volta para almoçar no escritório com todo mundo que ainda tem emprego.

— Andy, a cidade não te demitiu — responde ele, e olha para algum lugar atrás da tela. — Três chopes, dois copos de vodca com soda e limão, duas taças de vinho branco e três doses de tequila. Valeu.
Ele volta a olhar a tela e acrescenta:
— Foi você que se demitiu.
— Por que fez esse pedido tão enorme? — questiono.
— Estou aqui com o elenco de *Drácula no pula-pula*. É uma peça muito engraçada, bem conceitual, beira a performance. Espera aí, tenho que pagar.
Ele entrega o celular para alguém. No fundo, o escuto berrar para essa pessoa dar um "oi" para o seu amigo Andy. Uma funcionária bonita do bar aproxima o celular do rosto.
— Oi, Andy — diz ela, com uma risadinha tímida.
Eu a tranquilizo com um sorriso forçado. Emery grita que ela deveria sair para beber com ele.
— Você acha que eu deveria sair com o seu amigo? — pergunta ela, rindo mais um pouco.
— Não — respondo.
Uma cor avermelhada envolve a tela quando Emery pega o celular de volta. Quando vejo seu rosto, ele não está mais olhando para a tela, inteiramente distraído pela funcionária atrás do celular.
— Escuta, cara, tenho que ir.
— Tchau, cara.
— Te amo, brother — diz ele, e desliga.

Procuro no Google as críticas de Emery em Edimburgo em 2019 e abro a primeira que aparece. É de um jornal tradicional. O cartaz de Emery, uma imagem dele inacreditavelmente bonito segurando um abacaxi inexplicável, ilustra o artigo. "Cara de astro de cinema, boca do demônio, cérebro de gênio", declara a manchete. O crítico deu cinco estrelas. Fico feliz por ele. Ele merece. Não aguento ler mais do que quatro frases.

Quinta-feira, 22 de agosto de 2019

Acordo com uma batida alta na porta do quarto.
— Está vestido? — grita Morris.
— Estou, pode entrar — respondo.
Me sento na cama e puxo o edredom para me cobrir. Morris parece constrangido por ver meu cabelo desgrenhado e meu peito nu. Ele desvia o olhar para o armário.
— Perdão por acordar você, mas preciso falar de um assunto bem importante.
— Diga.
— O jornal *Highgate and Hornsey Express* finalmente aceitou conversar comigo sobre a placa do George Harrison.
— Que notícia boa.
— Pois é, obrigado, é mesmo. E seria de extrema ajuda se você pudesse estar presente e mencionar que é crupiê.
— Sou humorista — digo.
— Perdão, perdão. Que é humorista. Que trabalha no *show business*. Estou na esperança de me levarem um pouco mais a sério assim.
— Tudo bem. O que quer que eu diga?
— Pode dizer o que quiser — responde ele. — Mas acho que seria bom se dissesse que é um disparate.
— Beleza, tá bom. Então é isso que quer que eu fale? "É um disparate"?
— Se quiser, sim.
— Tá. Que horas o repórter chega?
— Uma da tarde — declara ele.
— Legal.
— O que será que ele ia achar disso tudo? O George, no caso. Provavelmente acharia uma vergonha! Ele era assim mesmo — diz Morris, rindo baixinho, o mais feliz que já o vi. — Engraçado pensar

que eles eram só quatro rapazes de Liverpool. E acabaram mudando o mundo.

— Marquei de encontrar minha mãe às duas — anuncio. — Então tenho que sair uma e vinte, no máximo.

— Tudo bem, e fique à vontade para dizer o que quiser sobre a situação.

— Que é um disparate?

— Um disparate, sim. Obrigado, Andy — diz ele, me olhando rapidamente e me cumprimentando com a cabeça, grato, antes de sair do quarto.

Estou terminando de malhar no meu quarto, seguindo um vídeo de HIIT no YouTube, quando escuto o fotógrafo e o jornalista chegarem. Tomo banho, troco de roupa e cogito sair pela janela, escorregar pela calha e pular a cerca do quintal para não ter que falar com eles. Desço a escada e vejo Morris na frente de casa, com a porta entreaberta. Um fotógrafo mais ou menos da minha idade está agachado, usando uma calça impermeável meio desnecessária, tirando fotos sem parar. O jornalista, um cara muito mais jovem, de camisa de botão e cabelo cheio demais do que acho que chamam de *produto*, observa a cena com um gravador na mão. Eu paro no corredor e procuro minha jaqueta no armário de agasalhos.

— Morris, se o senhor puder parecer só um pouco mais frustrado, seria ótimo — pede o fotógrafo.

— Certo, hum... — diz Morris, olhando para o próprio corpo, em busca de ideias.

Ele cruza os braços e fecha a cara, torcendo a boca de fúria.

— Ficou fantástico, obrigado — garante o fotógrafo, e segue-se o som de vários disparos rápidos.

Apareço na porta, hesitante.

— Andy! — diz Morris, mais entusiasmado do que nunca em me ver. — Aí está você.

— Oi — digo, e me volto para o jornalista. — Sou o Andy, alugo um quarto aqui na casa do Morris.

— Oi, Andy, prazer — cumprimenta o jornalista. — Gostaria de ser incluído na matéria?

135

— Gostaria, sim, adoraria — minto.
— Ótimo, obrigado. O que você acha de como o Instituto do Patrimônio Histórico tem tratado o Morris?
Morris me lança um olhar encorajador.
— Bom, acho que só consigo pensar que é um disparate — comento, tentando evocar todo o ultraje possível. — Um disparate completo.
— Excelente — diz o jornalista.
Morris sorri, agradecido.

— Agora, Morris — escuto o fotógrafo dizer quando já estou na rua.
— O senhor tem alguma camiseta do George Harrison, alguma recordação ou outro item assim?

Minha mãe está me esperando na frente da loja de departamento. Sua silhueta pequena parece ainda menor em meio à multidão fazendo compras no centro de Londres. Como sempre me ocorre quando a vejo em Londres, tenho a impressão paternalista de que ela parece perdida e um pouco deslocada aqui. À medida que me aproximo, me pergunto se ela sente o mesmo.
— Oi, filho — diz ela.
Eu me abaixo um pouco para abraçá-la e me surpreendo ao perceber o alívio que sinto por vê-la. O abraço é meio apertado demais, longo demais.
— Aaah, que abração. Está ruim assim, é?
Ela me dá o braço e entramos na loja.

Vou andando atrás dela pela seção de cosméticos, tentando botar a conversa em dia enquanto minha mãe experimenta amostras. Ela testa tantos perfumes que fica sem espaço no pulso e tem que usar o resto da pele, antebraço E braço. Passa uma variedade de batons cintilantes idênticos no dorso das mãos, depois fica virando os punhos, para tentar pegar a iluminação certa. Após um tempo, começo a sutilmente me recostar nas bancadas ou me largar nos banquinhos giratórios de prova.
— Você sabia que dá para comprar quase tudo pela internet? — pergunto.

— Eu sei — diz ela, riscando outro batom no que resta de pele exposta da mão, que afasta do rosto e examina, forçando a vista. — Mas gosto de ver essas coisas pessoalmente.

Ela se vira para a vendedora e pergunta:

— Tem aquele gel de sobrancelhas que todo mundo anda recomendando?

A vendedora confirma e se abaixa para abrir uma daquelas gavetas secretas.

— Por que precisa de gel para a sobrancelha? — pergunto. — Não dá só para usar o gel para cabelo em menor quantidade?

Minha mãe ri da estupidez dessa sugestão.

— São coisas totalmente diferentes! Tem diferença na... diferença na...

Ela procura a palavra.

— Fórmula — completa a vendedora ao se levantar, segurando um tubo do gel.

— Exatamente — diz minha mãe.

— Mas os dois não servem para segurar o cabelo no lugar?

Agora ela formou uma aliança com a vendedora, e as duas riem, todas sabichonas.

— Que diferença faz pra você? — pergunta minha mãe, e me empurra. — Vai se distrair. A gente se encontra lá na frente em quinze minutos.

Vou andando em busca de uma seção que me interesse, mas acabo só subindo e descendo as escadas rolantes. Não gosto de me sentir assim — um ogro de passo arrastado que não entende as minúcias da feminilidade; o tipo de cara que faz as mulheres trocarem um olhar camarada com as vendedoras, revirarem os olhos e dizerem: "Homens!" Um sujeito que nunca entendeu por que a namorada precisava pintar os cílios, comprar oito calças jeans idênticas ou dormir com fronha de seda. Por que ela vivia tão desesperada para dar mais volume à raiz do cabelo e assistia a vários tutoriais sobre isso, sendo que, a meu ver, o cabelo dela era completamente normal? Por que achava tão inaceitável, ou pior, repulsivo, usar xampu e condicionador dois em um? Por que uma vez ouvi ela descrever a cor azul-marinho como sua "religião" para uma amiga? E por que a amiga não a questionou, apenas concordou?

Fico muito ressentido quando as pessoas fazem eu me sentir como esse tipo de cara. Meu ex-namorado inútil. Meu filho sem noção. Porém, quando encontro a única parte da loja que consegue chamar minha atenção (ventiladores), tenho que admitir que talvez elas estejam certas.

Levo minha mãe para tomar chá da tarde, que ela ama, em um hotel chique perto da loja. Como o que dá, evitando carboidratos e açúcar, e ela faz a gentileza de não comentar nada. Em vez disso, faz questão de dizer que cada coisinha que come está deliciosa e me dá notícias de tudo que está acontecendo com todos os vizinhos, amigos e parentes. Graças a Deus, não falamos de nada desconfortável. Entrego seus presentes atrasados de aniversário: um livro, um par de brincos que ela disse que queria e dois microfones de karaokê de surpresa.

— O que é isso? — pergunta minha mãe, ao desembrulhá-los. — Por que eu cantaria karaokê em casa?

— Você pode acabar doente e sem poder sair de casa um dia, mãe. E aí vai ficar feliz por ainda poder cantar "I Wanna Dance With Somebody".

A conta chega, mas ela não me deixa pagar, apesar do meu protesto de que é presente de aniversário.

— De jeito nenhum — diz, pegando o cartão na bolsa.

— Por favor, mãe, eu adoraria pagar.

— Não. Você mal comeu.

— Podemos dividir, pelo menos? — sugiro.

Ela cede.

— Pode ser.

Eu pego a carteira no bolso do casaco.

— O que eu fiz foi aquela dieta de shake SlimFast — diz ela, passando a ponta dos dedos no prato para pegar os últimos farelos de bolo.

— Quando estava tudo um inferno. Mas não recomendo. Me deu caganeira.

Eu sorrio.

— E essas dietas radicais não funcionam, óbvio — continua. — Se funcionassem, não existiria a indústria da dieta. Só deixam a gente triste. Mas disso você já sabe.

Encaro minha xícara, para evitar o olhar dela, e bebo o finzinho do chá.

— E ninguém vai ficar com você só por causa do tamanho da sua roupa — acrescenta.

— Não é isso — retruco, mais irritado do que gostaria.

— Tudo bem, tudo bem — diz ela, levantando as mãos em sinal de trégua. — Não vou dizer mais nada, desculpa.

Eu lhe dou um abraço rápido, apertando só um pouquinho, como pedido de desculpa. Olho para todos os doces e pães acumulados no canto do meu pratinho. Parecem os restos de comida de uma criança.

— Também trouxe um presente pra você — anuncia ela, pegando a bolsa —, mas não quero que fique chateado quando vir.

— Ai, meu Deus, o que é?

Ela me entrega um livro grosso e reluzente. A capa traz o desenho de um elefante equilibrando um coração partido na ponta da tromba. O título é *Por que os elefantes choram: A ciência do coração partido*.

— Eu vi numa livraria. Pode não ser útil, mas achei que seria interessante.

— Obrigado, mãe. Meu primeiro livro de autoajuda! Que emoção.

— Não é autoajuda, é ciência.

— Ah — respondo, sem colocar muita fé.

— Como você está? — pergunta ela.

Quero contar para ela como estou, mas nem eu mesmo acho mais interessante. Não sei como expressar direito todos os pensamentos e sentimentos acumulados aqui. As mulheres acham que não queremos falar com elas sobre nossas emoções porque temos vergonha de ser vulneráveis. Mas na verdade sentimos vergonha de parecer burros. Sempre que escuto Jane e Jen, ou minha mãe e alguma amiga dela, conversarem sobre algum assunto sentimental, é como se eu estivesse ouvindo uma orquestra. Muitas vezes, elas começam sem aquecimento nem nada, apenas se lançando tranquilamente na sinfonia de sentimentos daquele dia. E, quando compartilho minhas coisas, sei que estou estragando tudo — o negócio sai todo desafinado, que nem uma criança que acabou de ganhar uma flauta.

— Tô bem — digo.

139

* * *

Caminhamos por Londres sob o sol da tarde. Passamos por homens de gravata frouxa bebendo cerveja na calçada dos pubs do Soho, e depois pela Trafalgar Square, onde adolescentes estão sentados na borda dos chafarizes. Ficamos andando à toa, porque não quero que o dia acabe e não tenho casa própria para onde convidá-la. Imagino um tipo de filho diferente que ela poderia ter tido. Um filho que tem um emprego do qual ela se orgulha, que paga todas as contas nos restaurantes e tem um quarto de hóspedes para recebê-la. Um filho que oferece presentes caros de aniversário, férias legais, uma nora e netos.

— Desculpa por não poder te receber em casa. Não sei se você ia querer, para ser sincero, considerando o Morris. Ele é bem excêntrico.

— Não se preocupa.

— Me preocupo, sim. Sou um filho péssimo — digo.

— Ei, deixa disso, qual é o seu problema? — retruca ela, batendo no meu braço. — Você é um bom filho. É meu filho preferido.

— Sou seu único filho.

— Exatamente — diz ela, alegre. — Então é o melhor. O melhor, de longe.

— Te amo — digo, uma declaração que normalmente reservamos para a bebedeira extrema ou enterros de parentes.

— Vem cá, seu bobo. — Ela me puxa para um abraço. — Vai ficar tudo bem, filhote. Escute aquele álbum do Sinatra — acrescenta, dando tapinhas nas minhas costas. — É sério.

— Pode deixar — digo, apertando a mão dela.

— E coma mais pão! — grita ela, quando me afasto.

Vou a pé para casa, andando por duas horas e registrando meus passos no caminho. Por que Londres sempre parece mais viva e cheia de possibilidades nas noites em que não tenho planos? Nem me dou ao trabalho de mandar mensagem para ver se meus amigos querem sair. Sinto o verão acabando e entro em pânico. Acho que nunca atribuí tanta esperança às estações, mas, para um recém-solteiro, o verão parece a estação prometida. Alguns meses de festas constantes e sexo casual. Não sei bem o que fiz nesse verão. Tento lembrar os melhores dias de julho e agosto e não encontro nenhuma memória de viagens de conversível, de ficar chapado ao redor de uma fogueira, nem de dançar na beira de uma piscina ou em uma cobertura cercado de mulheres de biquíni. Nenhuma. E agora vou ficar igualmente triste, só mais agasalhado.

Escuto *In the Wee Small Hours* do começo ao fim duas vezes. Eu me pergunto se Jen iria gostar — se ela acharia deprimente ou se gostaria do sentimentalismo. É estranho não fazer mais parte da nossa subcultura de dois. Tinha a cultura dela, seus pequenos hábitos e seu jeito de viver; a coleção de coisas que ela já havia aprendido a amar antes de nos conhecermos. Chouriço, Jonathan Franzen, longas caminhadas e os Eagles (por causa do pai). Ver as luzes de Natal. Cachorros grandes, ilhas gregas, ovo pochê e tênis. Taylor Swift, frigideira na lava-louças, as palavras *absolutamente, escroto, paraíso*. Tracy Chapman, curry de camarão, Muriel Spark e sanduíche de bacon com molho agridoce.

E tinha a minha cultura. Steve Martin, Aston Villa, Nova York, *E.T.* Curry de frango, gatos esquisitos e sempre ter suco concentrado ou latas de refrigerante em casa. The Cure. Pink Floyd. Kanye West, ovo frito, dez horas de sono, sanduíche de bacon com ketchup. Ir sempre ao dentista. Sister Sledge (por causa da minha mãe). Ver TV mesmo que o dia esteja bonito. Chocolate Cadbury com recheio de caramelo. John e Paul e George e Ringo.

Aí nos conhecemos, nos apaixonamos e apresentamos isso tudo um para o outro, que nem crianças compartilhando seus brinquedos prediletos. Esse instinto nunca passa — olha só meu caminhão de bombeiro, olha só minha coleção de discos. Olha tudo que escolhi para representar quem eu sou. Foi divertido conhecer a cultura criada por cada um e formar nosso próprio híbrido ao longo dos anos, comendo, vendo, lendo, ouvindo, dormindo e morando juntos. A gente era chá em canecas bem grandes. Ficar na maior expectativa para o começo da venda dos ingressos do Glastonbury e para a nova temporada de *Game of Thrones* e rir de nós mesmos por sermos iguais a todo mundo. A gente era exagerar na gorjeta nos restaurantes porque nós dois já trabalhamos como garçons, pipoca salgada no cinema e cochilo à tarde. Sexo de ladinho de manhã. Manhattan feito em casa. Manhattan no bar (muito melhor). "Cigarettes and Coffee", do Otis Redding (nossa música). Descobrir uma nova música que nós dois amamos e escutar sem parar até não aguentar mais. Filmes de época domingo à noite. Aquele vibrador perfeito que fazia ela gozar em segundos quando a gente estava com pressa. Molho de carne. David Hockney. Batatinha trufada. Acredita numa coisa dessas? Nem eu acredito direito ainda. Um cheiro que indiscutivelmente lembra bunda. Na batata frita. E mesmo assim a gente comia sem parar — enchendo a cara de batatinha, ela com a cabeça apoiada no meu peito, eu tentando não deixar cair farelo no cabelo dela enquanto a gente via *Razão e Sensibilidade* (de 1995).

Mas não sou mais sócio desse clube. Ninguém é. O clube foi desfeito, dissolvido, o site não está mais no ar. Então o que eu faço com essas coisas? Onde eu deixo tudo isso? Para onde levo todas as minhas novas descobertas, agora que não estou mais nesse clã de dois? E se eu começar um novo subgênero de amor com outra pessoa, posso levar tudo que eu amava no anterior? Ou é esquisito?

Por que isso é tão difícil para mim?

Sábado, 24 de agosto de 2019

Na frente da minha porta, no carpete do corredor, está um exemplar do *Highgate and Hornsey Express*, aberto na página cinco. Há uma foto estranhamente ampliada de Morris, tirada de baixo. Ele ocupa a imagem toda, com os braços para trás e uma expressão séria.

FÚRIA POR APOSENTADO DE HORNSEY SER "EXCLUÍDO DA HISTÓRIA DOS BEATLES"

Um morador antigo de Hornsey de 78 anos expressou sua frustração por estar sendo "ignorado" pelo Instituto do Patrimônio Histórico em sua busca por uma placa para sua casa, que ele alega ser "parte essencial" da história dos Beatles.

Morris Foster, um técnico de laboratório aposentado, alega que sua casa serviu de abrigo para George Harrison em uma noite de 1963. "Certa noite, depois de uma apresentação, George preferiu dormir no sofá de um amigo a ir para um hotel." Para quem se pergunta se uma visita pontual de uma figura notável merece comemoração, Foster "pesquisou profundamente" as regras e afirma que o acontecimento "definitivamente" torna a casa "digna de uma placa". Infelizmente, o Instituto do Patrimônio Histórico ignorou suas muitas cartas e e-mails.

"Estou sendo silenciado e excluído da história dos Beatles", diz ele. "É importante marcarmos e preservarmos os locais de importância cultural, para que não sejam simplesmente esquecidos."

Andy Dawson, de 41 anos, um produtor musical vindo de Staffordshire, mora com o aposentado em Hornsey e está igualmente ultrajado com a forma como o Instituto do Patrimônio

Histórico trata o proprietário. "É um disparate", diz. "Um disparate completo."

Foster espera que a pressão pública sobre o Instituto do Patrimônio Histórico leve a uma placa. Sendo ele mesmo um fã dos Beatles, diz que é uma "honra" morar na mesma casa onde Harrison repousou certa vez. "Eles eram apenas quatro rapazes de Liverpool", diz ele. "E acabaram mudando o mundo."

Quando eu desço, Morris está sentado na cozinha, comendo torrada com geleia. Tem outro exemplar do jornal na mesa, também aberto na página cinco.

— Grande dia — comento, ligando a chaleira elétrica.

— Sim — diz ele.

— Está satisfeito?

— Sim, normalmente desconfio da imprensa, mas eles contaram a história como deveriam.

Jogo um sachê de chá na xícara e, com um gesto, ofereço outro para Morris. Ele faz que não com a cabeça.

— Quais são seus planos hoje? — pergunta ele.

— Tenho uma apresentação, e não estou animado.

— Uma apresentação como…?

Espero que ele conclua o pensamento, intrigado para saber aonde vai chegar dessa vez.

— Como o quê, Morris?

— Palestrante motivacional?

A água ferve. Suspiro e encho minha xícara.

— Morris, eu sou humorista. Conto piadas no palco na frente da plateia. O senhor deve saber o que é um humorista.

— Sim, é claro que sei, não precisa dessa impaciência toda — diz ele, balançando a cabeça. — Desculpa se minha memória não é mais como antes. Desculpa se eu não me lembro de cada mínimo detalhe de todas as nossas conversas. E, para ser sincero, você não tem cara de humorista.

— Por que você sempre diz isso? Eu trabalho com isso desde a faculdade! Uma vez ganhei prêmio de Artista Revelação no festival de Edimburgo! — argumento, e ele me olha, sem entender. — Já apareci na televisão!

Uma pontada de interesse repentino fica nítida no rosto dele. Um fenômeno com o qual já me habituei, depois de anos tentando fazer amigos e parentes entenderem meu trabalho.

— Algum programa que eu conheça?

— Sei lá, tipo, uns programas de comédia.

— Você já pensou em apresentar um programa de auditório noturno em que entrevista celebridades? — pergunta ele. — Em um canal importante, que todo mundo vê?

— Bom, sim, mas...

— Bem, então deveria se disponibilizar quando estiverem procurando alguém — diz ele, com autoridade. — Se candidatar. Provavelmente ganharia muito dinheiro.

Eu nem sei por onde começar.

— Quer ver uma das minhas apresentações no YouTube?

— Não, obrigado. Eu com certeza acharia grosseiro.

— Tá, ok. Quer ir comigo ao pub?

Ele pisca algumas vezes, sem saber como interpretar a sugestão.

— Vai contar suas piadas na minha frente? — pergunta.

— Não, queria saber se, tipo, quer sair um pouco, como amigos? Tomar uma cerveja? Obviamente não nos conhecemos muito bem, mas moramos juntos, e seria bom nos conhecermos.

— Certo — diz ele, frio. — Então tudo bem. Sim.

— Legal.

Vejo um envelope grande e uma tesoura na cadeira ao lado dele.

— Vai mandar a matéria para alguém? — pergunto.

— Sim.

— É para o...

— Sr. Assange, sim — confirma ele. — Quero mantê-lo atualizado em relação às autoridades.

Assinto em sinal de respeito.

Pelo menos o casamento é em Londres. Dessa vez, não preciso pegar o trem, só ir de ônibus até a antiga casa de shows que alugaram para a festa. Releio minhas anotações para toda a parte típica de casamentos — é sempre bem fácil, porque os convidados estão bêbados e só toleram piadas bem óbvias sobre tios cachaceiros e noivas que mudam de ideia em cima da hora. O mais difícil é a parte pela qual eles realmente pagaram: a seção personalizada. O problema é que, quando pedi para os noivos mandarem alguns detalhes sobre si para que eu pudesse escrever piadas específicas, eles apenas responderam: "Temos um cachorro chamado Tosca e amamos viajar."

Odeio trabalhar em casamentos. Sempre juro que não vou fazer isso nunca mais.

Encontro um grupo de homens de terno cinza combinando, fumando na frente do espaço.
— Oi, olá! — digo. — Desculpa, estou meio sem jeito... Sou o humorista, vim para a minha apresentação. Tem algum coordenador, ou organizador, alguém com quem eu deva falar?
Um homem de dentes espetacularmente brancos e bronzeado quase castanho se vira para mim.
— Eu sou o Robbo — diz ele. — O padrinho.
— Rob...?
— Robbo — corrige, confiante.
— Legal... oi, Robbo, desculpa atrapalhar, só não queria incomodar os noivos.
— Ah, é, é, boa ideia. Então, como posso ajudar?
— Só queria saber quando vou me apresentar, onde posso trocar de roupa, se tenho onde sentar...
— Hum — diz ele, coçando a cabeça e olhando ao redor. — Os banheiros químicos ficam por ali. E, em termos de horário, é difícil saber, talvez daqui a algumas horas?
— Ok — digo. — Achei que o combinado fosse antes do jantar?
— Não, não. Todos decidimos: comediante só depois do discurso do padrinho. Para você não roubar meu holofote. Mesmo que seja improvável!
— Ok. Ok, então tem bastante tempo até lá.
Ele confirma com a cabeça, entusiasmado. Odeio ele.
— Posso ajudar com mais alguma coisa?
— Na real, pode, sim. Estou tentando escrever umas piadas específicas sobre eles, mas não tenho muita base. Você pode me dizer

rapidinho algumas coisas sobre Will e Annie, para eu ter um ponto de partida?
— Claro, então, Will é um palhaço, muito engraçado. A gente sempre disse que ele devia ser humorista.
— Que tipo de engraçado? — pergunto.
— Ele é tipo... incrível em imitações.
— Ok. Que tipo de imitações?
— Tipo... os personagens todos do *The Office*, Caco, o Sapo...
— Ok, e a esposa dele?
— Mesma coisa, hilária. Uma moça muito legal.
— Pode me contar alguma história específica? Sei que é difícil lembrar assim no susto, mas quanto mais específico for, melhor.
— Hum, quer saber, cara, vou pensar melhor e depois procuro você com uma lista.
— Ótimo — digo, antes de ele ir embora.
Vai ser minha última conversa com Robbo. Já disse "vou pensar melhor" tantas vezes para a minha agente que sei que ele não vai pensar em nada.

Encontro um pub e tomo duas bebidas em duas horas, enquanto tento montar dez minutos de apresentação sobre um casal com base em três fatos sobre eles.

Volto bem a tempo de ouvir o discurso de Robbo — uma divagação de 25 minutos que vai dos feitos do noivo no campo de rúgbi da escola às muitas confusões bêbadas no ano em que fizeram intercâmbio. Então, ele me apresenta como "O Humorista", um homem sem nome. As pessoas me aplaudem quando subo ao palco. Depois de mais de uma década de trabalho, quase sempre sei como a plateia vai reagir pelo som das bebidas sendo apoiadas na mesa e dos aplausos quando apareço. Esta plateia está confusa.
    Enquanto as anedotas de Robbo sobre o noivo vomitar em si mesmo em Madrid foram recebidas com êxtase, todos voltam a conversar assim que pego o microfone, e me veem como um pianista de fundo. Tento recuperar a atenção envolvendo vários membros da plateia, mas não funciona, porque todos se conhecem e, portanto, estão todos se exibindo. Partindo

147

das informações mínimas que tenho sobre o casal, faço uma piada sobre o cachorro se chamar Tosca e o noivo não ter cara de fã de ópera. Por essa, sou vaiado, o que faz sentido, porque eu sou o intruso — a única pessoa que não conhece ninguém está contando piadas sobre eles. Alguém grita que Will é mais engraçado do que eu, e eu aproveito a deixa.

— Quer saber, o homem da noite, Will... vem cá e me mostra como se faz! — digo, chamando o noivo ao palco sob vivas e palmas. — Soube que sua imitação do Caco, o Sapo, é fenomenal.

Entrego o microfone para ele e me afasto.

Quando ele finalmente acaba, agradeço por me mostrar como se faz, parabenizo o casal, desejo a todos uma noite fantástica, deixo o microfone no suporte, pego minha mochila e vou embora. Passo dezesseis minutos no palco, sete dos quais foram ocupados pelo monólogo do noivo, mas está todo mundo tão bêbado que duvido que peçam reembolso.

Na volta para casa, recebo uma mensagem do Emery. Vejo a data no celular e já sei o que vai ser. Como previsto, quando abro as mensagens, vejo uma foto dele empunhando o troféu de Melhor Show de Comédia. Sei que, bem no fundo dos meus sentimentos, há orgulho por ele. Sei que é a emoção que sustenta todas as outras. Porém, no momento, só consigo reconhecer as camadas superiores, imediatas e fugazes, que se destacam com agressividade. Inadequação, inveja, ressentimento. Respiro fundo, guardo o celular no bolso e decido mandar uma mensagem sincera de parabéns de manhã.

Quando chego em casa, me jogo na cama, pego *Por que os elefantes choram* na mesinha de cabeceira e abro na primeira página.

Elefantes encaram o luto de modo semelhante aos seres humanos. Por mais inacreditável que pareça, eles têm rituais de luto e chegam até a chorar. Eles inspecionam, espalham e enterram os ossos dos mortos por motivos que ainda nos são um grande mistério. O fato de interagirem com os restos mortais dos outros elefantes não pode ser explicado como um simples fator evolutivo, e sugere uma profundidade emocional que é mais complexa de analisar. Por que elefantes têm uma relação com as carcaças da própria espécie? Por que é assim que escolhem se despedir?

OUTONO DE 2019

Sexta-feira, 6 de setembro de 2019

— A ndy? — pergunta uma voz feminina. Eu me viro e a vejo: Daisy. Igualzinha. Cabelo castanho, franja pesada, nariz arrebitado, olhos castanhos, batom vermelho-cereja, expressão fofa e constante de preocupação. Minha última namorada antes de Jen. Eu puxei conversa após dar match com ela em um app, e passamos pouco mais de dois anos felizes juntos, até começarmos a fazer planos de morar juntos e eu perceber, de forma imediata e aparentemente do nada, que não estava apaixonado por ela. Guardei segredo por um ou dois meses e até procurei apartamentos, fingindo ter toda a intenção de ir morar com ela. Consegui atrasar o processo, achando defeitos em todos os lugares que visitávamos — não tinha janela no banheiro, não tinha corredor para dividir o espaço. Finalmente, ela me confrontou, questionando meu repentino conhecimento arquitetônico (sendo que, na época, eu morava com Rob em uma casa esquálida que tinha duas cadeiras de praia em vez de um sofá). Tudo veio à tona certa noite, e em duas horas terminamos. Ainda me sinto culpado por esse término — não tive coragem de iniciar a conversa, então ela teve que me pedir para terminar com ela. É a primeira vez que a vejo desde aquela noite e, agora que estou na mesma posição em que a coloquei tantos anos antes, me sinto conectado a Daisy de um jeito que nunca senti. Dou um abraço apertado nela.

— Daisy, nossa! — digo. — Como você está?

— Bem! — responde ela.

Causamos um pequeno engarrafamento de pedestres na rua estreita de paralelepípedos. Encosto no braço de Daisy para afastá-la delicadamente para o lado.

— Como vai a vida? — pergunta ela. — Está fazendo o que por aqui?

— Ah. Trabalho. Fiz um teste para uma propaganda de energético.

— E como foi?
— Péssimo. Tive que sentar em uma cadeira e fingir que estava em uma montanha-russa.

Ela ri, e quase faz valer a pena o fracasso do teste e o cachê que não vou receber.

— E como está no trabalho? — pergunto.
— Tudo ótimo, ano passado comecei a dar aula em outra escola. Sou chefe de departamento.

A conversa segue assim por alguns minutos — nos revezamos para perguntar sobre a vida um do outro, respondendo com informações que não estimulam mais papo. Enquanto ela fala, procuro em seu rosto sinais do que ela está sentindo. Quero dizer: *Mil desculpas por esbarrar em você. Mil desculpas por estragar seu dia, talvez até sua semana. Agora eu sei por quanto tempo você imaginou esse momento em que me encontraria de novo pela primeira vez. Sei que não é o que esperava — você provavelmente não está com a roupa que queria, nem dizendo as coisas que queria, nem está acompanhada de um homem para me mostrar o que perdi. Agora entendo o que é querer estar com alguém que não quer mais estar com você. Sei como doeu, e como provavelmente ainda dói. E mil desculpas por fazer você passar por isso, e por agora estarmos aqui, conversando como velhos conhecidos.*

Mas não digo nada disso. Quando passamos por todos os itens essenciais de papo furado, nos abraçamos de novo e nos despedimos. Provavelmente nunca mais vou vê-la.

Morris está sentado no canto do pub e já bebeu três quartos do copo. É estranho vê-lo fora de casa. Ele olha para a frente, com a mão no copo, os olhos escuros arregalados e fitando o nada. Ele me vê quando me aproximo, e sua expressão não muda.

— Finalmente apareceu, hein? Minha nossa — diz ele, balançando a cabeça. — Sem pressa, tenho a noite toda.

— Desculpa, Morris, o teste atrasou e ainda acabei esbarrando em uma ex-namorada que não via desde que terminamos, anos atrás — respondo, e aponto para a bebida dele. — Quer mais uma?

Ele faz que sim.

— Lager com suco de limão — diz.
Vou ao bar pedir outra bebida para ele e uma Guinness para mim.
— E então? — pergunta Morris, cheio de expectativa, quando volto à mesa. — Vão te contratar? Para o anúncio?
— Não, acho que não.
— Você deveria pedir para considerarem — diz ele.
— Não é assim que funciona.
— Por quê?
— Não devem ter achado que eu sou o cara certo.
— Por quê? Não te acharam engraçado? Está muito velho?
Faz-se uma pausa.
— Morris, eu te ofendi de alguma forma?
— Não? — responde ele. — Por que a pergunta?
— É que às vezes você diz umas coisas que não sei por que achou necessário falar...
— Não sabia que você era todo sensível assim! — exclama ele.
— Vamos mudar de assunto — digo.
— É. Vamos. Conversou com ela? A ex-namorada?
— Hum... — Tomo o primeiro gole, me perguntando quanta honestidade emocional Morris aguenta, e abaixo a cerveja. — Foi estranho, porque eu terminei com ela, e acho que a magoei muito. Claro que já pensei nisso e me senti bem culpado. Mas é que há pouco tempo alguém fez a mesma coisa comigo, e antes eu não sabia como era a sensação, sabe, e o quanto a gente pensa em quando finalmente vai encontrar a pessoa de novo, e como vai ser.

Morris desviou um pouco o olhar, e percebo que, atrás de seus olhos, desceu uma tela e ele está vendo um filme. Um épico. *Carruagens de Fogo*, quem sabe. *Zulu*. Dou uma acelerada:

— Então, é, foi estranho, porque tive a sensação de que agora entendo muito mais o que ela deve sentir, e provavelmente não é tão bom. Enfim. Muito chata essa coisa de namoro. Você que está certo, Morris. Nada de casamento!

Levanto o copo simulando um brinde e tomo um gole.

— Como é que você sabe se eu não fui casado? — pergunta ele, voltando a atenção para mim.

Abaixo o copo e engulo, tentando não engasgar com a cerveja.
— Você já foi casado?!
— Não precisa ficar tão chocado!
— Não. Desculpa. Não, lógico que não estou chocado — minto. — Então quando foi? E quanto tempo durou?
— O casamento foi... — diz, fazendo cálculos mentais. — Faz cinquenta e quatro anos. E passamos oito anos juntos.
— O que aconteceu?
— Ela me abandonou. Desci a escada um dia e ela estava de malas feitas, com o cachorro na coleira. Disse adeus e foi embora.

Não acredito em tudo o que Morris está me contando, assim tão na lata, de forma tão aberta. Depois de uma única cerveja com suco de limão. Se eu já não soubesse que o senso de humor dele é inexistente, acharia que era piada.

— Ela disse por quê?
— Sim — responde ele, tomando outro gole calmo e contido.
— E qual foi o motivo?
— Não gostava muito de ser casada comigo. Eu vivia trabalhando. Ela queria se casar com outra pessoa. Então se divorciou de mim e se casou com ele.
— Você sabe *com quem*?
— Sei.

Espero ele levantar o copo e tomar outro gole antes de responder:
— Com o meu irmão.
— Como é que é?! — exclamo, a voz um pouco esganiçada de incredulidade. — E você chegou a ver eles de novo?
— Duas vezes. No enterro da minha mãe e no enterro do meu pai.
— Você socou a cara dele?
— Fomos completamente educados. Não conversamos muito.
— E o que você sentiu quando viu eles?
— Nada diferente do que sinto sempre, desde que ela foi embora.
— E como você se sente? — pergunto.

Quem diria que um dia eu estaria ávido para ouvir cada palavra dita por Morris.

— Feliz por ter percebido ainda jovem que não dá para confiar em ninguém. Depender de ninguém. Quando alguém disser alguma coisa,

não acredite. Quando algo for apresentado como fato, questione se é mesmo verdade. As pessoas só cuidam de si nessa vida. Todas elas. E está certo. Eu tenho que cuidar de mim — diz, apontando para si, com a voz baixa e sussurrada. — E você tem que cuidar de si — continua, apontando para mim. — E todos devemos cuidar de nós mesmos — conclui ele, fazendo um gesto para indicar o pub.
— Nossa — digo, processando as palavras. — É uma lição e tanto.
— Sim.
— Vocês tiveram filhos?
— Não — responde ele. — E fico muito feliz por isso.
— Por quê?
— Porque filhos destroem o planeta, estragam sua casa. Custam muito caro. São ingratos. São barulhentos, vivem com a mão suja. É uma desgraça que até hoje as pessoas ainda achem que querem ter filhos, sem nem questionar se é uma boa ideia.
— Isso é meio...
— Meio o quê? — retruca ele, irritado.
— Meio agressivo, talvez.
— Você quer ter filhos?
— Quero, sim, eu adoraria. Mal posso esperar para ter filhos.
— Bom, com todo o respeito, não acho que seja uma ideia tão sábia — replica ele, com uma gargalhada maliciosa. — Visto o rumo que o mundo está tomando.
— Como assim? — pergunto.
— Vou deixar essa para você — diz ele, levantando as mãos para indicar que chegou ao fim da conversa.

Aguentamos mais uma hora, embora seja necessário um esforço tremendo da minha parte, mas consigo fazer ele falar. Quando ele acaba o último discurso (sobre Richard Branson) e se cansa, termina a bebida e diz que nos vemos em casa. Pode não ser uma conexão imediata, mas já é um começo. Fico orgulhoso da gente. Nós tentamos.

Peço outra bebida e mando uma mensagem para o grupo de WhatsApp da galera.

Tô na rua. Quem quer sair?

Clico no contato de Daisy e releio nossas conversas, coisa que nunca fiz antes. Diferentemente do que houve no término com Jen, nunca senti a necessidade de relembrar tudo que aconteceu no nosso namoro. Nunca estive aqui, no fundo da adega do relacionamento com Daisy, abrindo todos os vinhos mais antigos, girando tudo em uma taça grandona, dando uma fungada profunda e tomando um gole pelos velhos tempos.

Avi
Tô com os sogros na Irlanda foi mal amigo.

Andy
Mais alguém? Topo ir a qualquer parte de Londres.

Avi
Kkkk. Alguém sai pra beber com esse pobre coitado.

Insatisfeito com a dor distante causada por ler mensagens carinhosas de um relacionamento do passado, ponho os fones de ouvido e escuto todas as músicas que associo a Daisy. Volto até 2013 e releio tudo, na esperança de que isso me dê alguma clareza quanto ao término com Jen. Vou lendo sem parar, desesperado por uma epifania.

Jon
Não posso cara foi mal!

Escrevo uma mensagem para Daisy no bloco de notas, mas decido não mandar. Peço uma bebida atrás da outra e entro e saio do pub para fumar um cigarro atrás do outro, e vejo toda a construção do nosso relacionamento, tijolinho por tijolinho, depois como ele resiste por um tempo, até finalmente desabar.

Saudade da Tash. O que será que aconteceu com ela? Às vezes acordo e a procuro no Instagram, em vão, esperando nosso reencontro digital. Nossa, eu adoraria uma daquelas mensagens sem graça dela agora, tão doces e simples quanto pudim.

Jay
Nem eu cara, desculpa

Continuo bebendo, na esperança de que alguém responda e diga que topa fazer alguma coisa, que posso largar o celular e pegar um ônibus, mas não recebo nada. Sou o último cliente no pub. Não tenho epifania nenhuma. Ou, se tenho, não me lembro de nada.

Sábado, 7 de setembro de 2019

Uma coisa que meu tempo nos palcos me ensinou sobre contar histórias: o importante são os detalhes. As coisas que chocam, entretêm ou apavoram não são os fatos do acontecimento, mas *como* especificamente tudo aconteceu. Há muitos motivos para hoje ser um dia que lembrarei para sempre, e só um deles está ligado a uma reviravolta.

O primeiro detalhe, o mais crucial, é que estou tão destruído pela ressaca quando acordo para trabalhar hoje cedo que aperto o botão de soneca duas vezes e visto uma calça jeans e uma camiseta que diz LIAM & NOEL.

Outro detalhe importante é que o trabalho em questão é para uma marca de cuidados capilares e dermatológicos em um shopping no centro de Londres, e que, ao chegar lá, fica nítido que fui contratado para um serviço que nem eu, nem a gerente da loja entendemos direito. Enquanto bebo um café, um suco de laranja e uma Coca Zero em sequência e a gerente relê os e-mails da minha agente, sou informado de que fui contratado para ajudar a "chamar atenção" para uma demonstração de produtos na frente da loja e atrair clientes.

Seria de imaginar que a parte importante da história aconteça quando, no fim da minha primeira "apresentação", enquanto faço comentários engraçadinhos sobre poros, vejo a Jen. Ela está um pouco afastada da loja, sorrindo. Acabo as piadas o mais rápido possível, entrego o microfone para a gerente e vou andando até ela. É imediatamente muito mais tranquilo do que o dia que nos encontramos no banco — nos abraçamos, eu faço piada com meu trabalho ridículo e ela ri, e é muito bom ouvi-la rir. Mas quando pergunto o que ela está fazendo no centro de Londres em um sábado, ela parece tensa e fala de um jeito meio confuso, tentando interromper a conversa, e imagino que seja porque está com pressa para chegar a outro compromisso, então digo que vou deixar ela seguir com o dia e me despeço com um abraço.

Mas o incidente que movimenta a história não é esse. Ah, não. É quando nos afastamos e um homem vem até nós, trazendo dois cafés. Ele entrega um para Jen, chama ela de "amor", pede desculpas pela demora e diz que a fila estava enorme. Olho para Jen, sem falar nada, e ela diz:

— Esse é o Seb.

Só isso. Mais nada. "Esse é o Seb."

E o simples fato da existência de Seb nem é o detalhe mais preocupante. O que devo mencionar não é apenas a aparência de Seb, que é perfeita, mas também o cheiro dele, que é perfeito. Seb é rústico e caro. Tem a pele bronzeada no tom ideal para indicar viagens longas, o cabelo com toques grisalhos no tom ideal para lhe dar um ar distinto. Homens como Seb são o motivo que levava homens como eu a pedirem uma assinatura da *Esquire* de Natal quando éramos universitários e tínhamos um emprego de meio período numa churrascaria. Conheço Seb há dez segundos e já sei que ele tem uma receita que é "sua especialidade", uma série de musculação, mais de três suéteres de gola alta e sabe o segredo da ejaculação feminina.

— Esse é o Andy — diz Jen.

— Aah — responde ele, com um tom simpático, e sorri, e eu sei que ele sabe exatamente quem eu sou.

Pergunto o que eles estão fazendo por ali, de um jeito aparentemente casual, e ele responde:

— Preciso comprar um colchão novo.

Ele não especifica "para a gente transar nele", mas ainda me parece extremamente exibido e de mau gosto.

Outro detalhe importante é que, aparentemente do nada, ele aponta para mim e diz:

— Essa separação aí foi braba.

Considero que é um comentário sobre minha dificuldade de superar o relacionamento com a Jen. Fico chocado, e quero mandar o sujeito à merda, mas acabo rindo, sem jeito, e comento:

— Tô tentando melhorar, cara, tô tentando!

Aí ele diz:

— Não.

E aponta de novo, e só então percebo que não está apontando para mim, e sim para a minha camiseta, e se referindo ao fim do Oasis.
Então digo:
— Ah, claro.
Ele acrescenta, sem a menor necessidade:
— Boas músicas.
E eu, com menos necessidade ainda, concordo:
— É, eles eram ótimos.
Jen parece prestes a vomitar.
(Acredite se quiser, é só aqui que a história vai de comédia para terror.)
Pergunto como eles se conheceram e, antes de eles terem a oportunidade de responder, uma vendedora animada vem correndo me dizer que procurou no estoque e que, na verdade, eles têm, *sim*, o xampu estimulante folicular contra calvície que eu vi no anúncio e pedi quando cheguei.

Então nos despedimos todos, me entregam o microfone e eu me arrasto por mais meia hora de piadas toscas sobre cremes. Devolvo o microfone, pego minha jaqueta e dou no pé.

Tiro o celular do bolso e vejo que recebi duas mensagens. A primeira é de Daisy.

Oi, Andy, levei o dia todo pensando no que responder à sua mensagem de voz, que me chocou bastante quando acordei, para ser sincera. Foi uma boa surpresa esbarrar em você ontem, e depois não pensei muito nisso, então não sei por que você acha que viu "dor nos meus olhos", porque não tinha nada disso. Terminamos já faz muito tempo, e já vivi o luto do relacionamento na época. Parece que você talvez esteja projetando sentimentos seus em mim, e sugiro que lide com isso antes de deixar recados inadequados assim. Não precisa se desculpar por "partir meu coração", está tudo bem, eu segui com a vida e, honestamente, você devia fazer o mesmo.

Abraços,
Daisy

A segunda é de Jen.

Oi! Tomara que esteja tudo ok e que aquilo não tenha sido muito esquisito. Foi bom te ver. Bjs

Guardo o celular no bolso e não respondo nenhuma das duas, porque não tenho nada a dizer e mal consigo chegar ao fim de um pensamento sem ser interrompido por outro. Estou lutando contra a multidão do centro de Londres, andando a esmo porque não sei para onde ir, nem o que fazer. Eu me sinto ao mesmo tempo rejeitado e validado, e é lógico que isso era o que deveria acontecer, é lógico que Jen deveria ficar com alguém como ele. Penso no meu eu da manhã, na minha doce ignorância naquele momento, e quero abraçá-lo, porque é uma gracinha ele acreditar que alguém como eu conseguiria ficar com alguém como ela.

Um homem em Oxford Circus grita em um megafone e me fala que estou cheio de pecado e vergonha. Ele me entrega um folheto. Diz que não é tarde demais, que eu ainda tenho o poder de encontrar a redenção e o caminho do bem.

— Quando chegar no inferno, você não vai ser corajoso! — grita ele. — Quando chegar no inferno, você não vai ser corajoso! QUANDO CHEGAR NO INFERNO, VOCÊ NÃO VAI SER CORAJOSO!

Vou sim.
Vou sim vou sim vou sim.

Quinta-feira, 12 de setembro de 2019

Algumas coisas que descobri sobre Seb nos últimos quatro dias:

- Ele e Jen trabalham na mesma empresa, então devem ter se conhecido lá. Ele começou a trabalhar lá faz um ano.
- Ele cresceu em uma cidade do interior da Inglaterra, na fronteira com o País de Gales.
- A mãe dele é sul-africana.
- Ele tem 44 anos.
- Entre 2011 e 2016, ele namorou uma mulher chamada Kate. Ela agora é casada, tem uma filha e mora em Queensland, na Austrália, onde tem um negócio chamado Froth Femina, que vende sabonete personalizado com formato de peitos. Também encontrei a declaração de faturamento da Froth Femina do último ano fiscal no Cadastro Nacional de Pessoa Jurídica da Austrália, que não preciso incluir aqui.
- Ele gosta de passar férias em várias ilhas caribenhas (muito original, Seb).
- Ele acredita que, de carga a casco e a risco, ele pode oferecer produtos de seguro global adequados para todas as necessidades dos clientes, de modo único. Não sei o que isso quer dizer, mas vi em um vídeo no YouTube em que ele fala do emprego em corretagem marítima.
- Ele faz remo, escalada, joga rúgbi e pedala. Gosta de fazer tudo isso em graus variados de intensidade para arrecadar dinheiro para organizações beneficentes (criativo!).
- Em 2017, ele foi ao show do Kasabian em Dublin.
- Ele fez faculdade em Cambridge (de novo, meio óbvio).
- Ele sempre trabalhou com seguros.
- Ele já curtia as fotos da Jen no Instagram há três meses, mas ela só começou a curtir as fotos dele há um mês.

- O pai dele morreu de câncer de próstata, o que é triste, e uma pena ter acontecido com ele, mas não o redime de modo algum, a meu ver.
- O Inquérito Jen foi oficialmente instaurado. As perguntas que busco responder com isso são as seguintes:

- Por que ela terminou comigo?
- Ela terminou comigo porque conheceu o Seb?
- Se ela não acredita em relacionamentos, por que consegue manter um com o Seb, e não comigo?

A caminho da casa de Jane e Avi, crio estratégias para a conversa. Agora, mais do que nunca, o sistema de vales deve ser cumprido. Não é porque tem duas pessoas que eu posso dobrar a quantidade de vales. E perguntar sobre Seb gasta os dez vales de uma só vez, então tenho que agir no momento certo.

Quando Jane abre a porta, Rocco se encontra aos berros na escada e Jackson está agarrado à perna dela que nem um coala na árvore, e tenho a sensação familiar de quando visito amigos com filhos pequenos que esse era o pior momento possível para eu chegar. Jane me oferece uma cerveja e nos sentamos à mesa da cozinha. Jackson grita porque não gosta que Rocco olhe para ele, enquanto Jane tenta conversar, Avi tenta cozinhar e eu tento não dizer "ENTÃO, ME CONTEM DO SEB".

Mas não dá. Jackson não para de tentar chamar atenção, puxando a manga da blusa da mãe.

— Maaaaaanhê — choraminga. — Manhê, manhê.

— Que foi, meu amor? — pergunta.

— A gente pode brincar de cachorro? — pede ele.

— Acho que a mamãe está cansada — digo. — Ela passou o dia no trabalho e tem um bebê na barriga. Que tal eu ir com você para a sala e brincar de cachorro enquanto eles preparam o jantar dos adultos?

— Não, quero a mamãe. Só quero brincar com a mamãe.

— Tá bom — diz ela, suspirando, e se levanta. — Então me diz, como é essa brincadeira?

— Então, eu sou um cachorro — explica Jackson, sério e com calma. — E Rocco é um cachorro, e o bebê na sua barriga é um cachorro.

163

— Certo.

— E somos todos seus bichos, mas eu sou o cachorro que você mais ama, seu mais preferido. E você gosta de brincar comigo e passear comigo, e Rocco não é seu cachorro preferido, nem um pouco, você nem gosta muito dele. E o bebê também não é seu cachorro preferido, e você só quer que eu seja seu cachorrinho — conclui Jackson, pestanejando na maior inocência, sem nem estranhar como explicou as regras da brincadeira.

Jane me olha com um sorriso de desespero, e tentamos não rir.

— Tá bom — diz ela, pegando Rocco no colo com um braço e dando a outra mão para Jackson. — Vamos deixar o papai e o tio Andy conversarem e vamos brincar na sala.

Ela arqueia as sobrancelhas para mim e sai com eles, Jackson se jogando no chão para engatinhar e latir. Avi espera até eles saírem da cozinha.

— Acho que o Jackson está com medo de ser substituído — comenta ele, em voz baixa.

— Não me diga — respondo.

Nunca senti tanta afinidade com meu afilhado.

Boto os meninos para dormir e leio uma história para eles. Quando dou boa-noite para Jackson, dou um abraço nele e digo que ele vai ser sempre o meu preferido. Ele ri e me diz que eu não sou seu preferido, por causa do meu narigão.

Quando volto à mesa, Avi está servindo o espaguete à bolonhesa. Não contei para ele do grande êxodo do carboidrato, por medo da zoação implacável que se seguiria. Faço ruídos entusiasmados de satisfação enquanto como, discretamente separando a carne da massa. Tomei cuidado para não gastar nenhum dos vales da noite até agora, para aproveitar a atenção absoluta dos dois.

— Então. Vocês não sabem o que aconteceu semana passada — digo, abaixando o garfo.

— O que foi? — pergunta Avi, olhando para mim, com a cabeça abaixada perto do prato, puxando fios de espaguete até a boca.

— Eu estava andando por um bairro que nunca vou.

— Onde? — pergunta Avi.

— Bermondsey, Av... essa não é a parte interessante da história.
— Foi mal.
— E adivinha quem eu vi? — pergunto, e faço uma pausa dramática. — A Daisy.
— NÃO — diz Av.
— Você falou com ela? — questiona Jane.
— Falei. Ela me cutucou, e a gente se abraçou e teve uma conversa bem educada. Ela estava igualzinha.
— Foi esquisito? — pergunta Avi.
— Não. Só foi esquisito quando eu enchi a cara e deixei uma mensagem de voz para ela de madrugada, que não lembro de ter mandado, aparentemente pedindo desculpas por partir o coração dela — digo, e Jane apoia a cabeça nas mãos. — E esqueci completamente disso até ela me mandar uma mensagem bem irritada no dia seguinte.
— Está certa, ela — opina Jane, rindo. — Nossa senhora, imagina acordar com uma mensagem dessas.
— Otário — diz Avi, rindo também.

Que bom, estou feliz de ter conseguido disfarçar a parte importante. Começar com um aquecimento, fazer a conversa fluir, e aí posso incluir a história de Jen e Seb como se fosse secundária.

— Ah, e AÍ — continuo. — No dia seguinte, me contrataram para fazer piadas sobre pele e cabelo para uma loja de cosméticos.
— Eu não entendo o seu emprego — comenta Avi, se servindo de mais espaguete.
— Estou lá, na frente da loja, contando piadas no microfone, e esbarro em quem? Na Jen. Não só na Jen — digo, fazendo uma pausa ainda mais dramática. — Jen e o namorado novo dela. Quem diria? Duas ex-namoradas em dois dias. O que é que Deus está querendo me dizer?!

Espero o choque dos dois.

— É, ela comentou — diz Jane, trocando o sorriso por uma careta sem graça.
— Ah, ela te contou?
— É, ela disse que você pareceu bem tranquilo.
— Então aquele Seb é namorado dela mesmo?
— Que eu saiba, é só um cara do trabalho com quem ela anda saindo — responde Jane. — De verdade, é tudo o que eu sei, Andy.

— Foi mal, cara, deve ter sido estranho — diz Avi. — Mas você está parecendo de boa. Só dá pra tocar a vida mesmo.

— Bom, mas eu não estou de boa — respondo, jogando meus vales pro alto. — Estou bem confuso, tipo, questionando tudo que ela usou como motivo para a gente terminar.

— Por que está questionando tudo? — pergunta Avi, cansado.

— Ela disse que não queria um relacionamento. Bom, então por que ela pulou direto pra outro relacionamento com outra pessoa?

— Mas ela não assinou um contrato de término com você — argumenta Avi, com um tom irritante de tão racional. — Ela meio que tem o direito de fazer o que quiser.

— Acho que é tudo coisa da terapeuta dela — digo. — Acho que a terapeuta mandou ela terminar comigo. Acho que é por causa do meu trabalho. Acho que ela disse: "Você deveria estar com alguém mais compatível com seu nível financeiro." E por isso que ela me trocou pelo Seb.

Agora estou com vales negativos.

— Por que você não está comendo o macarrão? — pergunta Jane.

— Estou, sim! — digo, enfiando uma garfada de bolonhesa na boca. — Está uma delícia.

— Você está só catando a carne — diz ela, examinando meu prato.

— O que rolou?

— Só estou tomando cuidado com a comida.

— Você está fazendo alguma dieta doida, né? Já tentei essa dieta da proteína, sei o que você está fazendo. Vai acabar doente.

— Estou comendo horrores — declaro, a voz mais esganiçada do que gostaria. — Só estou tomando mais cuidado e fazendo muito exercício.

— Você está diferente — comenta ela.

— Está parecendo um personagem de *Tekken* de casaco — acrescenta Avi, se servindo de um terceiro e último prato de espaguete.

E é isso. É tudo o que me dizem. Não recebo nenhuma outra informação. Sessão do Inquérito Jen adiada. As testemunhas, Avi e Jane, estão dispensadas. Passamos o resto da noite falando de outras coisas.

Mas não consigo parar de pensar no jeito como Avi falou comigo: a hesitação em entrar em detalhes; a postura animada e passivo-agressiva;

a levíssima impaciência que notei nos dois — "você está parecendo de boa", "só dá pra tocar a vida mesmo". Não gosto que ele saiba tudo isso sobre o que estou sentindo, é humilhante. Está começando a bater um ressentimento esquisito, que sei que não é culpa dele, mas me dá vontade de não sair mais com Avi. Não gosto que meu término tenha colocado a gente nessa dinâmica, em que estou aos frangalhos e ele está sempre inteiro. Sei que ele não está sempre inteiro, mas ele se abre com a esposa, e não comigo. Quanto mais falo da minha tristeza, mais minha dignidade é abalada e mais surge um desequilíbrio que, em algum grau, tenho certeza de que ele curte.

Não posso mais conversar com Avi. Tenho que encontrar outra pessoa com quem desabafar sobre isso tudo. Passo o caminho todo para casa revendo meus contatos no iPhone, mas não encontro ninguém.

Sábado, 14 de setembro de 2019

A viagem de Kelly a Ibiza foi um desastre. Ela me conta a história toda, com seus muitos capítulos, durante nosso treino de manhã. Ela não chegou na boate com outra mulher, como planejava. Esbarrou com a ex quando estava doidona na pista de dança e a viu ficando com outra pessoa, aí armou um barraco e as duas foram expulsas da festa.

Ela não poupa nenhum detalhe, e estou totalmente desligado da história quando acabamos o cardio e começamos a musculação. Kelly nem nota minha distração, só quer uma cara neutra para receber suas reclamações. Forneço isso de bom grado, sabendo como gostaria da mesma coisa neste momento. Eu me pergunto quantas vezes por dia ela vai repetir essa história para os alunos, exatamente do mesmo jeito. Conforme ela avança no relato, ficando cada vez mais agitada, faço uma lista mental de tudo pelo que eu estaria disposto a passar — de verdade, sendo realista — para Jen terminar com Seb e me amar de novo. Imagino diversas hipóteses várias vezes e chego à seguinte lista:

>Bater punheta para um homem se eu não precisasse olhar para a cara dele
>Perder um pouco de cabelo na frente (mas não perder mais atrás)
>Almoçar na casa dos pais dela todo fim de semana pelo resto da vida
>Passar dois anos sem beber
>Nunca mais comer presunto
>(Essa daqui é ruim) Meu único avô ainda vivo morrer (em paz)
>Morar em Hammersmith
>Nunca mais comprar óculos escuros
>Perder um dedo da mão ou do pé sob anestesia geral (um membro inteiro seria demais) (provavelmente ia dar um bom show)

Quando volto a escutar, durante a última série de exercícios de bíceps, Kelly está rindo de um jeito bem demoníaco e dizendo:
— Quem perde é ela, sabe? Quem. Perde. É. Ela.

Quarta-feira, 18 de setembro de 2019

Que eu saiba, não existe uma regra de como inventar um nome falso de paciente para a terapia, então opto pela seguinte fórmula: nome do meu avô materno + nome do meu gato de estimação de quando era criança. Clifford Beverley. Clifford Beverley está a caminho de sua primeiríssima sessão de terapia, com uma mulher que encontrei com relativa facilidade na internet e para a qual mandei um e-mail a partir de uma conta falsa. Tive essa ideia enquanto imaginava tudo que a terapeuta de Jen pode ter dito para ela que contribuiu para o nosso término, e pensei: *Em vez de ficar só nessas teorias, por que não descubro o que uma terapeuta diria para alguém como a Jen que namora alguém como eu? Vou imaginar o que ela disse de mim e pedir conselhos para a terapeuta.* Não é uma coisa totalmente normal, lógico, mas não tenho mais com quem conversar e já gastei todos os meus vale-Jen. E ainda preciso de respostas. O Inquérito Jen segue aberto.

Toco a campainha da casa alta de tijolinhos vermelhos. Uma mulher de quarenta e tantos anos e cabelo castanho em corte chanel abre a porta com um sorriso sereno.

— Clifford — me cumprimenta, com uma voz de atendente de spa. — Entre.

— Obrigado — respondo.

Ela me acompanha pelo corredor branco até uma sala à esquerda.

— Sente-se — diz, indicando o sofá cinza.

Reparo na caixa de lenços na mesinha. Ela se senta à minha frente em uma poltrona cinza e espera alguns instantes, com a expressão ainda serena, mas o sorriso agora substituído por uma cara de neutralidade treinada.

— Que tal me contar por que está aqui? — diz.

— Acho que estou aqui por que não sei se quero terminar com a minha namorada.

— Ok. Me conte um pouco sobre o relacionamento de vocês.

— Estamos juntos há quase quatro anos — digo, seguindo o roteiro que imaginei hoje na academia.

— Como ela se chama?

— Alice.

— Alice, tá bom.

— Nós moramos juntos. E eu amo a Alice, mas tenho medo de ela não estar na mesma trajetória que eu.

— E que trajetória é essa? — pergunta ela.

— Eu ganho muito dinheiro, me mato de trabalhar em uma empresa, e ela se vira com um monte de trabalhos aleatórios para sustentar as próprias ambições criativas, não tem nenhum dinheiro guardado, não pode viajar tanto, nem sair para restaurantes caros...

— Tudo bem, espera um pouco, calma, vou interromper você por um momento, Clifford — diz ela. — Que ambição criativa é essa da Alice?

— Ela é dançarina burlesca — respondo. — E, quando a gente começou a namorar, eu achava isso muito interessante, sabe? Porque não conhecia nenhuma outra dançarina. Eu sou advogado, e não gosto muito... na verdade, odeio esse trabalho, é um saco. Só faço isso porque é o trabalho do meu pai, e eu sentia muita pressão para impressionar ele. Então, quando conheci a Alice, achei o trabalho dela bem... corajoso. Admirei ela por fazer uma coisa tão diferente, pouco tradicional. Mas agora eu só quero que ela... cresça, porra.

Digo isso com tanta convicção que até me surpreendo.

Ela absorve a informação e hesita antes de falar.

— Algo que me chama a atenção imediatamente é que você parece julgar muito as escolhas dela... essa "trajetória" que ela escolheu, como você disse.

— Julgo, sim.

— Eu me pergunto se... você sentia isso quando era mais novo? Do seu pai?

— Não, não sei se tem a ver com meu pai — respondo, querendo voltar ao assunto. — Acho que só quero uma namorada nova, talvez

171

uma mulher mais madura, que tenha um emprego de verdade, tipo outra advogada, ou uma empresária.

Ela assente e deixa outra pausa demorada se estender.

— Clifford... Às vezes, disfarçamos os verdadeiros motivos pelos quais julgamos alguém com algo que achamos mais fácil de aceitar. Seus sentimentos negativos em relação ao trabalho da Alice são mesmo por ela não ganhar tanto dinheiro, ou tem alguma coisa a ver com ser uma profissão, de certo modo, sexualizada?

— Não, não é isso.

— Vamos recuar um pouco — pede ela, cruzando as mãos no colo.

— Você falou que seu pai era advogado. E sua mãe, fazia o quê?

— Não, não — digo, olhando o relógio na parede, ciente dos minutos que passam. Não tenho dinheiro para outra sessão de terapia falsa, é minha única chance de conseguir respostas. — Esquece essa coisa de ser dançarina.

— Mas *você* consegue esquecer? Porque isso parece estar muito vívido nos seus pensamentos.

— Não está. Nem vale a pena falar disso.

Ela pausa de novo, organizando os pensamentos.

— Percebo muita raiva ligada a isso, Clifford. Raiva que eu acho que vai além das frustrações salariais.

— Não, desculpa, o que quis dizer é que me expressei mal. Ela faz pouca coisa como dançarina. O trabalho principal dela é... — tento inventar outra coisa, lembrando de novo por que não faço comédia de improvisação. — Malabarista. E só preciso saber se você acha que eu deveria ficar com uma malabarista ou se eu deveria terminar com ela e ficar com uma advogada. O que você, como terapeuta, diria?

— O que acho interessante no que você disse é que está me pedindo para julgar você como seu pai te julgava, como você agora julga a Alice. Mas e se a questão não for sempre o jeito "certo" ou "errado" de fazer as coisas, Clifford? E se não for sempre "você tem que fazer isso", "não pode fazer aquilo", se não for meu papel de terapeuta, o papel de Alice como malabarista? — diz ela. — Vamos voltar um pouco para sua vida familiar quando criança.

Percebo que estou desperdiçando dinheiro, mas sinto que preciso aguentar a sessão toda, então conto toda a história da família inventada de Clifford, improvisando na hora, tentando me lembrar dos detalhes. Tento trazer a conversa de volta à questão dos empregos diferentes, mas ela não para de voltar para os pais de Clifford.

— Temos que parar por aqui — anuncia ela, com o que desconfio ser certo alívio, quando os 55 minutos de sessão acabam.

Eu pulo do sofá. Ela me acompanha até a porta, agradeço pelo tempo dela, e a terapeuta me diz que entrará em contato. Não acredito que Jen gasta cem libras por semana com essa palhaçada.

Abro o app do banco. Ressentido, transfiro o resto do valor da sessão, e percebo que ainda não recebi o pagamento de nenhum dos meus trabalhos do último mês. Ligo para a minha agente, cujo assistente diz, de novo, que ela está em reunião, mas vai me ligar de volta depois. Abro o perfil da agência no Twitter e releio meses de anúncios importantes da carreira de outros humoristas. Pelo menos três vezes por dia, eles têm "o prazer de anunciar". Uma sitcom estrelada por alguém, um programa de auditório apresentado por alguém, um drama cômico escrito por alguém, novos clientes que estão representando.

Temos o prazer de anunciar que nosso cliente Emery PHILLIPS ganhou o prêmio de ESPETÁCULO DO ANO em EDIMBURGO. Parabéns, Emery!

Escrevo um tweet:

Tenho o prazer de anunciar que minha agente nem me liga de volta.

Posto. Ganho três likes. Deleto.

Sábado, 28 de setembro de 2019

Emery entra no camarim com um boné de beisebol virado para trás.
— Cara! — exclamo, sinceramente feliz de encontrá-lo.
Ele não tem rodado pelo circuito desde que ganhou o prêmio, e os shows perdem muito a graça sem ele.
— *Cara* — responde ele, vindo até mim de braços bem abertos. Ele me abraça com força, me dá um beijo em cada bochecha e segura meu rosto com as duas mãos. — Deixa eu ver esse homem lindo.
— Por onde você andou? — pergunto.
— Pois é, estou um lixo — diz, e tira o boné para passar as mãos no cabelo, que está sempre maior do que da última vez. — Não paro um segundo.
Nós dois nos sentamos na frente dos espelhos, e ele apoia os pés em uma cadeira vazia.
— É? — digo.
Ele sorri.
— E *como*.
Estou desesperado para perguntar tudo, mas também não quero saber de nada.
— Alguma coisa legal? — pergunto.
— A coisa está pegando fogo — diz, com um sotaque desnecessário do Texas. — Virou quase um incêndio.
— Tá, que tipo de coisa?
— É a prova de fogo.
— Dá pra parar com esse mistério, Emery?
Ele retoma a voz normal.
— Não, mas falando sério, cara, ainda não posso contar. Tenho que esperar anunciarem oficialmente.
— Ah, fala sério! Me conta! Quem está querendo trabalhar com você? Quem te procurou? Que contratos já fechou?

Quanto você vai declarar no imposto de renda ano que vem?

O celular dele toca, e vejo que é nossa agente.

— Ah — diz ele, levantando o dedo para indicar que precisa de um minuto, e me dá as costas. — Oi! Já se recuperou daquele lagostim? Porque eu ainda não!

Ele gargalha com vontade. Escuto ela rir do outro lado da linha. Ele recupera o fôlego e continua:

— O que houve?... Uhum... Humm... Sei, sei.

Pego meu celular e finjo estar distraído.

— Acho que a gente tem que dizer que quer reter os direitos da adaptação para os palcos... — continua ele. — É... Vamos insistir... Tipo, a chance de ir de filme para musical no West End é baixa, mas, se rolar, eu gostaria de... — ele volta a fingir aquele sotaque do Texas — ... de tirar uma casquinha, minha senhora.

Mais gargalhada.

— Tá... Me avisa quando eles responderem... Você é um anjo. — Emery desliga e se vira de volta para mim. — Foi mal.

— Nada — digo. — Lembro quando ela ainda me ligava.

— Você sabe como é, ela tem gente demais no portfólio, humoristas demais no telefone. Não leva para o lado pessoal. Ela não tem tempo.

— Pra comer lagostim com você tem tempo de sobra — respondo.

— Assim, não foi ela que me levou para almoçar. Foi o chefe da Netflix, e ela quis estar presente como minha representante profissional.

Inacreditável.

— Agora estou me sentindo muito melhor, valeu.

— Andy, você não quer virar um daqueles humoristas que leva fora da agente porque não para de ligar. A gente conhece essas histórias. Você está perigosamente perto de virar um desses caras.

— Ela só precisa me arranjar trabalho e manter contato. É daí que tira os quinze por cento. Não sei por que ela não consegue tirar uns minutinhos pra me ligar de quinze em quinze dias.

— Eu posso dar uma palavrinha com ela — diz ele, girando o boné na ponta do dedo. — Quer que eu faça isso?

— Não, não quero — replico, petulante. — O que eu quero é que ela me ligue sem ser pressionada pelo cliente que está por cima. Ela já era minha agente anos antes de trabalhar com você, pô.

175

— Por cima um dia, por baixo no outro — comenta Emery, me abraçando de lado.

— Não, não, eu nunca desejaria uma coisa dessas pra você.

— Retribuo o gesto, passando o braço ao redor do ombro dele antes de nos soltarmos com um tapinha amigável. — Foi mal, não queria ficar nessa amargura. Me ignora. Não tem nada a ver com você.

— É a Loucura?

— Você nem imagina.

— Outro homem?

— É — confirmo, indignado. — Como você adivinhou?

— Me conta — pede ele, tirando tabaco e seda do bolso da calça jeans.

— Esbarrei nos dois juntos outro dia.

— Que barra — diz ele, mordendo o filtro.

— E fiquei meio obcecado pelo cara.

— Sexualmente — declara Emery, tirando o filtro da boca e lambendo um lado da seda.

— Óbvio que não sexualmente.

— ANDY — berra ele, de repente. — ACORDA — grita, batendo duas vezes na minha têmpora. — Claro que você está obcecado por ele sexualmente. Você acha que só porque assina o *The New York Times* e às vezes lembra de beber kombucha superou seus instintos animais? Você não superou instinto nenhum. É um NOJO. Mas a gente é assim. Por que você acha que "Mr. Brightside" é *o* hino dos homens da nossa geração?

— Por causa do riff de guitarra.

— ERROU — grita ele, colocando o cigarro na boca, e se levanta para sair. Eu o sigo. — *Jealousy, turning saints into the sea, swimming through sick lullabies!* — berra sem olhar para trás, citando a letra da música. — Essa música mexe com uma coisa que a gente não sabe como articular, que é que ciúme romântico dá tesão, de um jeito meio mórbido

Ele abre a porta dos fundos, sai e acende o cigarro no beco.

— Porque o cara trepando com a mulher que você ama... era você, e agora é ele, e, mais crucial — diz, me passando o cigarro babado —, talvez *nunca mais* seja você. Então o único jeito de você manter a conexão sexual com ela é imaginar esse cara.

Dou um trago no cigarro e passo de volta para ele. Antes que eu possa responder, Tim aparece — comprido, magrelo, de óculos, metido.

— Olá, olá — diz ele, apertando a mão de Emery. — Não achei que você ia aparecer, agora que está todo chique. Pensei que não ia mais se misturar com a ralé.

— É bom pra manter a humildade — brinca ele.

Tim se vira para mim.

— Andy.

— Oi, cara — respondo, com um aceno de cabeça que sei que é suficiente. — Bom te ver.

— Você também — responde ele, antes de passar entre nós dois para entrar.

Pouco depois, chega Marcus. Um metro e sessenta e cinco, traços angulosos, corte de cabelo tigela e jeito seco de falar, tanto no palco, quanto fora dele. Ele te contaria que sua mãe morreu com a mesma entonação com que diria que a comida chinesa chegou.

A programação é a seguinte: Marcus de apresentador, Thalia primeiro, depois eu, depois Emery, depois Tim, depois Frank. Frank é um estadunidense de sessenta e tantos anos que fez uma sitcom nos anos 1990 antes de se mudar para a Inglaterra, e por pouco ainda tem reconhecimento suficiente para ganhar o posto de artista principal de um show de humor em Londres num sábado à noite. O fato de ele ter aparecido em talk shows noturnos nos Estados Unidos, mesmo que isso tenha sido antes de 1997, dá um ar de glamour ao camarim. Sentada de pernas cruzadas em uma cadeira, boquiaberta, Thalia pede para Frank contar histórias, enquanto ele anda em círculos pelo cômodo, falando sem nem parar para respirar. Tim, nervoso e desajeitado como sempre, bebe cerveja de ruibarbo e ri alto demais de tudo o que Frank diz.

Marcus é o mestre de cerimônias perfeito. Seu estilo tranquilo e imperturbável deixa a plateia relaxada, e ele dá um jeito de acalmar até o espectador mais bêbado e inconveniente, mantendo ele sob controle, e ainda assim zoando a pessoa de leve. Thalia, que ganhou mais confiança em Edimburgo, experimenta um material novo e ousado. Sua longa canção folk sobre pansexualidade faz um sucesso surpreendente com aquele pessoal pomposo, especialmente quando ela divide os versos e pede para cantarem juntos. Um golpe baixo, mas eficiente.

177

Já eu não me arrisco em nada e apresento as mesmas paradas de sempre, tão ensaiadas que mal me sinto no palco — parece que entrei no piloto automático do humor e minha boca e meu corpo se mexem por conta própria, sem a menor instrução do cérebro. Apesar da minha preguiça (ou talvez por causa dela), eu vou bem, e me sinto ótimo.

Emery agora entrou na fase da fama, em que é suficientemente conhecido na área e tem sucesso comercial o bastante para fazer referências a isso no show. Ele brinca com todos os temas de sempre: sua obsessão pelas mulheres, seu desespero no mundo moderno, sua dificuldade de crescer — todas as suas partes sombrias, iluminadas pelas piadas. Mas agora ele as tempera com umas pitadas sobre a fama emergente e a nova riqueza. Ele consegue não ser detestável porque equilibra os novos assuntos com o acréscimo de uma dose proporcional de autocrítica. Dá certo. Todo mundo ama ele.

Aí Tim choca geral. A piada é que ele é estatístico, e o show é composto de fatos e dados estranhos e surpreendentes que indicam coisas interessantes sobre a humanidade. É engraçado e muito redondinho, mas também bem coisa de nerd e requer concentração de quem assiste. Não é o espetáculo certo para um bar londrino num sábado à noite. A plateia logo para de prestar atenção, aí ele comenta que está perdendo o público, de um jeito que deveria ser sarcástico, mas acaba soando como se estivesse na defensiva, então a plateia se volta contra ele e começam os xingamentos. Assistimos a um pouco da cena até ficar insuportável, então voltamos para o camarim para terminar as bebidas e ir embora.

— Já vão? — pergunta Thalia, antes de dar um trago profundo no que primeiro me parece um pen drive preto.

— Já — digo.

Ela sopra fumaça com cheiro de banana na nossa cara.

— Mas a gente não pode perder o show do Frank! — argumenta. — Ele é uma lenda!

— A gente já viu ele várias vezes — respondo. — Se quiser, a gente faz uma imitação bem certinha.

— É, melhor ir embora — comenta Emery, com um cigarro já entre os dentes, tateando os bolsos da jaqueta e da calça para confirmar que pegou tudo.

— Não é melhor esperar o Tim? — questiona Thalia.

— NÃO — respondemos eu e Emery, em uníssono.

— Péssima ideia — acrescenta Emery.

— Se alguém manda mal, é melhor vazar antes que a pessoa volte para o camarim — explico.

— Jura? — pergunta Thalia. — Parece maldade.

— Não. A última coisa que ele quer agora é encarar a gente. E aí a gente não precisa humilhar ele dizendo "sinto muito".

— Nem dar elogios falsos — continua Emery, afastando uma mecha de cabelo do rosto de Thalia. — É o melhor a fazer.

Thalia, quase derretendo sob o toque de Emery, sorri.

— Tá bom — responde.

— Pra onde você está indo agora? — pergunta Emery, inclinando a cabeça e ajeitando o cabelo dela para trás.

— Acho que vou para um bar. Encontrar as meninas com quem eu moro.

— Avante! — declara Emery, com uma das mãos nas minhas costas e a outra nas de Thalia. — Rumo à aventura!

Ele se vira para mim e me dá uma piscadela.

Não estou a fim de sair — já faz três noites que tenho feito isso depois de me apresentar, e estou cansado porque malhei de manhã e passei o dia distribuindo amostras de queijo cambozola em uma feira. Mas não posso recusar uma farra no sábado. Toda noite parece uma possibilidade de superar o término, de algum jeito. Nunca saí tanto na vida. Às vezes tenho medo de só estar saindo na esperança de esbarrar com ela.

Começo a perceber que a aventura do fim de semana nunca é tão audaz ou romântica quanto descrevem os solteiros convictos. Acabamos em um bar em Dalston, lotado, famoso demais e barulhento, com um cardápio de drinques cujos preços não são tão boêmios quanto sugere o letreiro em luzes vermelhas. Emery estica o tronco inteiro por cima do bar para gritar no ouvido do barman, enquanto Thalia balança a cabeça ao som de rock dos anos 1960 e vez ou outra repete aos berros no meu ouvido, como se tentasse se convencer:

— COMO É BOM TE VER, ANDY, SABE, EU SOU MUITO SUA FÃ, FICO SEMPRE MUITO FELIZ QUANDO A GENTE ACABA NA MESMA PROGRAMAÇÃO.

Uma mesa redonda com um banco comprido e outros menores fica livre, e a gente a ocupa. Emery está no meio de uma história muito demorada sobre a nova agente dele nos Estados Unidos quando uma mulher vem até a gente — uns vinte e poucos anos, cabelo pretíssimo caindo no ombro e piercing no nariz. Ela está vestindo uma calça jeans preta justa e um cropped também preto de manga comprida que deixa à mostra a barriga estreita e durinha, tão pálida que quase parece prateada na luz fraca do bar.

— Oi, piranha — diz ela a Thalia.

Duas palavras, mesmo tom, o rosto sem nenhuma expressão.

— Ah, oi, PIRANHA! — grita de volta Thalia, antes de se levantar aos tropeços e abraçá-la. — Sophie, esses são o Emery e o Andy. Gente, essa é a Sophie, que mora comigo.

Quando vou cumprimentá-la, sinto a vontade estranhamente antiquada de me levantar para lhe dar um abraço. Pelo sorrisinho que trai a expressão neutra, noto que ela acha graça disso.

— Oi — diz ela. — Seu show foi bom.

— Foi medíocre — corrijo. — Mas valeu. Vou pedir uma bebida, alguém quer alguma coisa?

Thalia e Emery estão aos cochichos, gargalhando.

— Eu vou com você — diz Sophie.

Sob a iluminação industrial acima do balcão, consigo vê-la melhor: a gargantilha fina e escura, os olhos verdes separados, as sobrancelhas penteadas, dois tons mais claras que o cabelo, as maçãs do rosto tão altas e definidas que parecem esculpidas no rosto branco feito mármore. Ela só me concede rápidos olhares de relance; de resto, olha ao redor do bar, mas sem parecer buscar alguém melhor. Só observando tudo e todos, imóvel, que nem uma gata à espreita na janela. Ela nunca ri das minhas piadas, mas diz "Que engraçado" duas vezes em resposta a algo que eu disse. Ela gosta de começar as frases com "que". "Sou de Birmingham": "Que legal." "Torço para o Aston Villa": "Que cringe." "Sou humorista há dez anos": "Que tempão." "Tenho trinta e cinco anos": "Que idade emocionante."

— Não diz isso — respondo.

— O quê?

— "Que idade emocionante." Fica parecendo aquela citação do *Peter Pan*: "Morrer seria uma enorme aventura."

Isso quase faz ela rir, mas não chega a tanto. Ela torce um pouco a boca ao sorrir, tomando o cuidado de não me satisfazer com uma gargalhada.

— É verdade. Eu queria ter trinta e cinco anos.

— Bom, e eu queria ter vinte e três — respondo.

— Isso sim me parece uma palhaçada de Peter Pan típica de homens — diz ela, mordendo o canudo de plástico da vodca com soda e limão.

— Opa, opa, opa — digo, rindo. — Palhaçada de Peter Pan?

— É, todo homem de meia-idade tem um quê de Peter Pan — responde ela, e dá de ombros.

— Primeiro: eu não estou na meia-idade. Estou no primeiro ano do início da meia-idade, o que, basicamente, me aproxima mais da adolescência do que você, pensando bem — comento, e ela dá outro sorriso de boca fechada. — E, segundo, como você entende tanto de homens de meia-idade?

— Porque não consigo parar de namorar com eles.

— Jura?! — pergunto, chocado.

— É, meu ex era, tipo, muito mais velho que você.

— Hum — respondo, enquanto, em silêncio, considero isso minha permissão para ficar a fim dela.

Outra mulher que parece ter a mesma idade dela chega ao bar e se junta a nós. Sophie a abraça.

— Essa é a Emma — anuncia Sophie.

Emma tem o cabelo platinado, cortado em um mullet curto. Ela está usando legging de vinil brilhante, tênis surrados e um moletom umas cinco vezes maior do que o tamanho dela. Seu rosto é delicado, os traços todos finos — olhos pequenos, nariz estreito, boca de botão. Parece uma fada rabugenta.

— Oi — diz ela, seca.

— Ela também estava no show — acrescenta Sophie.

— Ah, legal.

Sei que, se Emma não falou isso por vontade própria, provavelmente não quero ouvir sua opinião.

— É, não é muito minha praia — diz ela.

— Não curte comédia?

— Curto, mas, tipo, nada desse estilo cringe, sem ofensa — responde ela, abrindo o zíper do moletom e revelando uma regata arrastão rosa-neon.

— Nada de, tipo, homens brancos e héteros contando piada. A Thalia foi legal.

— Maneiro — diz Sophie, em resposta à revelação do look. — Ainda vai pra aquela festa depois daqui?

— Vou.

— Emma está indo pra uma orgia.

— Orgia no sentido — arrisco, nervoso, tentando não parecer um velho tarado — tradicional?

— E existe outro tipo de orgia? — pergunta Sophie.

— É — diz Emma, sem mudar de expressão, e se vira para o barman. — Me vê uma Coca Zero?

— É sempre bom ficar sóbria na suruba — brinco.

Emma faz uma careta de repulsa.

— Eu não bebo — declara, como se eu já devesse saber.

— Bom pra você — respondo, e me arrependo imediatamente do tom de desdém acidental.

Tento conquistar a indiferença de Emma — afeto seria irreal —, mas tudo que digo só faz ela ficar cada vez mais visivelmente irritada comigo. Então, começo a só fazer perguntas. Elas me contam que chamam o apartamento de "cracolândia-heterolândia-bagunçolândia". Embora me garantam que nunca fumaram crack. E, Emma acrescenta, agora Sophie é a única hétero.

— Cringe — diz Sophie em resposta, com um suspiro. — Odeio ser assim.

Thalia é pansexual, Emma é bissexual e recentemente começou uma relação não monogâmica com um homem e uma mulher, que são um casal.

— Conta da gaiola! — pede Sophie, animada.

Emma se vira para mim com um novo grau de concentração.

— Então, esse casal que tô namorando. Ela é dom.

— Ela se chama Dom? — grito em meio à música.

— ELA É DOM! — grita Sophie em resposta. — É dominante.

— Ah, saquei — respondo, fazendo que sim com a cabeça.
— E ele é submisso. Aí eles têm uma gaiola onde ela manda ele sentar, às vezes a noite toda, e implorar pelas coisas.
— E não é só por sexo. É, tipo, água e comida. Imagina só! — diz Sophie, o mais empolgada que a vi até agora.
— Você já entrou na gaiola? — pergunto, cauteloso, como um documentarista tentando esconder qualquer opinião pessoal sobre o assunto.
— Já — responde ela, e dá de ombros. — Deu tesão.
— A parada da gaiola... — digo, com as opiniões relaxadas pelo álcool.
— Fala — pede ela.
— Bom, pode ser só coisa minha — continuo. — Mas quando ouço falar desses joguinhos sexuais complicados, me dá certo tesão, até eu pensar no planejamento todo por trás. Tipo... imagina uma pessoa ajoelhada no chão, com uma caixa de ferramentas e um manual de instruções, escutando podcast no meio da tarde, montando a gaiola.
Sophie finalmente ri.
— É tão constrangedor — acrescento.
— Cringe! — exclama ela.
— Mas isso vale para todo tipo de sexo — diz Emma.
— É — concordo. — Sempre que uma namorada tentou me surpreender com lingerie nova, a primeira coisa que pensei foi nela de pijama e óculos comprando tudo pela internet... o brilho branco do notebook, a testa dela franzida de concentração.
Sophie agora está gargalhando para valer.
— Arg — diz Emma, pegando a bebida. — Quem é que escolheria ser hétero, minha nossa.
Ela vai para a mesa de Emery e Thalia.

Sophie me deixa pagar outra bebida para ela, mas protesta. Ela tem "regras" quanto a deixar homens mais velhos comprarem coisas para ela. Pergunto como isso funciona quando ela namora um homem mais velho, e ela me diz que, em todo namoro que já teve, não permitiu "presentes nem elogios" nos primeiros seis meses.
— Por quê? — pergunto.

— Porque seria muito fácil eles me fazerem ficar apaixonada comprando um monte de tralha ou dizendo um monte de besteira falsa.

Fito seus olhos verde-claros, tão separados que quase lembram um réptil. Tento encontrar uma pontada de exagero cômico, mas não acho. Ela está falando sério.

— Você é muito... — digo, procurando a palavra.

— O quê? — pergunta ela.

— Impressionante. Sei que estou quebrando a regra de elogios de homens mais velhos. E sei que nem é um elogio tão bom, parece que estou te entrevistando pra uma vaga de emprego. Mas te achei muito impressionante mesmo.

— Por quê? — pergunta ela, voltando àquele sorriso de boca fechada.

— Você sabe com tanta certeza o que quer e o que não quer. Acho ótimo. Com vinte e três anos, eu não tinha regras para nada.

O barman deixa nossas bebidas no balcão.

A gente sai e eu passo para ela o isqueiro do meu bolso.

— Você vai passar na orgia? — pergunto. — Dar as caras?

Ela sorri, acende o cigarro e me devolve o isqueiro.

— Não — diz, soprando fumaça. — Sou bem tradicional. Gosto de dar pra um homem de cada vez.

Examino seu rosto de novo em busca de sinais de sarcasmo, mas não encontro.

— Muito tradicional — respondo, acendendo meu cigarro. — Digna de filme em preto e branco, estilo Bing Crosby e Grace Kelly.

— É mesmo! — insiste ela. — Hoje em dia, todo mundo dá pra todo mundo.

— Parece estressante.

— Essa ideia não te atrai? — pergunta ela, recostada na parede. — De relacionamento aberto?

— Nem um pouco. Atrai você?

— Atrai — diz ela. — Gosto da ideia de manter um relacionamento longo mais emocionante com a não monogamia. Por que se poupar da experiência de se apaixonar várias e várias e várias vezes?

— E por que se poupar da experiência de se apaixonar mais e mais e mais pela mesma pessoa? — pergunto, com mais intensidade do que pretendia. — Foi mal. Sei que pareço todo antiquado, e acho que as pessoas deveriam fazer o que for melhor pra elas, mas, pra mim, a graça de um namoro longo é se aproximar mais e mais da outra pessoa, saber tudo sobre ela, e não a novidade.

— Acho que você só ia sentir ciúme. Todos os homens contra relacionamento aberto dizem isso, mas, na real, só não querem que a mulher que amam transe com outra pessoa.

— É, não quero mesmo, e não vejo problema nisso. Tem uma entrevista com o John Lennon que eu amo...

— Cringe — interrompe.

— Pois é, eu sei, foi mal.

— Continua — diz ela, virando o corpo para mim, ainda encostada na parede, com a cabeça inclinada para o lado.

— Tá, então, ele está na cama com a Yoko e a jornalista está entrevistando ele sobre aquela música, "Jealous Guy". Ela pergunta pra ele se o futuro dos relacionamentos vai se afastar dessa ideia de pertencimento. E ele diz que, embora a gente possa acreditar nisso intelectualmente, quando estamos apaixonados de verdade, queremos possuir a outra pessoa.

Ela chega mais perto, deixando o cigarro queimar entre os dedos.

— Acho que é isso que eu sinto — continuo. — Tipo, eu gostaria de ser mais progressista, de desvincular a monogamia do amor romântico. Mas não dá. Posse mútua me dá tesão. Quero que alguém seja minha, e espero que ela queira que eu seja dela.

Ela se estica e me beija. Sou pego de surpresa — não só pelo momento, mas pelo beijo em si. Os lábios dela são diferentes dos de Jen. E o jeito de beijar também. Os beijos de Sophie são mais ávidos, mais rápidos; como se estivesse tentando raspar o prato antes de me tirarem da mesa. Deixo o cigarro cair e levo uma das mãos à cabeça dela, e a outra à pele exposta da barriga, para garantir que não vou a lugar nenhum. A gente se beija pelo que me parece ser meia hora. Faz anos que não beijo alguém assim, por tanto tempo, sem transar.

Finalmente, a gente para. Ela se afasta.

— Nunca mais fale dos Beatles pra mim — sussurra.

Eu rio.

— Não falo.

— Aqui — diz ela, recuando um passo e cambaleando um pouco, e me passa o celular. — Me dá seu número.

Digito meu número no celular dela e salvo como "Andy (cringe)". Devolvo para ela.

— Vamos voltar lá pra dentro? — digo.

— Pode ser. Mas eles nem devem ter notado que a gente saiu.

Entramos no bar. Quando abro a porta, encosto a mão nas costas dela, e lembro como é divertido ter um segredo novinho em folha com uma desconhecida. O clima continua quando nos juntamos ao grupo e ficamos de mãos dadas debaixo da mesa. Aí fazemos carinho nas mãos, nos joelhos e nas coxas um do outro. Os outros três continuam tagarelando e nem notam que mal estamos falando. Em certo ponto, Sophie vai ao banheiro e me manda uma mensagem:

Vem cá, velhinho.

Vou até o banheiro, e Sophie me puxa para uma cabine. A gente se beija mais um pouco, em um ritmo ainda mais frenético, encostados na parede fria, dura e toda pichada. Quando voltamos à mesa, as luzes do bar começam a piscar, sinal de que é hora de parar de beber. Emma volta a vestir o moletom enorme e fecha o zíper.

— Você não vai pra orgia agora, vai? — pergunta Thalia.

— Vou — diz ela, com um suspiro. — Só agora que a coisa engrena.

A gente sai, e todo mundo pede Uber. Emma é a primeira a ir embora, e mal se despede da gente, já pensando na suruba. Thalia e Emery alternam entre se beijar e discutir sobre para qual apartamento vão seguir — a cama dela é muito pequena, ele mora muito longe. Sophie e eu fumamos um cigarro e batemos papo sobre nossos planos para o domingo. Gosto desse acordo tácito de manter segredo sobre os nossos beijos. Não tem motivo — ninguém ia dar a mínima. Mas estar na companhia de gente que se orgulha de não ter a menor vergonha ou privacidade sexual torna a intimidade dos nossos beijos — só beijos — estranhamente tabu, de um jeito erótico.

Thalia ganha a discussão de brincadeira com Emery. Então, quando chega o táxi de Sophie, os três entram juntos. Ele me dá um abração de bêbado, declarando seu amor por mim. Thalia faz o mesmo. E Sophie, quieta e contida, para na minha frente e passa uns segundos sem dizer nada.

— Boa noite, Andy — diz.

— Boa noite, Sophie — respondo.

Ela pisca devagar, me dá as costas e entra no carro.

Quando pego o Uber, alguns minutos depois, vejo a hora no celular: 3h17. Pela janela, olho para as ruas escuras repletas de bêbados — gritando e chorando e tropeçando e ligando para quem não devem e comendo lanches gordurosos. Toda boa noitada depende da insatisfação. É essa a teoria a que estou chegando. Quando saio com Avi e a galera, noto que estão todos satisfeitos demais com a própria vida em casa para que algo de fato os motive a viver plenamente a noite em questão. Eles têm sofás confortáveis demais, esposas carinhosas demais, opções demais de serviços de streaming disponíveis. Não estão à procura de nada, não precisam se distrair de si próprios. É por isso que humoristas são a melhor companhia para beber. Para eles, nenhuma validação, nenhum sucesso, nenhum amor, nenhuma história, nenhum material é suficiente. Vão estar sempre atrás de outra coisa. Uma boa farra precisa do fogo da tragédia para continuar fervendo.

Acho que entrei em uma nova fase do término. A última pessoa que beijei não é mais minha ex-namorada. Não sei se vai ser algo recorrente, nem se vai ser com a mesma mulher, mas hoje sinto que definitivamente passei para outro território. O clima já é outro. Estou aliviado, mas também triste. Assim que vou embora, sinto saudade do lugar anterior; da dor mais aguda dos primeiros três meses depois do pé na bunda. Já percebo que as lembranças vão dar uma atmosfera diferente àquela época do que quando a estava vivendo de fato. As bebedeiras solitárias vão virar curtição, o tempo na casa da minha mãe vai parecer aconchegante, A Loucura vai ficar mais poética.

É como se eu tivesse passado um tempo afastado da vida por uma doença, e às vezes é bom se afastar. Às vezes é bom não ser uma coisa no mundo tentando desesperadamente ser uma pessoa. A conclusão a que estou tentando chegar é a seguinte: não sei se quero tanto superar o término, porque quanto mais me afasto da dor, mais me afasto de Jen.

— Essa música está boa? — pergunta o motorista, se referindo ao free jazz frenético no som do carro.
— Tá, é legal — digo. — Dá uma onda.
— Dá uma onda — repete ele, rindo. — É a minha cara.
O sujeito batuca no volante ao ritmo da música. Ele usa uma loção pós-barba com um cheiro extremamente forte. Eu chutaria que tem uns 48 anos.
— Eu amo jazz — diz, continuando a usar o volante como tambor.
— Escuto dirigindo. Passo oito meses trabalhando que nem um condenado aqui para passar o resto do ano no Egito, que é de onde eu sou.
— Ah, legal. Tem família por lá?
— Já morreu todo mundo — responde ele, balançando a cabeça no ritmo da caixa.
— Meus pêsames.
— Ah, não precisa disso.
— Quem você encontra quando está por lá? — pergunto.
— Ninguém. Meus amigos todos se mudaram. Meu irmão casou e mora no Canadá. Não tenho esposa, nem filhos, ninguém. E adoro. Sou livre. Que nem o James Bond. É a vida certa pra mim! — Ele ri.
— Acho que também é a vida certa para você, né?
Eu sorrio.
— O que você faz quando está lá?
— Pego uma piscina. Tomo umas bebidas geladas. Às vezes saio com alguma moça simpática. Escuto jazz.
Ele aumenta o volume, balançando a cabeça e batucando no volante com ainda mais vigor.
Não pergunto mais nada porque, por algum motivo, não quero ouvir mais nenhuma resposta.

Sexta-feira, 4 de outubro de 2019

A caminho do pub, reflito uma última vez sobre todos os motivos para ser completamente aceitável eu sair com uma mulher doze anos mais nova do que eu. Faço uma lista de todas as coisas que nos conectam culturalmente: é verdade que "Starry Eyed Surprise", do Oakenfold, estava nas paradas quando eu estava na faculdade e ela tinha sete anos, mas nós dois éramos adultos durante o fenômeno cultural de "Get Lucky", de Daft Punk e Pharrell Williams. É uma experiência adulta compartilhada. O mesmo vale para acontecimentos mundiais. Ela não vai lembrar nada da Eurocopa de 1996, dos jogadores de futebol brasileiros correndo pelo aeroporto na propaganda da Nike, nem tem memórias de quando a princesa Diana estava entre nós. Mas quando o príncipe William se casou ela já estava estudando para o vestibular. Então a gente pode falar disso tranquilamente, se o assunto surgir. De boa na lagoa! Sem problema nenhum.

E qual é a dessa mania de querer ter experiências culturais compartilhadas, afinal? Por que é tão importante assim? Ela ainda não tinha nascido quando meu álbum predileto foi lançado, mas adivinha só? *Bridge Over Troubled Water* foi lançado em 1970, então foi antes de eu nascer também! O que eu faço com isso, se for assim? Namoro só mulheres de mais de 55 anos, para que a gente possa conversar sobre como o ritmo de "Cecilia" foi gravado? Não faz o menor sentido!

E os outros homens todos? Por que não está implicando com eles, Andy? Por que só está me atacando? Ela já ficou com homens mais velhos do que você. Ela gosta da gente, nós fazemos o tipo dela. Honestamente, por que a gente faz o tipo dela não é da sua conta, então aceita e se joga! Se fosse questionar os motivos de qualquer mulher para transar com você em busca de respostas satisfatórias antes de topar, ainda seria virgem.

E tem outra coisa — o detalhe mais importante: a presença de espírito dela. Todas as regras, a sabedoria, as ideias modernas sobre sexo, a capacidade de comunicação assustadoramente boa. Isso faz uma baita diferença no reequilíbrio do poder da relação, embora eu seja um homem e mais velho do que ela. E sei que tenho poder no mundo só por ser homem, sei mesmo, mas *na prática* não tenho lá tanto poder — sou um humorista fracassado que está ficando calvo, não tem um tostão e aluga um quarto de um colecionador de sopa enlatada de 78 anos. Então, no fim das contas, colocando na ponta do lápis — somando uns anos por eu ser um homem de trinta e tantos anos, subtraindo alguns pela maturidade emocional avançada dela, uns pontos a mais por "Get Lucky", uns a menos pela princesa Diana, multiplicado pelos ex-namorados mais velhos dela, dividido por sei lá o quê —, ficamos meio empatados. Na verdade, talvez eu até tenha que me preocupar mais comigo nessa história!

(Também tem o fato de fazer quase quatro meses que não transo, que é o tempo mais longo que já passei sem sexo na minha vida adulta, mas isso é só uma nota de rodapé diante de tudo que falei antes, e não foi um fator determinante na hora de considerar a moralidade deste encontro.)

Ela já está lá quando eu chego, debruçada sobre a mesa, concentrada em alguma coisa. O cabelo preto cai na frente dos olhos dela como uma cortina reluzente. Quando chego mais perto, noto que ela está olhando umas fotos em preto e branco. Ela percebe minha presença e ergue o rosto, sorri e se levanta. A gente se abraça de um jeito rápido e casual, como amigos. Sophie já pediu uma bebida para mim e outra para ela, querendo implementar as regras logo de cara.

Sophie me mostra as fotos que está examinando. Ela as tirou com uma câmera analógica e acabou de revelar. Eu me sento e ela me deixa ver uma a uma — fotos difusas, de baixa qualidade, de Emma e Thalia recostadas em parques londrinos com latas de cerveja, ou no sofá com o cabelo desgrenhado e xícaras de chá. Closes de pétalas de margarida em mãos abertas, restos de batata frita num pote de isopor, cigarros apagados enfiados em bolinhos. E, enfim, Sophie de pé, nua. De frente para a câmera, com o cabelo afastado do rosto. Os mamilos escuros me encarando como se esperassem uma resposta.

— Ah, é — diz ela, tranquila, chupando o canudinho da vodca com água tônica. — São autorretratos que tirei com tripé. Relaxa, pode olhar. Sou uma pessoa muito pelada.

Eu olho, de bom grado, mas é bem estranho ver o corpo nu de uma mulher com quem estou saindo, em preto e branco, bidimensional, nas minhas mãos, antes de vê-lo ao vivo. Também não sei qual é o grau adequado de elogio nesse contexto. Elogiar demais certamente é lascivo, mas falar de menos pode parecer grosseria. São muitas fotos, primeiro retratos de longe, e depois closes abstratos — às vezes tão próximos que demoro para entender o que estou vendo. O osso da saboneteira de Sophie, a curva da cintura e do quadril. Os dedinhos quadrados do pé dela. O umbigo de Sophie, que lembra um búzio. Sinto ela me ver observando seu corpo. Não sei o que dizer. Não tenho nada a dizer. Só quero tocá-la.

— Belos temas — digo, finalmente, embaralhando as fotos na minha mão que nem um âncora de jornal organizando as fichas de anotações.

Isso a faz rir, o que é bom. Eu realmente faria e diria qualquer coisa para arrancar uma risada de uma mulher.

Ela me conta que trabalha como assistente de fotografia — como se sentiu sortuda quando começou a trabalhar com um fotógrafo de moda famoso; da frustração que sente agora por trabalhar com um homem tão difícil, arrogante, exigente e irracional. Porém, diz que vale a pena, que está aprendendo que tipo de fotógrafa quer ser um dia, porque trabalha com um exemplo de tudo que não quer ser. Ela me mostra fotos no celular de todas as sessões prediletas de que participou no trabalho. Na verdade, ela me mostra muita coisa no celular. O aparelho nunca sai da mesa — é como uma apresentação de PowerPoint que ilustra todas as anedotas que ela conta. Quando raspou parte do cabelo, quando passou férias na Bulgária, quando foi visitar guaxinins no zoológico com Thalia.

A gente se reveza para pedir as rodadas de bebidas, e ela fica atenta à conta, para não me dever nada. Ela pede batata frita e me pergunta por que não estou comendo. Por algum motivo, me sinto confortável o suficiente para contar — que, pela primeira vez na vida, estou malhando de quatro a cinco vezes por semana. Que não como mais carboidrato. Que, frequentemente, as calorias do álcool substituem meu jantar. Que penso em comida e proteína o tempo todo. Que às vezes acordo no meio da noite porque sonhei que ia ao McDonald's e comia tudo no cardápio, até o abacaxi de acompanhamento que vende por aqui, e que sinto um alívio eufórico quando percebo que foi só um pesadelo.

E ela não me diz que essas dietas não funcionam, que esse estilo de vida não é sustentável, nem que essa obsessão não é saudável. Ela nem me diz que eu com certeza já estava ótimo antes de perder peso. Ela só dá de ombros e diz:

— Saquei.

Sophie pergunta como comecei a carreira de humorista, e eu conto das minhas primeiras experiências horríveis em noites de microfone aberto na faculdade, da minha primeira viagem para Edimburgo como espectador e do primeiro verão que fiz stand-up lá. Ela me conta que Thalia mencionou que eu ganhei o prêmio de Melhor Espetáculo no festival no começo da carreira. Eu corrijo e digo que foi o prêmio Revelação.

— Qual é a diferença? — pergunta.

— A diferença é que eu só estava competindo com os outros estreantes. Quem ganha o Revelação basicamente ganha um prêmio por ser o melhor entre um bando de gente que não entende nada de stand-up. Dali, a maioria das pessoas prova que não só é a melhor entre os novatos, mas a melhor da área toda. Que nem o Emery, por exemplo.

— Mas você, não — diz ela.

— Eu, não.

— Que pessimismo.

— Eu sei — respondo. — É meu direito por ter trinta e cinco anos.

Essa é a deixa para flertamos um pouco, fazendo piadinhas sobre nossa idade.

Saímos para fumar e, quando voltamos juntos para o bar, passo o braço pela cintura dela. Ela finge nem notar, e continua a falar da pessoa que mais gostaria de fotografar, mas não consegue manter o semblante de indiferença — ela enruga o nariz de um jeito extremamente fofo, na tentativa de conter um sorrisinho que surge mesmo assim. A gente volta à mesa e ela pega minha mão.

O celular dela apita com uma notificação de um app de relacionamento, e ela me mostra o perfil de um homem com quem anda conversando. Ela me mostra o perfil de todos os homens com quem tem conversado, e as mensagens deles, sem o menor pudor. Pergunta se eu também ando falando com alguém nos apps, e eu conto sobre Tash, a mulher dos sonhos virtual que desapareceu no verão. Ela me pergunta o que eu achei tão atraente na Tash, e eu respondo com sinceridade. Gosto dessa conversa relaxada sobre nossos desejos, como se fossem alheios ao nosso encontro no momento. Falamos sem inibição — não tem ciúme, e tudo é dito e recebido de bom grado. A atração que sentimos por outras pessoas é separada da atração que sentimos um pelo outro. É tudo novidade para mim. Sempre achei que o correto em um primeiro encontro fosse garantir para as mulheres que elas são a primeira pessoa de quem já gostei, e ao mesmo tempo dar a impressão implícita de que milhares e milhares de pessoas já gostaram de mim.

Vamos nos aproximando, e ela vez ou outra fala olhando para o copo, então noto a cor de suas pálpebras.

— É uma sombra nova que experimentei para ficar parecida com a Kate Bush na capa de *The Hounds of Love* — diz, tranquila, de uma vez. — Olha só.

Ela fecha os olhos para me mostrar duas formas ovais perfeitas de um roxo berrante e cintilante. Aproveito a oportunidade para beijá-la.

— Isso foi uma cantada? — pergunta ela, com desdém bem-humorado. — Já ouvi falar dessas coisas.

Ouvimos o aviso indicando que o pub vai fechar, e Sophie me pergunta se quero ir para a casa dela.

— Com uma condição — diz.
— Uma regra? — pergunto. — Que surpresa.
— Não gosto que durmam comigo — explica ela. — Você não pode passar a noite lá. Tem que voltar pra casa hoje.
— Jura?
— Sim. Quero que você vá embora antes das duas da manhã.

Eu rio daquela eficiência tão objetiva.

— Que foi?
— Nada — respondo. — Ir embora antes das duas, aceito, sim.

* * *

O apartamento dela fica bem no finzinho da zona sul e está escuro e quieto quando abrimos a porta. Ela me conta que Thalia está em um show, e Emma, em uma rave com os namorados. Depois, me leva à cozinha e acende a luz fluorescente do teto. É um ambiente muito familiar: dois panos de prato chamuscados, quatro cadeiras — uma com o assento quebrado. Na bancada, um saleiro, um vidro de ketchup de ponta-cabeça e uma garrafa de vinho tinto aberta e pela metade, relegada a "vinho de cozinha", que ninguém nunca vai usar. Lembra as cozinhas que dividi com Avi e Rob quando moramos juntos. Nesses momentos, me pergunto se as mulheres são nojentas que nem a gente.

Ela pega duas latinhas de cerveja na geladeira e me leva até o quarto. Fico parado no escuro enquanto ela anda até a cabeceira para acender a luminária. O quarto dela parece o das primeiras mulheres que beijei, no começo dos anos 2000, o que é ao mesmo tempo confuso e reconfortante. Tem uma poltrona inflável transparente no canto. Na mesa, uma lâmpada de lava. Uma câmera polaroid rosa no parapeito da janela. As paredes estão cobertas de capas antigas de revista: *i-D, Dazed & Confused, Sleazenation, The Face.* Courtney Love, Kurt Cobain, Damon Albarn, Robbie Williams — uma galeria de rostos da minha infância nos observando.

Ando até uma foto da Kate Moss, jovem e sorridente, com penas no cabelo.

— Acho que me lembro dessa capa — digo, abrindo minha cerveja.

Ela fecha a cortina da janela.

— Foi de 1990, então você definitivamente não lembra.

— Ah. Verdade, não lembro. Não estava tão ligado na arte dela quando eu tinha cinco anos.

Ela sobe na cama, se recosta, apoiada nos cotovelos, e me olha.

— Você não é tão velho quanto acha — diz.

A luz fraca joga sombras no rosto dela, caindo perfeitamente sob as maçãs do rosto.

— Amo quando você fala essas safadezas — comento, subindo na cama com ela.

Ela me puxa pela camiseta e me abraça pelo pescoço. A gente fica um tempo se beijando, ajoelhados no edredom, até ela se afastar.

— Posso tirar? — sussurra ela, segurando minha camiseta.

— Pode.

Ela a puxa para cima e passa as mãos pelos meus braços expostos enquanto me beija, dessa vez com mais voracidade, afundando as unhas nos meus ombros e soltando murmúrios de satisfação.

— Posso? — pergunta, puxando minha calça pela cintura.

Eu seguro o rosto dela com as duas mãos.

— Sophie, você pode fazer o que quiser comigo — digo.

— Tá bom — sussurra ela, sorrindo.

A gente se beija enquanto ela solta a fivela do meu cinto.

— Topo até anal — acrescento —, desde que não seja de surpresa.

— Nem se atreva a me fazer rir agora — diz ela.

— Tá bom, foi mal.

— Mas... a mesma regra vale para mim.

— Bom saber — respondo, e nós dois rimos.

Tiro a blusa dela e vejo que ela está sem sutiã, com a pele tão pálida que reluz, os mamilos duros e pequenos. Eu a seguro pela cintura, a barriga durinha, fria e toda arrepiada. Vou movendo meus dedos, tentando ler o corpo dela como se fosse braille. Sophie enfia a mão na minha cueca e pega meu pau. Eu ofego e desabotoo a calça jeans dela, passando a mão por baixo da calcinha de renda e sentindo sua parte mais macia e molhada. Os gemidos dela vão ficando mais altos e demorados enquanto ela arfa no meu ouvido. Como é tradicional em muitas das minhas primeiras relações sexuais, é nesse momento que minha perspectiva sai da minha cabeça e passa a ficar na nossa frente, para aproveitar a vista da plateia. Uma parceria inusitada, mas muito aguardada: *A Primeira Transa de Andy e Sophie*. Eu me pergunto como vai ser. Fico surpreso pela nossa aparência adolescente, ajoelhados na cama arrumadinha, com a mão enfiada nas calças jeans ainda vestidas, nos beijando como se tivéssemos acabado de descobrir essa atividade. Se eu não estivesse mexendo no clitóris dela, poderia até ser 2001.

Ela tira minha mão da calça dela, a leva até a boca e chupa meus dedos. Me encara com os olhos pintados de roxo, as pupilas reluzentes e grandes sob a luz fraca.

195

— Você é sexy pra caralho — digo sem pensar.

Imediatamente me arrependendo da simplicidade bêbada das palavras. Imediatamente tenho medo de que *você é sexy pra caralho* seja o tipo de coisa que um político manda por mensagem para uma funcionária antes de perder o emprego. Mas ela não ri.

— Não se apaixone por mim, Andy — diz ela.

— Vou tentar — respondo.

E então — *tenho o prazer de anunciar* — descubro três coisas:

- Sexo não me lembra da minha ex-namorada;
- Consigo fazer uma mulher que não é minha ex-namorada gozar;
- Meu pau ainda funciona.

Segunda-feira, 7 de outubro de 2019

Vou para a casa de Sophie sábado à noite, depois de um show. E no domingo à noite, depois de outro show. Toda vez, fazemos a mesma coisa: batemos papo no quarto dela, e aí encontramos outro jeito de encaixar nossos corpos e nos fazemos gozar com uma dedicação mútua normalmente reservada apenas a namoros. Então, pedimos comida e bebemos juntos. Enfim, me despeço com um beijo e faço a longuíssima viagem de volta para casa.

Hoje, acabamos de fumar um baseado vendo um episódio de série no notebook, e sou despertado do quase cochilo chapado.

— Andy — chama ela, ao pé do meu ouvido, sacudindo meu braço.

— Não pega no sono.

Abro os olhos e me sento na cama devagar. Ela está apoiada no travesseiro, de frente para mim.

— Você não vai me fazer ir embora agora, né? — pergunto. — É segunda à noite E está chovendo. Eu moro a uma hora e meia daqui.

Ela dá de ombros.

— É a regra — diz.

Eu resmungo, beijo a ponta do nariz dela e me levanto.

— Você é impossível — digo, vestindo a calça jeans.

— Eu sei. Mas não é mais interessante assim? Não prefere isso a uma mulher que diz "sim" para tudo e facilita sua vida?

— Eu prefiro uma mulher que me deixa dormir na casa dela para eu não ter que fazer duas baldeações no meio da noite.

— Jura? — pergunta ela, de repente se endireitando na cama, que nem um gato escutando um barulho suspeito. — Você não gosta da conquista?

— Não, nunca vi graça nisso — digo, me agachando para procurar uma meia perdida debaixo da cama. — Sei que tem gente que gosta, mas, pra mim, uma das coisas mais atraentes é saber que alguém me quer. Então não entendo a tara por ficar de doce. A-ha! — exclamo, pegando a meia que, no frenesi de tirar a roupa, tinha ido parar na lâmpada de lava.

Sophie continua a me observar com curiosidade, sem dizer nada. Eu me sento na beira da cama e calço as meias.

— Uma das tragédias menos investigadas da crise imobiliária em Londres é que agora é possível namorados morarem a mais de trinta quilômetros de distância um do outro.

— A gente não está namorando, Andy — diz ela, chegando por trás de mim para me abraçar. — Sei que deve ser difícil de entender, porque você tem toda essa energia de namorado acumulada.

Eu me viro para ela, indignado.

— Tenho o *quê*?

— Você quer ser namorado de alguém.

— De onde você tirou isso? — pergunto.

— Você fede a monogamia. Quando foi seu último relacionamento?

Eu me perguntava quando essa conversa ia acontecer. Tinha me parabenizado por passar cinco noites com Sophie sem mencionar o término.

— Faz uns meses — digo.

— E quanto tempo vocês ficaram juntos?

— Alguns anos.

Ela se ajeita até sentar ao meu lado na beira da cama.

— Claro — responde ela, como quem diz "já sabia", e um silêncio incômodo e pouco característico se prolonga entre a gente. — E você ainda está obcecado por ela?

Eu tento rir, mas, em vez disso, solto um grunhido esquisito de nervosismo.

— Tá tranquilo, pode falar dela — garante Sophie. — Não me incomoda.

— Sério?

— Sério — confirma, pegando o elástico do pulso para prender o cabelo em um rabo de cavalo. — Me conta dela.

— Hum. Ela terminou comigo em junho. Foi bem inesperado. Ainda não sei o motivo. Ela arranjou um namorado novo, Seb.

— E você sabe tudo sobre o relacionamento deles porque stalkeia os dois no Instagram? — pergunta ela, se levantando da cama para sentar de pernas cruzadas na poltrona inflável.

— Não *stalkeio* ninguém — digo.

— Até parece. Você precisa bloquear os dois.

Ela se estica para alcançar a mesa e faz a poltrona guinchar enquanto pega um frasco de esmalte cinza.

— Não posso.

— Por que não?

— Porque a Jen vai ver e ficar chocada. Vai achar que estou escondendo alguma coisa.

Sophie revira os olhos e sacode o vidrinho de esmalte.

— Todo mundo sabe que o único motivo para bloquear alguém é quando a gente está entrando demais no perfil da pessoa.

Ela abre o frasco e espalma a mão na perna. Pinta as unhas devagar e com cuidado, sem olhar para mim enquanto fala:

— Não é uma ofensa. Na verdade, é até um elogio.

Eu absorvo a informação, mas não me convenço.

— Sério?

— Sério — confirma ela, esticando o braço para examinar a mão pintada. — Pode confiar. Eu sou a rainha da dor de cotovelo. Você tem que bloquear os dois.

— Tá — digo, indo até ela, que se levanta para me dar um beijo. — Obrigado. E não acredito que você é a rainha da dor de cotovelo. Acho que ninguém conseguiria te magoar.

— Cringe — diz ela, me afastando.

Ando pela rua de Sophie, uma rua que, semana passada, eu nem conhecia, e agora conheço bem. Não sei que sentimento é esse. É muito diferente de qualquer outra sensação que já tive ao começar a sair com alguém. Eu me sinto próximo dela, mas também distante. Empolgado, mas insatisfeito, carinhoso, mas desapegado, investido, mas indiferente. Parece que pegamos todas as atividades de casal e as encaixamos no contexto de dois desconhecidos que não devem nada um ao outro, que não têm passado, nem futuro. É confuso. Não a ponto de eu querer parar, lógico, mas é confuso.

Quando chego em casa, escuto Morris vendo TV na sala. Entro e o encontro deitado de barriga para cima no chão, debaixo de uma árvore de Natal.

— Oi — digo.

— Pode segurar isso aqui para mim? — pede ele.

— Claro — respondo, largando as chaves na mesinha e andando até a árvore.

— É só sustentar assim, reto.

Seguro a árvore pelo meio. Morris aperta os parafusos do suporte.

— Então, tem algum motivo...

Não preciso nem terminar a pergunta antes de ele contar a história de por que todo ano compra uma árvore de Natal na primeira semana de outubro. Devo admitir que perco a concentração em alguns trechos, mas o que entendi é o seguinte: um antigo colega dele agora é dono de uma plantação de pinheiros de Natal em Hertfordshire, e ele quer apoiar o negócio desse homem, mas não apoia o Natal como festival religioso nem feriado, então o amigo oferece um desconto considerável em uma árvore fora de época, que ele aproveita até a última semana de novembro, e depois joga fora sozinho, porque a prefeitura se recusa a recolher árvores de Natal descartadas antes de janeiro, o que é tema de um de seus muitos abaixo-assinados na internet, mas esse ainda precisa de mais 9.982 assinaturas antes de ter direito a uma resposta parlamentar.

— ... e, sinceramente, tem tanto idiota pagando uma fortuna para comprar uma árvore que vem do cafundó do Judas...

Ele faz uma pausa para respirar, e eu vejo a oportunidade.

— Então o que você faz no Natal? — pergunto, de repente.

Ele me encara com seus olhos de furão assustado. Com dificuldade visível, se apoia nos cotovelos e vira de lado. Vai se levantando devagar, e recusa minha ajuda. Ele fica de pé e espana os pedaços de pinheiro no suéter.

— Eu lavo todas as cortinas — diz. — É uma tarefa que só precisa ser feita uma vez por ano, e sempre me lembro de fazer isso no dia 25 de dezembro.

— Alguma outra coisa? — insisto, com tom de súplica.

— Como torta de peixe e vejo *O Monstro da Lagoa Negra*.

Ele parece quase espantado de eu perguntar, de eu supor que ele poderia fazer qualquer coisa além de lavar cortinas, comer torta de peixe e ver *O Monstro da Lagoa Negra*.

— Tá, vou deitar — digo. — Ou precisa de ajuda para limpar os galhos que caíram?

— Não, não, tudo certo. Por sinal, como você está?

Notei que Morris tem tentado fazer umas perguntas assim desde que experimentamos ir ao pub. Não é natural, nem com um entusiasmo de verdade, mas ele ainda arrisca.

— Estou bem, Morris.

— Seus badulaques engraçados vão bem?

— Vão, sim. Boa noite.

Fico mais uma hora deitado de roupa na cama, dando uma fungada das boas no loló que é o Instagram de Jen e Seb. Desço até o primeiro dos 78 posts de Seb e examino um por um. Vejo todas as fotos que Jen postou durante nosso namoro, com um interesse especial nos meus comentários de apoio ou de piadinhas internas, dando zoom e usando o teclado com precisão para não deixar nenhum rastro nas notificações.

Enrolo até depois das três da manhã. Sempre que estou prestes a tomar a tal decisão, noto que preciso de mais uma boa fungada.

E aí, eu faço o negócio — o mais rápido possível. Bloqueio ele. Bloqueio ela. Nenhum post disponível. Nada para ver ali. Simples assim.

Espero sentir alguma coisa, mas nada acontece.

Sexta-feira, 11 de outubro de 2019

Não espero que a Festa Anual de Outono dos Farmacêuticos Independentes do Reino Unido seja o melhor trabalho da minha vida, mas quer saber? O pior, não foi. O pessoal ficou animado quando o anfitrião anunciou que estava na hora da apresentação de um humorista que talvez reconhecessem de alguns programas de TV? Sim. Teve um clima audível de decepção quando subi ao palco e eles perceberam que esses "programas de TV" eram, na verdade, uns programas de auditório irrelevantes do começo dos anos 2010? Sim, também. Mas os farmacêuticos foram cruéis? Não. Me castigaram porque o chefe deles não tinha dinheiro para contratar alguém mais famoso? Não. Jogaram pão em mim que nem os contadores do Prêmio de Contabilidade da Grande Londres? Também não! Riram das minhas piadas bem fraquinhas sobre "Big Pharma" no Reino Unido não fazer referência ao poder do mercado farmacêutico, e, sim, a recipientes industriais de talco com perfume de lavanda? Riram, sim! Então, considerando a categoria de trabalho, foi tranquilo. O problema não foi o trabalho.

O problema surge quando, no ônibus de volta para casa, decido abrir o site que anuncia meus serviços para contratação por empresas, junto de centenas de outros humoristas, palestrantes, atletas e celebridades. Vou atrás de encrenca. Estou querendo confirmar um pressentimento, e é o que acontece.

Alguns anos atrás, Emery, que também pode ser contratado por esse mesmo site, me mostrou o discreto sistema de preços. Ao lado de cada artista há uma letrinha minúscula, de A a F. "A" significa que uma apresentação daquela pessoa em um evento custa entre £30.000 e £50.000; "F", que custa entre £250 e £500. Eu e Emery sempre sentimos um orgulho estranho em estar na categoria E, não pelo valor monetário (entre £1.000 e £2.000 por evento), mas pela confirmação de que, embora estivéssemos inegavelmente no fim da fila, pelo menos não éramos os últimos. Mas ali, bem ao lado do meu nome, está uma coisa horrível. Uma perninha da letra arrancada, junto do que restava da minha dignidade.

F

Mando mensagem para Emery.

Caí pro F. Estou achando que é uma metáfora pra minha vida

Ele responde imediatamente.

É uma merda, cara, eu sei

Você não sabe de nada, você subiu. Agora você é D, acabei de ver

Quis dizer que é uma merda pra você

Ligo para minha agente, mas o assistente diz que ela está em reunião. Pergunto se ela pode me ligar e ele diz que sim, mas sugere que um e-mail seria melhor. Cansado de ensaiar discussões com ela todo dia no chuveiro, escrevo e reescrevo um e-mail no bloco de notas do celular, controlando a fúria a cada nova revisão, até chegar a algo que seria aceitável mandar:

Oi
Estou com dificuldade de entrar em contato com você e não sei qual é o melhor jeito de resolver isso. Acho que não deveria ser tão difícil falar com você por uns minutinhos no telefone, especialmente depois de tanto tempo de parceria. Gostaria de conversar sobre algumas questões, como, por exemplo, por que eu fui rebaixado no serviço de eventos corporativos. É o único jeito de eu conseguir um dinheiro razoável nesse trabalho, e

só sou contratado umas poucas vezes ao ano, então não estou muito feliz.

Desculpa por eu ser esse tipo de cliente, mas preciso mesmo só de uns minutos do seu tempo.

Me diga quando seria a melhor hora para conversar.

A.

Precisando de uma dose rápida de dopamina, apoio e incentivo, mando para Kelly a foto do meu almoço: dois ovos cozidos, um filé de atum selado e uma salada pronta. Mando a foto com um emoji de bíceps. Ela responde imediatamente.

De tanque cheio e pronto pra arrasar, garotão!!
Me manda umas fotos de progresso!!!

Mando a foto que tirei hoje no vestiário da academia. A pasta CARECA foi substituída por fotos idênticas do meu tronco sem camisa, e não sei qual das pastas é mais constrangedora. Ela responde de novo.

GOSTOSÃO. Aposto que tá ARRASANDO com
as mulheres!!! Vamos marcar uma aula, meu parça,
faz um tempo que não te vejo e tô querendo ver esse
CORPAÇO ao vivo

Não sei o que seria de mim sem ela.

Avi e Jane me mandam mensagem com o pedido deles antes de eu passar no balcão de *fish and chips*. Hadoque com fritas para Avi, hadoque com purê de ervilha para mim, lagostim empanado com fritas, picles, cebola e ovo em conserva para Jane (a gravidez tem dado desejo de vinagre). Quando chego na casa deles, os meninos já estão de pijama, e tenho tempo de ler uma historinha rápida para colocar eles para dormir.

Se eu estivesse me sentindo mesquinho, seria fácil reclamar que só vejo Avi e Jane direito na casa deles, com os filhos; que raramente eles se esforçam para sugerir algum programa que não envolva eu me encaixar na rotina deles. Mas a verdade é que eu amo a rotina deles. Amo essa casa, as cores, a bagunça e os cheiros — roupa limpa e quentinha, espuma de banho das crianças, lasanha no forno. Quero uma casa assim. Espero que eles nunca parem de me convidar.

Jane sobe para dar boa-noite aos meninos e eu desço para a cozinha, onde Avi está sentado à mesa, alegremente abrindo os embrulhos de comida e enfileirando os temperos.

— Escuta, cara — digo, em voz baixa, ao me sentar na frente dele.
— Pode me fazer o favor de não falar da Sophie na frente da Jane? Não quero que a Jen saiba que estou saindo com alguém.

Avi está distraído demais com a coleção de molhos e temperos para me olhar.

— Tá, tá — diz, abrindo o vinagre de malte e encharcando a porção de batata frita. — Como anda essa história, por sinal?

O cheiro delicioso de vinagre quente se espalha, fazendo meus olhos arderem. Estou tão faminto que mal consigo pensar.

— Hum, bem, é, tudo bem.

Roubo uma das batatas fritas grossas e reluzentes de Avi. Mordo a casca crocante. Quase tinha esquecido o gosto de amido. Aerado, macio, aveludado, amanteigado? Batata frita sempre teve gosto de manteiga? Deixo a batata na boca, tentando saborear. É sua única batatinha da noite, Andy, então é melhor aproveitar cada segundo. Mas está muito quente para minha língua. Entreabro a boca e sopro.

— Quente? — pergunta Avi.
— É. Posso pegar outra?
— Claro.

Ele empurra a montanha de batata frita para mim. Eu como uma. E outra, e mais outra. Como rápido, na esperança de que, quanto mais rápido eu comer, menos impacto elas tenham no meu plano de calorias. Se eu engolir quase sem mastigar, meu corpo mal deve registrar, né? Eu tinha esquecido que comida podia ser gostosa assim. Abro meu embrulho de peixe frito e, embora meu plano fosse comer só a carne, sem a parte empanada, imediatamente encontro o pedacinho mais frito, corto fora, espeto com o garfo, meto no ketchup e enfio na boca. Não sei qual é o gatilho — se é o poder da fritura, o famoso cansaço da dieta ou o fato de estar saindo com alguém e assim ter permissão para relaxar. Mas, por qualquer que seja o motivo, não encontro minha força de vontade.

Jane entra na cozinha, massageando a barriga, e senta devagar na cadeira.

— E aí — diz, abrindo a comida —, como vai a adolescente?

Largo meus talheres e olho para Avi.

— Inacreditável — digo.

— Foi só agora que você me pediu pra não falar! — retruca ele, indignado, com a boca cheia de batata. Ele acaba de mastigar, limpa a boca com o guardanapo e engole. — Você sabe que conto tudo pra ela. Você contava tudo pra Jen. Se tivesse me falado "Av, cara, tô pegando uma gata de vinte e três anos e, por sinal, não é para contar para a sua esposa", óbvio que eu não contaria. Mas você não falou. — Ele pega o ketchup. — Provavelmente porque estava todo orgulhoso, pra ser sincero.

— Eu não falei que estava *pegando uma gata de vinte e três anos* — retruco de forma incisiva, olhando diretamente para Jane.

— Nunca achei que você fosse ser um cara desses, sabia? — diz ela.

— Viu? É exatamente por isso que eu não queria que você contasse para ela — comento com Avi.

— Vai, desembucha — pede ela, abrindo a lata de Coca e me olhando com expectativa.

— Não — respondo.

— Fala sério. Eu estava só de zoeira.

—Tá — digo, pegando outra batata de Avi. — Eu VOU contar. Mas só se você jurar de pés juntos que não vai contar para a Jen.

Jane levanta as duas mãos, se rendendo.

— Eu juro. Juro de verdade.

Eu analiso o rosto de Jane, em busca de indícios de que ela está mentindo, e ela aperta os olhos com malícia.

— Me mostra uma foto dela — pede.

Pego o celular e abro o Instagram, tentando enrolar falando sobre quando a conheci, enquanto procuro um post que vai levar à menor quantidade de zoação. Passei a semana toda tentando entender o Instagram da Sophie, e ainda estou perdido. As fotos todas têm uma qualidade estranhamente baixa, são fora de foco, sem graça, secas, esquisitas, em ângulos tortos. As imagens são curiosamente abstratas — uma calcinha na cadeira, um rolo de durex na pia, duas pétalas de rosa num prato, Sophie fingindo fumar um lápis. E ainda tem as legendas. Nenhuma delas combina com as imagens. Debaixo de uma foto de um hambúrguer: "Mamãe mandou não botar açúcar no chá, crianças." Debaixo de uma selfie dela mostrando a língua: "Compre na baixa, venda na alta." Ver os posts e *stories* de Sophie me deixa nervoso, envergonhado até. Sinto que eu deveria entender aquelas piadas internas, e fico me achando burro por não sacar. Abro uma foto dela sentada num banco no parque, usando um chapéu de pescador. A legenda diz: "O grande incêndio de Londres ocorreu em 1666."

Passo o celular para Avi. Ele fica um tempo olhando.

— Não entendi — diz, finalmente.

— Pois é, acho que não tem o que entender — respondo.

— O que a legenda quer dizer? — pergunta ele.

— Não sei bem, acho que é só um surrealismo generalizado que faz parte da personalidade digital dela.

Jane pega o celular.

— Deixa eu ver — pede, e dá zoom na foto quando Avi solta o celular. — Ela é muito bonita.

— Não entendo essa geração — comenta Avi. — Os moleques do meu trabalho são todos iguais, postam as maiores merdas achando que é artístico, sei lá. Qual é a deles? A gente não postava essas palhaçadas nessa idade.

— Não, a gente postava coisas bem mais vergonhosas, tipo setenta e nove fotos da câmera digital de uma noite completamente comum na faculdade — digo, e olho com nervosismo para Jane, que está franzindo a testa enquanto avalia atentamente o perfil de Sophie. — Minha teoria é a seguinte: a geração Z viu como a gente usava as redes sociais, na condição de primeiros jovens a usarem, e notou que era sincero demais, exposto demais, e aí achou extremamente cringe…

— Bom, e eu acho ELES cringe! — exclama Avi.

— Mas é claro que eles ainda querem atenção, porque são jovens e idiotas que nem a gente era, só que usam esse estilo de se expor menos. Estão se exibindo, tentando ser engraçados e pedindo para todo mundo gostar deles, mas de um jeito meio enigmático.

207

— Por que ela postou uma foto de um secador com um poema de guerra na legenda? — questiona Jane.

Minhas mãos estão tremendo, e tento não pegar o celular de volta. Sophie gosta de me mandar nudes, muitos deles, do nada, e estou com medo de alguma mensagem aparecer bem quando o celular está com Jane.

— Sei lá — replico, com um suspiro, enquanto Jane continua examinando o perfil. — Ela não é assim pessoalmente. Me devolve o celular, por favor?

— Sobre o que vocês conversam? — pergunta ela, e vira o celular para a gente.

Ela abriu uma foto que Sophie postou no Instagram sem camisa, com os mamilos escondidos por dois emojis, um de bruxo e um de ursinho. A legenda diz "Natureza-morta 3". Avi ri, o que faz Jane rir também.

— Tá bom, tá bom — digo, esticando a mão para pedir o celular. Jane cede e me devolve.

— Então, o que está rolando, vocês têm saído muito? — pergunta.

— É, bastante.

— Toma cuidado — diz ela, apontando para mim com um picles cuja pele parece a de um anfíbio.

— Você não diria isso se conhecesse ela — respondo.

— O que ela sente por você? — insiste Jane.

— Ela só está interessada em sexo casual. Não quer nada de mim.

— Isso é o que garotas de vinte e três anos dizem para homens mais velhos para não se magoarem — argumenta ela.

— Isso não faz o menor sentido — digo.

— É, porque você não leu as merdas que livros e revistas mandam a gente fazer para atrair o interesse desses otários que vocês são — responde Jane, tomando um gole de Coca.

— Ela mandou eu não me apaixonar. Ela não me deixa dormir na casa dela. Acho que talvez até me ache meio chato.

— Clássico — diz ela. — Se quiser achar uma mulher da idade dela desesperada por um namorado, é só procurar no Twitter a que estiver dizendo "morte a todos os homens héteros".

Eu absorvo a informação e olho para Avi, em busca de apoio. Ele dá de ombros e não se mete na conversa.

— Ela está te testando — conclui Jane.

— Não está nada. Não era pra gente respeitar a autonomia das mulheres mais jovens, Jane? Isso não é muito feminista da sua parte.

Ela seca as mãos no guardanapo, empurra a bochecha com a língua e me encara em silêncio.

— Quem mandou dizer isso? — resmunga Avi.

— Ok, talvez eu esteja errada — diz ela. — Mas eu já fui uma garota de vinte e três anos, e você, não.

— Eu te amo, mas você está errada nesse caso — digo. — Está tudo sob controle.

Quando vou embora, meio abalado pelo que Jane disse, mando uma mensagem para Sophie.

> Oi! Espero que seu dia tenha sido bom! Tudo certo?

Ela fica um tempão digitando. Em resposta, recebo uma foto da bunda dela de calcinha fio dental preta.

Gado

Mal consigo acreditar que recebo um fluxo constante dessas fotos. Não sei o que fiz para merecer isso. É um alívio — acabaram as noites de sofrimento e de conflito interno, sem saber se posso bater punheta olhando para fotos da Jen experimentando sutiã no provador de uma loja no fim do relacionamento. Releio a mensagem de Sophie e sorrio, aliviado por estar certo. Sophie não precisa que ninguém se preocupe com ela.

Faço meu ritual noturno digital de conferir o Instagram de Jen e Seb, antes de apagar o histórico da internet para nem ficar tentado a olhar de novo antes da noite seguinte. Não posso fazer isso no app, porque bloqueei eles, mas logo descobri que consigo pelo browser do celular, já que não estou logado.

O perfil de Jen está igual, mas Seb postou uma foto nova no feed. Meu coração acelera quando clico para abrir. E então — não acredito no que vejo.

Um saco de batatinhas trufadas.

Do tipo que eu e Jen compramos juntos, só pela piada, quando vimos no balcão da adega, e, contrariando as expectativas, descobrimos ser completamente viciante. O tipo que comíamos todo domingo à noite, vendo um filme de época.

Examino o resto da foto em busca de provas. Reconheço o apartamento antigo de Jen pelo sofá e pelas estantes. Há duas taças e uma garrafa de vinho tinto na mesinha de centro. Noto algo familiar no fundo e dou zoom como se estivesse em uma série policial. Fico incrédulo. Kate Winslet, com seus cachos, inconfundível, sentada ao piano-forte, cantando a lamentosa "Weep You No More Sad Fountains" para um coronel Brandon melancólico.

Eles estão vendo *Razão e Sensibilidade*. Estão vendo um dos nossos filmes, que víamos sempre juntos. Comendo o lanche que descobrimos juntos. Vejo a legenda de Seb e sinto certo orgulho, porque a pessoa com quem *eu* estou saindo teria escrito algo criativo e quase indecifrável, enquanto Seb escreveu:

Obrigado por me apresentar a essas batatinhas! @jbennet85

Jen deixou um comentário.

Prepare-se pra ficar viciado bj

Bom. Ela obviamente é uma psicopata, um perigo tanto para os outros quanto para si mesma. Ela roubou algo do nosso namoro e largou no namoro novo sem o menor remorso. Algo nessa informação sobre o relacionamento deles, e como eles são juntos, me parece uma traição ainda maior do que a relação em si. Será que eles perceberam que eu bloqueei os dois? Será que essa foi a retaliação deles, o jeito de jogar uma bomba em mim pelo Instagram?

Bom. Eu não sabia que podia fazer isso. Mas também sei jogar esse jogo.

Terça-feira, 15 de outubro de 2019

Sophie e eu jantamos em Chinatown. Ela reclama do dia horrível que teve como assistente em uma sessão de fotos para a capa de uma revista; eu reclamo da minha recente degradação no sistema de preços do serviço de eventos corporativos. Aí ela reclama um pouco mais sobre não saber como vai ganhar dinheiro para morar sozinha em Londres, e eu reclamo pela mesma coisa, o que talvez seja inadequado, considerando nossa diferença de idade. Nossa conversa às vezes desvia para dimensões pessoalmente históricas ou filosóficas, como é comum no começo de um relacionamento, quando a gente tenta vislumbrar a alma do outro. Mas não nos aprofundamos muito, e fico feliz por isso. É bom ter com quem reclamar enquanto dividimos pato assado, e acho que é tudo que aguento agora. O começo do meu namoro com Jen foi repleto daquelas entrevistas mútuas e confissões que fizeram eu me sentir mais consciente de mim mesmo do que jamais estivera. E no momento fico tranquilo de não me conhecer tão bem, porque não sei se ia gostar do que descobriria. Gosto de ser só um conhecido distante do Andy, por enquanto.

Andando pelo Soho atrás de um bar depois do jantar, faço o possível para fingir que acabei de ter uma ideia.

— Já sei! — digo, parando e apontando para o bar de karaokê ao qual já fui muitas vezes. — Karaokê!

— Cringe — replica ela, e continua andando.

— Ah, fala sério! — insisto, entusiasmado até demais, pegando a mão dela. — Só é cringe em grupo. Mas em dupla é muito divertido.

— Por que a gente faria isso?

— Porque não dá para eu cantar as duas partes de "Island in the Stream" sozinho — respondo, e ela revira os olhos. — Vamos lá. Dá pra pegar uma sala por uma hora só. Eu pago.

Ela cede e me deixa levá-la para o bar no subsolo.

Compro duas vodcas com soda e duas doses de tequila e levo para nossa salinha. Com a rapidez da prática, ajusto o microfone para encontrar o volume e o eco perfeitos e abro o catálogo de músicas na tela.

— E aí, quem começa? — pergunto.

Sophie está sentada com o celular e a bebida na mão.

— Você — diz, sem desviar o olhar do telefone.

— Imaginei que você fosse dizer isso — respondo.

Não faço a menor ideia do que Sophie vai achar cringe, então decido não questionar minha música predileta de karaokê. A lista do que ela acha cringe em mim é tão imprevisível que desisti de tentar encontrar a lógica que a compõe. Minhas cuecas, duas camisetas minhas, o fato de que uma vez ela me viu beber um ice tea light da Lipton, toda vez que eu tusso, meu amor pelos Beatles, meu bocejo, o curso que fiz na faculdade, eu ser torcedor do Aston Villa, sempre que pergunto "tudo bem?".

A música sintética começa a tocar. Levanto o copinho de tequila, ela faz o mesmo, e os viramos de uma vez só. Sophie larga o celular e se recosta na cadeira, me observando daquele jeito silencioso e felino dela.

— *THERE'S DANCING!* — canto no microfone. — *Behind movie scenes, behind the movie scenes. Sadi Rani.*

Sophie me encara sem piscar. A expressão se mantém enquanto eu canto o primeiro verso sem o menor esforço, com a mesma precisão do show de talentos da escola em 1999 quando eu e Avi cantamos essa música juntos. No refrão, estendo o microfone para o rosto ainda neutro de Sophie, para que ela cante comigo. Ela não se move. Volto o microfone para mim.

— *Well, it's a brimful of Asha on the...* — começo, e estico o microfone para ela de novo. — Vai!

— Não conheço essa música — diz ela, a voz reverberando pela salinha.

— Ah, foi mal — digo, mas é claro que não consigo deixar de completar os outros seis versos e três refrões.

Quando acabo, meio sem fôlego por causa do rap, mas sem receber parabéns pelo fluxo eficiente que mantive do começo ao fim, entrego o microfone a Sophie. Ela recusa e diz que prefere só assistir. Compro outra bebida e convenço ela a participar de uma série de duetos, prometendo fazer o vocal principal. Pegamos os microfones e cantamos "Ain't No Mountain High Enough" e "Total Eclipse of the Heart". Ela relaxa um pouco a cada música, mas sinto que estou forçando uma diversão que nem existe. Depois de "Don't You Want Me", sugiro que ela cante alguma coisa da Kate Bush, pressentindo que os duetos a animaram o suficiente.

— Tá bom — diz ela, emburrada.

Eu me sento quando começa a introdução de piano extravagante de "Wuthering Heights", e Sophie encara a tela, se recusando a me olhar, mesmo que eu tenha certeza de que ela sabe a letra toda de cor. Ela canta meio falando, fazendo o mínimo de esforço possível, com o corpo parado e rígido, os pés fixos no chão. Mantenho um sorriso de incentivo para que ela não se incomode comigo, e penso no meu encontro preferido do começo do namoro com Jen. A gente foi comer *dim sum* ali perto, em um restaurante desses em que tem foto de todas as gyozas no cardápio da grossura de um livro e tudo parece tão gostoso que a gente acaba pedindo comida suficiente para umas dez pessoas. A gente bebeu cerveja, contou histórias demoradas muito alto, deu comida na boca um do outro, se beijou na mesa e foi exatamente o tipo de casal ao lado do qual ninguém gosta de se sentar. Bêbados de cerveja, glutamato monossódico e da novidade de nós dois, saímos do restaurante direto para esse bar de karaokê. Reservamos a salinha de dupla, o que nunca tínhamos feito, porque até então só havíamos estado em karaokês em grupos grandes, para aniversários e despedidas de solteiro. Cantamos juntos e separados, dançamos, e eu até tentei levantar ela no fim de "(I've Had) The Time of My Life". Cantamos raps e baladas, e ela apresentou seu clássico ("Think Twice") e eu, o meu ("Brimful of Asha"), e descobrimos nosso sucesso em dueto ("We Got Tonight", de Kenny Rogers e Sheena Easton).

Por fim, quando fomos expulsos porque o lugar ia fechar, às duas da manhã, pegamos um táxi para a casa dela. Aí transamos e conversamos e transamos e conversamos — passamos a noite assim, até o sol aparecer pela fresta da cortina do quarto. Mas eu não consegui dormir, porque senti uma coisa que não sentia desde a infância, aquela emoção da noite do Natal, quando a gente mal pode esperar para acordar e brincar com todos os presentes novos na manhã seguinte. Ela era melhor do que qualquer presente de que eu me lembrava — era uma mistura de Game Boy, Tracy Island dos Thunderbirds e lousa de desenho magnética. E eu precisava me acalmar da emoção de todo dia que passava com ela, e valia a pena perder o sono por todo dia com ela que viria pela frente. Acabei adormecendo de conchinha com ela, meu peito encostado no vale das escápulas dela, meu rosto afundado no cabelo oleoso com cheiro de fumaça e perfume.

— A gente pode ir embora? — pergunta Sophie no meio do final instrumental interminável de guitarra de "Wuthering Heights".

Quando saímos, estou me sentindo frio, sóbrio e atolado no fracasso da noite. Andamos até a estação de metrô, e sei que a única coisa que faria eu me sentir mais solitário do que dormir sozinho seria dormir ao lado de uma mulher que não é a Jen.

— Acho que tenho que ir direto para casa — digo, do jeito mais tranquilo possível.

— Ah. Tem certeza?

— Tenho, amanhã preciso trabalhar muito cedo, então é melhor eu não voltar tão tarde.

— Pode dormir lá em casa, se quiser — diz ela, desviando o olhar.

— É gentileza sua, mas não estou com nada meu — respondo quando chegamos à estação e descemos até a catraca. — Desculpa ser chato. A gente se vê depois?

— Tá. Valeu. Foi divertido, eu curti.

— Mentirosa — digo, e beijo ela.

— Não, curti, sim, juro — afirma ela, com certa sinceridade.

Eu a beijo de novo. Nós nos despedimos, passamos pela catraca e pegamos o metrô separados.

Sexta-feira, 18 de outubro de 2019

A cho que o cabelo do Emery está crescendo proporcionalmente ao sucesso dele. Desde Edimburgo, toda vez que o vejo, seu cabelo parece ter uns três centímetros a mais de largura e comprimento. Chego nos bastidores e o encontro deitado na penteadeira, concentrado no celular, o cabelo, que antes tinha um estilo glam rock, agora parecendo de um fantoche. Ele me vê entrar, mas não desvia os olhos do celular. Estende a mão e diz:

— Espera aí... espera aí... espera aí...

Eu fico parado que nem um bobo no meio do camarim. Finalmente, ele larga o aparelho com força e se endireita, me encarando com seus olhos azul-claros e avermelhados, repletos de uma intensidade animal.

— MANDA BALA — rosna.

— Você anda fazendo muita coisa? — pergunto, desinteressado.

— Pois é — diz ele, balançando as pernas embaixo da bancada que nem um garotinho. — Não tenho dormido *muito*, para ser sincero. E você, como está? Estou te achando muito magro. Tudo bem?

Ele se levanta de um pulo e anda até mim, para massagear meus ombros de um jeito que é fisicamente relaxante, mas socialmente desconfortável. Dou um tapinha na mão dele, indicando que quero que ele pare, e me sento na frente de um dos espelhos.

— A Thalia está por aí? — pergunto em voz baixa.

— Não, por quê?

— Tá, ok. Estou meio esquisito com a Sophie. Não entendo bem qual é a nossa... parada — digo.

Emery tira do bolso um cantil e toma um gole. Ele me oferece um, mas eu recuso.

— O que está te confundindo? — pergunta, com o hálito quente de uísque.

— Sei lá, cara, só é tudo esquisito, e não sei como me comportar. Parece íntimo demais para ser só sexo, mas também não sinto que estou namorando. A gente se encontra sempre, mas não sei com que objetivo. Acho que talvez eu só esteja usando ela meio que nem metadona para me desintoxicar da Jen.

— Ah, todo mundo se usa para isso, fala sério — diz ele, com a voz arrastada. — Amor romântico é metadona pra gente se desintoxicar dos nossos pais.

Ele tenta fixar o olhar em mim, mas é difícil.

— Como você consegue falar desse jeito enigmático sem nem dormir? — pergunto.

— Andy... o sexo é bom?

— É.

— E você está se divertindo?

— Estou.

Ele dá de ombros.

— Então acho que está respondido — diz, e toma outro gole de uísque. — Você devia aproveitar o momento. Ver o que surge, criativamente. Como Samuel Johnson disse: "A mente nunca fica mais nítida do que cinco segundos depois do orgasmo."

— Samuel Johnson não disse isso — respondo.

— Disse, sim.

— Não disse, não. Você não pode ficar inventando essas frases banais sobre gozar e trepar e atribuir ao Samuel Johnson.

A porta do camarim é escancarada, e entra Archie, um humorista de 25 anos que faz comédia a partir de um personagem e é novo no circuito, mas tem a confiança de um veterano graças à sua quantidade de seguidores nas redes sociais. Emery e eu já conversamos várias vezes sobre esses humoristas, que acumulam público por meio de vídeos bem editados feitos para viralizar, produzidos no conforto do próprio quarto, e como burlam o sistema ao fazer isso. Mas todo mundo na internet ama Archie no momento, e todo mundo na indústria ama Emery no momento, e os dois sabem que têm isso em comum, mesmo que não o digam explicitamente, então agem como se fossem amigos de longa data.

Em seguida, chega Michelle, a mestre de cerimônias. Ela é confiante e uma aposta segura, porque o material dela sempre conquista a plateia, em qualquer lugar. Ela é australiana, feminista e tem uns trinta e muitos anos; uma década atrás, se apaixonou por um jornalista musical inglês meio nerd, mas descolado, e desde então se casou e teve um filho com ele. Os comentários dela sobre os britânicos fazem a plateia se sentir zoada, mas com carinho, as histórias sobre maternidade fazem as mulheres se sentirem compreendidas, e as observações sobre homens fazem a gente se sentir exposto e nervoso a ponto de aplaudir com muito vigor tudo que ela diz.

O último a chegar é Nick, um homem de cinquenta e muitos anos que tem uma energia tão conhecida em humoristas mais velhos e fracassados que Emery e eu até criamos um apelido pro tipo: Vestibulando Sombrio. Ele não foi representante de turma, não passou para as universidades que mais queria e o resultado das suas provas não é promissor. Ele contagia qualquer camarim com uma dose de amargura e gosta de ressaltar a autoridade de seus anos de experiência. Hoje ele está absorto no celular, de costas para a gente e de cara para a parede, tomando um energético.

Michelle apresenta Archie, o primeiro a subir no palco. O personagem que ele interpreta é um garoto riquinho que finge não ser rico — engraçado, mas caricato. As piadas são óbvias, com detalhes exagerados e tiradas previsíveis. Mas a plateia adora, porque metade das pessoas ali segue ele na internet.

Michelle pega o microfone dele e conta uma piada bem engraçada sobre a experiência de namorar homens britânicos. Ela fala do nosso jeito formal demais, da nossa incapacidade de marcar um encontro, das historinhas que a gente conta, tão compridas que merecem dedicatória, epígrafe e agradecimentos.

— Mais rápido e mais engraçado — diz ela. — É isso que esses homens precisam aprender. Repitam comigo: mais rápido e mais engraçado. MAIS RÁPIDO E MAIS ENGRAÇADO.

Ela repete algumas vezes, e a plateia acompanha.

— Se seu marido chegar do supermercado e começar a contar uma história chata sobre o que encontrou na promoção... O que vocês aprenderam a dizer, seus filhos da puta educados demais?

— Mais rápido e mais engraçado! — respondem os espectadores, em êxtase.

217

Emery troca de lugar comigo na ordem porque está tão bêbado que daqui a pouco vai perder a capacidade de se comunicar verbalmente. Ele sobe no palco aos tropeços com um violão que encontrou no camarim. Ele agora é famoso o suficiente para a plateia acreditar que vê-lo bêbado e descontrolado assim é especial, que nem ver um show surpresa do Bob Dylan no Roundhouse nos anos 1960. Ele toca a melodia do baixo de "Seven Nation Army" e canta umas músicas políticas improvisadas que rimam mais ou menos, mas não fazem lá muito sentido.

— Nosso futuro vai pegar fogo, mas ei, ei, ei — cantarola no microfone. — Quem a gente tem que agradecer é a...

Ele incentiva a plateia a terminar o verso.

— THERESA MAY!!! — berra uma bêbada na primeira fileira, se levantando, toda orgulhosa.

Todo mundo aplaude e comemora como se tivessem composto coletivamente uma música de protesto.

Michelle me apresenta e, quando subo ao palco, percebo pelos aplausos que vou flopar. Recorro a todos os clássicos: minha imitação das camisetas menos usadas na gaveta reclamando quando você escolhe outra em vez de vesti-las; a piada sobre gente que pede sabores ousados de pizza só para aparecer; umas histórias sobre o tempo que dá para deixar o lixo na cozinha antes de jogar fora.

— Mais rápido e mais engraçado! — grita a mulher bêbada na primeira fileira.

Todo mundo ri.

— Tá. Não se usa as piadas dos humoristas como arma contra os outros — declaro com uma autoridade fingida, achando que esse metacomentário sobre a noite pode conquistar o público.

— MAIS RÁPIDO E MAIS ENGRAÇADO! — berra ela de novo e, dessa vez, o resto da plateia a acompanha.

Eles todos entoam o refrão. Tento continuar falando e seguir com meu material impecável sobre paninis, mas os gritos só aumentam.

— Que tal uma música? — imploro, em uma tentativa de desespero cômico. — E se eu cantar uma música para vocês?

O refrão para e, em seu lugar, a mulher bêbada simplesmente grita:

— NÃO TEM GRAÇA!

Todo mundo ri. É a maior gargalhada desde que subi no palco. Michelle aparece e pega meu microfone.

— EI! — grita ela. — EI! — insiste, fazendo sinal para eles se acalmarem. — Esse cara aqui é dos bons. As histórias dele têm qualidade. Deem uma chance para ele. Andy, amigo... pode acabar seu show.

Ela me devolve o microfone. A plateia escuta, mas está puta. Michelle foi generosa na tentativa de me defender, mas só acabou irritando todo mundo. Agora não só acham minhas piadas chatas, como ficam frustrados por terem levado bronca por acharem minhas piadas chatas. Decido deixar por isso mesmo e me apressar pelos cinco minutos restantes, com um material bem caído sobre o jeito esquisito das pessoas passarem pelo detector de metal do aeroporto.

— Foi mal, cara — diz Michelle, quando nos cruzamos na saída.

— Tranquilo — digo. — Sério, está tranquilo.

Passo por Nick, que está sentado em um banquinho na coxia e nem desvia o olhar do celular.

Quando chego ao camarim, todo mundo já foi embora.

Segunda-feira, 21 de outubro de 2019

Começa antes mesmo de eu acordar. Estou dormindo durante o começo do terremoto.

Abro os olhos às 7h42, tiro o celular de baixo do travesseiro do meu lado e vejo que recebi uma mensagem de um humorista que mal conheço.

Oi, cara, vi o que tá rolando na internet.
Espero que esteja tudo bem.

Não faço ideia do que ele está falando, mas não existe nenhum contexto em que essa mensagem não seja uma das piores que alguém pode ver ao acordar. Só não é pior do que ser informado de que alguém morreu.

Meu coração acelera e eu perco o fôlego. Abro o Twitter e atualizo as notificações — nada de anormal. Então vou para o feed, e não vejo nada a meu respeito, nem que me preocupe.

Digito meu nome no Google e clico na aba de notícias. E lá está. É como se eu tivesse me apoiado em uma prateleira na biblioteca e descoberto uma passagem secreta. Um salão cheio de gente, bebendo em uma festa, todos falando de mim.

O primeiro link é de um artigo de uma revista on-line de crítica cultural. A manchete diz DESCANSE EM PAZ, STAND-UP. Eu clico. Não tem crédito de nenhum jornalista.

Semana passada, testemunhei a morte do stand-up. Descanse em paz, adeus, a gente se divertiu, só que não, para falar a verdade.

O pior infrator foi um homem de nome Andy Dawson. "Homem" talvez seja uma descrição excessivamente generosa — imagine que seu pior professor de geografia da escola teve um filho com uma empada vencida, e que esse filho se vestiu com uma camisa de flanela comprada em 2007 na Superdry, e assim, quem sabe, vai chegar perto de visualizar o "humorista" conhecido como Andy Dawson.

Vou descendo pelo artigo para ver o tamanho. Um parágrafo atrás do outro atrás do outro. Volto para o começo e leio tudo de uma vez, até chegar ao ponto final. Não sei se é o pânico ou meu cérebro tentando me proteger, mas vou pulando frases e só consigo reter alguns trechos.

Piadas tediosas sobre comida, objetos domésticos e a vida aos trinta anos, com reviravoltas indicadas quilômetros antes de aparecerem, que nem um posto de gasolina na estrada.

O estilo de comédia dele lembra os paninis nos quais se inspira para uma sequência de três minutos: seco, insosso, falso e desprezível.

Chamar essa bobeira mal pensada de "comédia de observação" é uma grande ofensa ao que a arte de observar o comportamento humano pode e deve ser. A "comédia de observação" deve morrer hoje, junto com a carreira de Andy Dawson.

Como se a tortura de aguentar seus quinze minutos de show não bastasse, por algum motivo fui assistir a suas apresentações anteriores no YouTube e reler suas piadas nas redes sociais. Nem acredito que vou digitar isso, mas o que vi ao vivo foi o melhor que ele já apresentou. Três minutos sobre paninis são a versão dele da *Última Ceia* de Da Vinci.

Percebo que esse tipo de comédia tradicional vinha nos levando exatamente a este ponto: a este nadir. Com certeza já demos tempo e espaço demais para homens calvos de calças jeans feias fazendo comentários que já foram feitos por outros calvos de calças feias, não? Com certeza é hora de experimentar outra coisa, né? Uma comédia que traga algo novo, tenha alguma utilidade ou apenas, sei lá, nos faça rir, não?

Aqui, então, enterramos esta carreira de stand-up a sete palmos, do pó veio e ao pó voltará; com fé e esperança na ressureição do silêncio eterno. Só então, em seu devido lugar, poderá ganhar vida algo que seja novo, criativo e, por favor, Deus, pelo menos um pouco engraçado.

Desço para ler os comentários — já são 789. O artigo só está no ar há algumas horas.

Esse artigo é mt bom

Nunca ouvi falar desse humorista mas não acho que eu riria sinceramente

FINALMENTE. FALOU E DISSE

Acabei de procurar o Andy Dawson no Google, não sabia quem era, mas agora não consigo parar de pensar que ele parece o tipo de cara que pega o maior pedaço de lasanha e não oferece para mais ninguém

Quem escreveu isso é um gênio

Argh, vi esse cara ao vivo uma vez, ela tá certa, ele é um merda

Eu me sento na cama e leio todos os comentários. Abro a página da revista no Instagram e vejo um post sobre a matéria, com outros 456 comentários. Leio todos também. Mais gente aparece nessa festa na sala secreta, e eu vou atrás de todo mundo, escutando tudo que dizem e vendo com quem interagem.

O texto é bem escrito, mas e daí??? Quem liga pra esse cara??? Nunca nem ouvi falar dele??????

Esse idiota é uma vergonha pra birmingham

HAHAHHAA. QUEM ESCREVEU ESSA MATÉRIA MERECE UM SHOW DE STAND-UP.

Que PESADO (mas é verdade).

Sou mulher, estou começando a carreira em stand-up, e foi engraçado ler essa matéria sobre Andy Dawson, mas também deprimente. Lembrança de que é uma área em que homens de talento medíocre fazem sucesso.

Estudei com esse pateta. Ele era um imbecil na época, não me surpreende que ainda seja.

Clico no perfil do Instagram da pessoa que escreveu o último comentário — um homem cujo nome e rosto não reconheço. Procuro no Facebook, e não temos amigos em comum. No LinkedIn, vejo que estudamos na mesma escola, mas com seis anos de diferença. Será que fui mesmo um imbecil na escola? Tento pensar em todas as vezes que me comportei mal na virada dos anos 1990 para os 2000. Eu era tranquilo, né? Meio barulhento, meio tapado. Mas em geral ficava na minha. Né? Quero mandar mensagem para Avi só para conferir se não esqueci nenhuma memória crucial da época. Na real, quero mandar mensagem para todo mundo da escola cujo número ainda tenho para confirmar que eles não têm nada contra mim. Leio o comentário do cara de novo e noto que foi curtido por uma empresa de carpetes em Sussex. O que eu fiz de tão ruim na escola para uma empresa de carpetes em Sussex parecer saber do que ele está falando?

Não sei para quem ligar. Para quem se liga nessa situação? Não posso ligar para minha mãe, porque não quero que ela se preocupe. Meu orgulho não me deixa ligar para Avi, que já acha que meu trabalho é perda de tempo. Não quero falar com Emery, porque não suportaria ser alvo de pena. Não quero que ninguém cuja opinião eu respeito leia isso tudo sobre mim, então não posso conversar com ninguém cuja opinião respeito. Só quero falar com uma pessoa. A única pessoa que me tranquilizaria, colocaria as coisas em perspectiva, iria comigo ao pub, me faria desligar o celular e quem sabe até me ajudasse a ver o lado engraçado da situação.

E ela é a pessoa que menos quero que saiba disso. Eu faria qualquer coisa para esconder esse artigo dela. Se tivesse sido publicado

223

no jornal, eu iria até Hammersmith comprar todos os exemplares do jornaleiro. Mas não dá para controlar. Vou vendo os comentários se acumularem no artigo e no Instagram, os retweets e as curtidas — é como um incêndio que não consigo apagar.

Passo o dia pensando na Jen — não no artigo, nem em seu autor, não no meu trabalho, nem na minha agente, não em Sophie, nem na empresa de carpetes de Sussex. Só penso naquelas palavras sob a perspectiva de Jen. Quando vou à academia, penso nela lendo que eu sou entediante, burro e sem graça. Quando vou trabalhar na barraca da queijaria, penso nela contando da crítica para Seb — nele rindo e ela logo me defendendo, com um comentário do tipo "Eu sei que ele ficaria muito afetado por causa disso", mas rindo com culpa enquanto ele lê trechos em voz alta.

Quando deito na cama e tento ver um filme para me distrair, penso em Jen lendo tudo que foi escrito em resposta ao artigo, todos os comentários confirmando que o que escreveram sobre mim está correto e, portanto, confirmando a decisão dela de terminar nosso namoro.

Meu celular toca. Surpreendentemente, fico aliviado ao ver que é Emery. Pauso o filme com a barra de espaço do notebook.

— Vi que hoje foi sua vez — comenta ele, com autoridade paterna.

— Meus pêsames, meu garoto.

— Valeu por ligar. Você é o único amigo humorista que me procurou. Parece que está todo mundo tentando me evitar, de tanta vergonha alheia.

— Não é isso... Estão tentando não piorar a situação pra você.

— É, pode ser — digo. — Estou tão envergonhado...

— Não fica assim. Todo mundo tem desses dias. É parte do trabalho. Infelizmente, hoje foi o seu.

— O que eu faço? — pergunto.

— Tem que dar um jeito de ficar de boa.

— Não acha que eu devo postar nada engraçadinho como forma de autocrítica? Pra parecer que estou de boa com a piada, sei lá?

— Não. Você não está de boa. Não precisa dizer nada. Qualquer piada vai dar a entender que você está na defensiva. E qualquer coisa séria vai parecer sensível demais. É só uma situação merda que você precisa aceitar.

— É verdade — admito, com um suspiro.
— Quer que eu faça alguma coisa? Que eu te defenda? — pergunta ele.
— É tudo que eu quero. Quero que alguém diga: eu conheço essa pessoa, essa pessoa é legal. Ele pode não ser o mais engraçado, o mais bonito, nem o mais talentoso, mas nem por isso merece essa reação. Quero que Emery seja a prova de que não posso ser tão ruim assim, tão irrecuperável, essa vergonha total, porque, senão, como é que alguém como ele seria meu amigo?
Mas também sei que, se ele quisesse me defender publicamente, já teria defendido. Em questão de redes sociais, eu agora sou fatal para a reputação dos outros. Sou lixo tóxico. Sou amianto. Todo mundo tem que se afastar, manter distância. E, para ser bem sincero, se eu estivesse na posição dele, também não teria me defendido no Twitter. Já vi isso acontecer com outras pessoas, inúmeras vezes, e não fiz nada além de ficar parado, vendo acontecer, e me sentir mal pela pessoa que estava sofrendo e aliviado por não ser eu.
— Tá de boa, cara — digo. — Valeu por oferecer.

Fecho o notebook e me sento à mesa. Abro meu caderno e fico um tempo olhando para o papel. Neste instante, tudo que eu quero é escrever algo novo; me transformar em algo novo. Quero jogar fora tudo que já escrevi, começar do zero. Mas não encontro nada no meu cérebro que me dê confiança suficiente nem para colocar no papel. Não consigo pensar em nenhuma piada, nenhuma história, sem ver pela lente dos adjetivos que li sobre mim hoje.
Tento dormir, mas não consigo. Eu me reviro na cama, me apoiando em todas as superfícies do corpo, na esperança de os movimentos arrancarem de mim a memória do dia, mas só fico mais inquieto. Meus pensamentos estão todos embolados, tudo se confundiu. Jen e os desconhecidos na internet viraram a mesma pessoa — a dor mora no mesmo lugar do meu corpo, em uma bola estranha e emaranhada. Jen não podia ficar comigo por causa de tudo que li sobre mim hoje. E escreveram tudo aquilo sobre mim exatamente pelo mesmo motivo que alguém como Jen nunca poderia amar alguém como eu.

Segunda-feira, 28 de outubro de 2019

Parece que tudo de que minha agente precisava para me ligar era ler um artigo viral acusando seu cliente de assassinar toda a comédia do mundo com uma apresentação de quinze minutos. Ela telefona no fim da tarde, quando estou largando uma sacola cheia de camisas de flanela no brechó.

— Andy?! — exclama ela.

— Oi — respondo.

— Que bom finalmente falar com você! — diz ela, com um entusiasmo tão convincente que por um momento esqueço que ela vem me ignorando há três meses. — Como você está?

— Estou ok, não tive a melhor semana, pra ser sincero.

— É, pois é. Eu vi. Ah, coitadinho. Que azar.

— Foi por isso que você ligou? — pergunto, me sentindo estranhamente calmo ao pensar em ser demitido pela minha agente.

— Hum... não, não é só isso. Queria botar os assuntos em dia, na verdade. Mas, sim, é principalmente por isso. Queria saber se você planeja dar alguma declaração sobre o artigo.

— Todo mundo disse para eu não fazer nada, então acho que não.

— Que bom — diz ela. — Que bom. Sim. É a decisão correta. Já estive nesta posição com outros clientes, e o melhor a fazer é se manter discreto, tá? Você é incrível, todo mundo te acha incrível, vai ficar tudo incrível, você só precisa, sabe, respirar fundo e seguir em frente.

Não acredito que eu levava essa baboseira a sério. Comentários sem substância sobre minha genialidade, frases genéricas e vazias de incentivo, declarações de apoio sem qualquer evidência — tudo em um tom cauteloso e bajulador, como se eu fosse um monarca bebê desfilando pelo reino em um pequeno trono de veludo. Que vergonha.

— Tá, então, eu queria muito falar disso com você. Quero apresentar alguma coisa em Edimburgo ano que vem e quero sair em turnê.

Quero escrever algo completamente inesperado, que nunca fiz antes. Ainda não sei bem o que é, e sei que isso não ajuda muito, mas estou pronto para...

— Andy, parece uma maravilha — interrompe ela. — Acho que o melhor agora é você pensar bem sobre isso.

— Vou pensar bem — digo, seco, sabendo que meu tempo com ela acabou e não adianta insistir.

— E me manda um e-mail quando estiver pronto para falar dos próximos passos, ok?

— Legal.
— Legal.

Sophie chega logo antes das sete. Não estava querendo ver ninguém desde que a crítica saiu, mas cedi quando ela sugeriu vir pela primeira vez na minha casa — um sinal certeiro de que ela deve estar mesmo desesperada para me encontrar. A gente não se vê desde a fatídica noite do karaokê, mas ela me mandou mensagem algumas vezes para tentar instigar um encontro. Não sei por que fico arranjando desculpas para recusar.

Abro a porta para ela e lhe dou um abraço rápido, com pressa para subirmos antes que ela esbarre com Morris. Corro com ela até o quarto e fecho a porta. Sophie larga a bolsa na cama, tira o casaco e o carrega enquanto anda pelo quarto, que inspeciona com uma curiosidade cautelosa.

— Então — digo, sentado na ponta da cama, já abrindo o notebook.
— Quer ver um filme?

Ela continua a examinar tudo que encontra — pega um pote de pomada modeladora para cabelo de cima da cômoda e lê as instruções, puxa livros aleatórios da estante e analisa as capas.

— Pode ser — responde, distraída, e pega um porta-retratos com uma foto minha e de Avi aos vinte e poucos anos. — Quem é esse?

— Avi. Meu melhor amigo.

— Fofo — diz, apoiando de volta o retrato. — Há quanto tempo vocês se conhecem?

— Desde criança.

— Ele gostaria de mim? — questiona, pegando mais um porta--retratos.

227

— Hum, para ser sincero, não sei nem se ele gosta de mim — digo, agora com medo de que qualquer elogio possa parecer uma promessa de compromisso.

— Essa é sua mãe? — pergunta ela, mostrando uma foto da minha mãe (com um corte de cabelo bem anos 1980) comigo no colo (seu bebê bem anos 1980, vestindo um conjuntinho de moletom).

— É.

Ela aproxima a foto do rosto e força a vista.

— Você era fofinho.

— Não era, não, mas obrigado — digo, passando pelos filmes que a Netflix escolheu especificamente para mim considerando o que eu assisto, o que frequentemente me parece o gesto romântico mais constante da minha vida. — Tá. Que tal esse filme absurdamente comprido do Scorsese com o Robert De Niro?

— Pode ser — diz, deixando a foto de lado. — Tem algum retrato do seu pai?

— Não conheço meu pai — respondo, pegando um travesseiro para apoiar o notebook, fazendo uma espécie de suporte de TV improvisado.

— Tipo... não convive com ele, ou não sabe nada dele? — pergunta ela.

— Acho que as duas coisas. Nunca conheci ele, nem sei muita coisa dele.

— Que triste — comenta ela, vindo sentar ao meu lado na cama.

— Sinto muito.

— Não é nada grave. Muitos dos garotos com quem cresci não conhecem o pai. Não vejo isso como uma tragédia.

Sophie faz algo que nunca fez: me envolve com os braços, apoia a cabeça no meu ombro e me abraça.

— Ei, não se preocupa! — digo, apertando ela um segundo antes de me afastar. — Eu dei certo mesmo sem pai, né?

Ela concorda com a cabeça.

— Mas ainda é triste — diz.

Nunca é explicitamente mencionado que não vamos transar, mas parece estar subentendido assim que ela tira os tênis e pede uma Coca

Zero em vez de cerveja. Ela apoia a cabeça no meu peito e ficamos praticamente em silêncio, deitados na minha cama, durante as três horas e meia do filme. Quando rolam os créditos, eu pergunto sobre os planos dela para o resto da semana e me espreguiço, bocejando um pouco. Sophie toma isso como sinal de que deve ir embora e começa a se arrumar.

— Posso chamar um táxi para você até o metrô?

— Não precisa — responde ela, sentando na beira da cama e calçando os sapatos. — Eu vim de cachecol?

— Hum, não sei, deixa eu pensar — digo, sem conseguir pensar em mais nada além da minha vontade de ficar sozinho.

— Tenho certeza de que trouxe.

Ela se levanta e dá uma volta no quarto.

É impressão minha ou ela está andando mais devagar do que nunca? Ela olha embaixo dos travesseiros, do edredom, da cama, da cômoda, na bolsa, debaixo da mesa.

— Juro que vim de cachecol — insiste.

— Bom, não se preocupa, se estiver aqui, eu logo encontro.

— É, eu sei, mas é que está fazendo muito frio.

— Eu posso te mandar pelo correio — digo, com pressa.

Posso te mandar pelo correio. Por que não encontrei mais nada para dizer? Algo menos burocrático, menos frio. Menos como uma súplica óbvia para ela ir embora da minha casa.

— Tá, tá bom — diz Sophie, e veste o casaco.

— Pega o meu emprestado — sugiro, abrindo o armário e arrancando o cachecol com tanta rapidez que derrubo uma pilha de camisetas.

Eu a acompanho até a porta e peço para ela me mandar mensagem ou me ligar avisando que chegou em casa. Ela me beija, se despede e vai embora. Quando fecho a porta, encosto a cabeça na madeira, fecho os olhos, e percebo como estou ofegante.

— Se sua amiga pretende ficar aqui... — vem a voz de Morris de trás de mim.

— Ela já foi, Morris — digo, ainda encostado na porta.

— Bom, se ela pretender dormir aqui em outra ocasião no futuro — continua —, imagino que você certamente concordaria que seria justo ela contribuir com as contas da casa.

— E de quanto seria essa contribuição? — pergunto, me virando para ele. — Hipoteticamente? Só por curiosidade.
— Por noite? — pergunta ele, e faz cálculos mentais. — De cabeça, eu diria umas três libras.
— Não — respondo.
— E setenta centavos.
— De jeito nenhum. Não vou cobrar três libras e setenta centavos para mulheres dormirem aqui como se fosse uma pousada nos anos 1970. Não. Eu mesmo pago.
— Como preferir — diz ele, voltando para a sala.

Eu me sento à mesa, abro o caderno e olho para as ideias bagunçadas que escrevi nos últimos dias na tentativa de identificar um tema para meu novo show. Fiquei obcecado por temas. Estou convencido de que um tema vai consertar tudo. Preciso renovar, melhorar, experimentar algo diferente. Não posso mais só contar piadas, preciso contar alguma história. Quando eu tiver um tema, vou ser o tipo de humorista que é convidado para falar dos meus livros prediletos em podcasts literários, ou para apresentar séries documentais de rádio sobre embates culturais. Ficarei na fronteira entre comercial e cult. Serei conhecido como um grande pensador, um intelectual. Quando escreverem críticas desdenhando do meu trabalho, será por ser muito desafiador, agressivo e inacessível para as massas, e não porque eu pareço uma empada com camisa de flanela. O tema me protegerá. Acho a página mais recente de ideias para ver se cheguei a alguma coisa.

Quiropraxia: palhaçada?
Só visitei dois continentes — isso é engraçado?
Todo o conceito de banhos de banheira — esquisito
Alguma coisa sobre ficar careca
Será que golfinhos sabem quanto a gente paga para nadar com eles
Conversa inventada com um golfinho

Sophie manda mensagem avisando que chegou em casa, e eu respondo desejando boa-noite, com três beijos para compensar minha culpa por ter dito que *posso mandar o cachecol pelo correio*. Tenho a impressão horrível de estar vivendo A Virada. De que uma mudança no equilíbrio de poder ocorreu, e não percebemos até não poder mais ser evitado. Minha experiência diz que isso acontece em todo relacionamento que dá errado. Aconteceu ao contrário comigo e com Jen, o que agora me parece quase inimaginável. Era Jen quem não me deixava em paz no comecinho. Aí, depois de uns três meses e meio, algo mudou. Virei a pessoa mais interessada, que insistia em passar mais tempo junto. Ela virou a gerente da nossa relação — eu pedia coisas e ela as concedia. Era ela quem tinha o poder. Porque a pessoa encarregada da manutenção do relacionamento é a que menos ama.

Este caso de Virada é um desastre. Não quero que Sophie goste mais de mim do que eu gosto dela. Não posso virar o gerente, já estou gerenciando coisas demais. É esquisito pensar que Jen deve ter sentido o mesmo por mim em determinado momento, que passou por isso tudo sem me contar — percebeu que eu via um futuro, e ela não, e tentou dar um jeito de ir embora. Deve ter sido muito ruim. Pela primeira vez desde o término, sinto pena dela.

Sábado, 2 de novembro de 2019

Vou até um parque fazer a ligação. Não posso correr o risco de Morris escutar a conversa e, por algum motivo, sinto que, se eu estiver em um espaço público, isso vai diminuir a probabilidade de ela gritar comigo do outro lado da linha. Dois términos em quatro meses. Como foi que me meti nessa?

Encontro um banco e respiro fundo. *Está tudo bem, você não fez nada de errado. Nunca prometeu nada para ela. Vocês só estão saindo há um mês. Você provavelmente está imaginando o que ela sente por você.*

— Oi — diz ela.

— Oi, tudo bem?

— Tudo, e você?

— Tudo bem, tudo ótimo — respondo, escolhendo e apresentando minhas palavras com cuidado, como um padeiro selecionando um bolinho com um pegador para o cliente. — Só... dando uma volta.

— Legal?

— Sophie, liguei porque... porque queria falar da gente.

— Tá?

— Só, tipo, queria dar uma sentida no clima, sacar qual é o clima que cada um está sentindo.

Escuto ela acender um cigarro.

— Por que você está falando assim comigo? Pode só chegar na parte do pé na bunda?

— Não, não, não — digo, com uma risada forçada. — Não é isso. Bom, na verdade, é isso que estou tentando entender. Porque, para terminar com alguém, a gente teria que estar namorando. E eu sempre tive a impressão de que a gente não estava... namorando? De modo formal? Mas ultimamente estou sentindo que... talvez esteja?

— Tá, vamos começar a namorar — diz ela, suspirando. — Vamos oficializar. Tá bom.

— Não, não. — Eu me curvo, apoiando a cabeça nas mãos. — Não foi bem isso que quis dizer.

— O que você quer dizer, então? — pergunta ela, mais impaciente.

— Acho que quero dizer que preciso de uma coisa casual. Não tenho como encarar um namoro agora, ainda estou todo ferrado do meu término.

— Então você quer voltar no tempo para umas semanas atrás, quando a gente só estava transando?

— Assim... é. Por aí.

Ela ri.

— Você é horrível.

— Por que eu sou horrível?! Quis te ligar para esclarecer! Não queria só deixar isso morrer, quis conversar com você!

— Quer aplausos por não me dar um perdido, por acaso?

— Não, não foi isso que...

— Você só não some porque eu moro com uma amiga sua. Se você não conhecesse ela, de jeito nenhum iria me ligar.

Fico em silêncio enquanto tento não me perguntar se isso é verdade. Procuro qualquer resposta que possa me redimir.

— Escuta, Sophie, eu gosto muito de você. Você é linda, inteligente e talentosa. Em outro momento, talvez...

— É, até parece — diz ela, com a voz falhando.

— Por favor, não fica chateada. Odeio ter te chateado.

— Vou entregar seu cachecol para a Thalia.

— Não, vamos nos encontrar, não precisa ser assim.

— Precisa, sim.

Toda a emoção e a doçura sumiram da sua voz. Ela voltou a ser a Sophie de quando a conheci: fria, fechada, com suas regras implacáveis.

— Não me liga nem me manda mensagem, por favor — declara.

— Sophie...

— Tchau.

Ela desliga.

233

Sexta-feira, 15 de novembro de 2019

Milagrosamente, o pessoal estava todo livre para sair. Jon, Jay, Rob, Avi e Matt — todos os apóstolos. Mais raro ainda, a noite foi idealizada e organizada por Jon, o maior furão do grupo. Meu instinto é que ele tem um anúncio a fazer — talvez que vá se casar com a namorada, com quem está há bastante tempo. Ano passado, ele comentou que estava pensando em pedi-la em casamento. Aposto que hoje vai ser a organização oficial de padrinhos, convidados e mestre de cerimônias, a função mais chata e que sempre sobra para mim. O mestre de cerimônias só pode se embebedar depois do jantar, é responsável pelo ritmo da noite toda e basicamente tem que fazer stand-up de graça. O interesse deles na minha carreira de humorista diminuiu quando, aos vinte e tantos anos, eles perceberam que minha amizade não traria acesso a drogas e mulheres famosas. Mas, assim que precisam de alguém para dizer "Senhoras e senhores, vamos servir o café", de repente eu viro o cara mais engraçado que eles conhecem.

Confiro como estão Jen e Seb pelo navegador do notebook. Os dois passaram a última semana estranhamente quietos. Não sei se é bom ou mau sinal — se terminaram ou se casaram escondidos. Sophie, por outro lado, nunca esteve mais ativa no Instagram. Eu me pergunto se é por minha causa — se toda foto dela se divertindo, ocupada no trabalho e sempre obscenamente gata é uma mensagem para mim. Uma forma indireta de comunicar que ela é areia demais para o meu caminhãozinho, que tirei a sorte grande de ficar com ela e que é um absurdo que eu é quem tenha terminado o relacionamento. Ela estaria inteiramente correta, é claro. Quero comentar em todas as fotos dizendo: "Excelente argumento."

Sou o último a chegar no pub e todo mundo já bebeu a primeira rodada. Falam muito sobre como eu estou diferente; nada é um elogio direto à minha aparência, mas acho que é o mais perto que eles chegarão disso, e faz valer a fome que passei nos últimos meses.

Todo mundo se reveza para reclamar. Não me lembro do que a gente falava antes de chegar à etapa de reclamação da vida. Rob reclama dos pedreiros que estão reformando a cozinha dele ("charlatões"), Matt reclama do filho mais velho ("escroto"), Avi reclama dos funcionários mais novos da firma ("otários"), Jay reclama de corretores imobiliários ("maquiavélicos"), e eu reclamo de Sophie. Jon fica estranhamente quieto.

Em algum momento, depois de umas duas horas, a conversa se aquieta e eu me debruço na mesa para falar com ele, precisando gritar para ser ouvido em meio à discussão acalorada entre Rob e Avi sobre as eleições.

— E você, como tá? — pergunto.

— Hum... — Ele toma um gole da cerveja clara e abaixa o copo.

— Meio esquisito, na real. Por isso queria encontrar vocês.

Todo mundo escuta e volta a atenção para Jon.

— É, eu e a Chrissy terminamos — diz ele, antes de dar de ombros como quem diz "é isso aí" e olhar para o copo de cerveja. — Faz uns dias. Ela vai se mudar amanhã.

— Ah, meu chapa — diz Rob, com carinho genuíno. — Sinto muito.

— É, sinto muito, nem acredito — digo. — Como você está se sentindo?

— Acho que ainda não processei o que aconteceu — responde ele.

— Parece que estou sonhando, sei lá.

Ele sacode um pouco o corpo, como se pudesse se livrar da sensação que nem de gotas na capa de chuva. E eu só quero dizer: *Eu sei como é. Ah, seu pobre coitado, estou quatro meses e meio à sua frente nessa expedição pelo inferno e sinto muitíssimo por você agora estar no início. Não invejo você. Converse comigo, chore comigo, grite para o céu, se encolha que nem um bebê. Me deixe te ajudar e te consolar e contar todas as loucuras do caralho que fiz desde que Jen foi embora. Me deixe revelar todo pensamento e sentimento feio, humilhante e infantil que escondi de vocês. Sei o que você está sentindo e, embora eu ainda não saiba que vai passar, sei que você não está sozinho. Prometo que não está sozinho.*

235

Em vez disso, todos concordam que a decisão mais lógica é pedir uma rodada de doses de Baileys com limão.

Então acontece a mesma coisa que aconteceu na noite em que todos se reuniram para me aconselhar durante meu término. Vejo a noite se repetir e nem tento interrompê-la. Todos perguntamos sobre a logística do término, gostando de lançar soluções e propostas, nos sentindo magnânimos com as ofertas de abrigo nos nossos sofás e indicando empresas de mudança confiáveis. Depois, todos nos revezamos em declarações genéricas e vagas de que ele ainda é jovem, vai conhecer outra pessoa, e que é melhor estar solteiro do que no relacionamento errado. Ninguém pergunta como ele está lidando com o término. Não oferecemos nenhum apoio emocional além de dizer que estamos aqui, mesmo que não tenhamos nos encontrado em grupo desde a última vez que um de nós levou um pé na bunda, há quatro meses.

Jay é o primeiro a ir embora, no meio da noite, para cuidar do bebê. Matt vai logo depois, também por causa do filho. Rob o acompanha. Avi, Jon e eu seguimos para outro bar, que espero ser o último. Não sei se tenho energia para ficar acordado até três da manhã e ir para uma boate dessas que carimbam nossa mão. Quando chegamos ao outro pub, vou ao banheiro e converso comigo mesmo. Preciso interromper esse ciclo. Volto à mesa com uma rodada de bebidas e Avi se levanta para mijar. Ficamos só eu e Jon. Ainda não estamos bêbados o suficiente para trocar declarações de fraternidade eterna, mas estamos menos desajeitados, mais falantes. É minha chance.

— Sabe, Jon, a coisa ficou bem ruim desde que eu e Jen terminamos.

— Eu sei.

— E só quero dizer que estou mesmo aqui para ajudar. Se quiser conversar, sei lá. Espero que você saiba que pode conversar comigo.

— Eu sei — diz ele, dando um tapinha carinhoso no meu braço. — Só não tem muito o que falar, sabe? Além de dizer que estou muito triste.

E quero dizer: *A gente pode só falar sobre estar triste, se quiser. Não precisa fazer piada sobre a tristeza para mim. Não vamos ter nenhum sistema de vales e pontos. Porque estou começando a achar que falar da tristeza pode ser a mesma coisa que lidar com a tristeza. E, se não fizermos isso, nossos pensamentos vão ser nossa única companhia, e nossos pensamentos são traiçoeiros, inventam coisas, mentem e dão maus conselhos. É não falar da tristeza que nos leva à Loucura.*

Mas não sei dizer nada disso sem parecer um comercial de terapia on-line, e não quero passar vergonha, nem envergonhar ele, com meu analfabetismo emocional.

Bem quando estou prestes a fazer esse discurso do jeito mais sucinto possível, Avi volta e pergunta em que momento dos anos 2010 as máquinas de camisinha nos pubs ficaram tão "diferenciadas", com Viagra genérico e pastilha dental, o que leva a conversa para um lugar totalmente diferente. Quando acabamos de beber, já compartilhamos todas as nossas anedotas e teorias ligadas a maquininhas de venda automática. Avi oferece outra rodada, mas Jon diz que acha melhor ir para casa. Aliviados, mas tentando não demonstrar demais, Avi e eu vestimos nossos casacos e em segundos estamos na rua, caminhando rápido até a estação de metrô.

— Então a gente se vê amanhã no aniversário do Jackson — diz Avi, na catraca.
— Isso — respondo. — Você sabe se...
— A Jen vai, sim.
— E sabe se...
— Não sei se ele vai, não — responde ele.
— Legal — digo.
Avi se vira para Jon e dá um abraço nele.
— Cabeça erguida, cara — diz. — Vai ficar tudo bem.
— Valeu, Av.
Avi sai andando e pega a escada rolante. Jon parece cansado.
— Tem certeza de que não quer uma saideira em outro lugar? — pergunto.
— Não, está tranquilo. Amanhã tenho que acordar às cinco para filmar um anúncio de papel higiênico.
— Isso dá um bom título de álbum — digo, e ele solta uma risada baixa. — Tá. Bom. Você sabe onde estou, se precisar de companhia pra beber. Ando treinando sozinho, estou ficando bom de copo.
— Valeu, cara.
Abraço Jon e nos despedimos. Penso nele durante todo o caminho para casa. Espero que ele esteja bem.

Sábado, 16 de novembro de 2019

Quando chego, Jen já está na festa. Eu a vejo assim que entro. Tiro o casaco, o penduro no cabideiro, olho para o corredor e a vejo perfeitamente emoldurada pela porta da cozinha. Ela está na cabeceira da mesa, cutucando as cutículas distraidamente enquanto conversa com uma mulher sentada na cadeira ao lado. Avi me conduz pela sala inundada de crianças de quatro anos berrando. Elas estão por toda parte — meninos sem camisa pulando no sofá, meninas de saia sentadas no carpete, duplas brincando de pique-pega ao redor da mesinha ou de luta atrás das cortinas.

— ALEXA! — berra um menininho com a cara toda vermelha bem no meio da sala, as mãos e os olhos fechados com força. — TOCA CRAZY FROG.

— Ah, Sam — diz Avi, tocando o ombro dele devagar. — Você se lembra do que a gente falou? Só gente grande pode controlar a Alexa. Tá?

Sam concorda e sai correndo.

— Esses escrotinhos metidos — sibila Avi pelo canto da boca. — Sabem usar tudo dessa casa melhor do que eu.

— Cadê os pais?

— É, boa pergunta. Parece que quatro anos é a idade oficial em que festas de aniversário viram serviço grátis de babá. Só uns poucos ficaram.

Ele me leva até a cozinha, e vejo Jen de olho na gente quando Avi me apresenta para os pais, todos recostados na bancada com cervejas nas mãos. Ele me conduz até a mesa, ao redor da qual estão sentadas Jen, Jane e duas outras mulheres. Jen se levanta e a gente se abraça.

— Você se lembra da Jen?! — diz ele, uma piada que sei que estava guardando para fazer o dia todo.

— Ridículo — comenta Jane, se levantando com esforço.

— Não levanta, não — digo, me abaixando para beijar a bochecha dela. — Cadê o Jackson?

— Não está na sala?

— Não — respondo.

— Nossa senhora, ele deve estar lá em cima de novo, pagando de guia turístico — diz ela, com um suspiro.

— Eu vou buscar ele — declaro.

Subo e encontro Jackson com um grupo de crianças no quarto dos pais, abrindo uma gaveta e mostrando onde a mãe guarda as calcinhas. Fico parado na porta, observando. Ele explica tudo que podem ou não podem usar no quarto — podem mexer nas cortinas, mas não nas luminárias, podem sentar na cama, mas não debaixo da coberta, e ninguém pode experimentar os sapatos do pai. Quando me vê, ele vem andando a passos determinados e me puxa pela mão até o meio do quarto. Me apresenta de um jeito estranhamente exibido, como se eu também fosse um objeto que pertence à casa. Eu me agacho para abraçá-lo.

— Trouxe presente? — cochicha ao pé do meu ouvido.

— Trouxe — cochicho de volta.

Ele abre um sorrisão e me abraça. Em seguida, se afasta, ainda me segurando, e me olha atentamente, franzindo a carinha.

— A tia Jen veio, tio Andy — diz, fazendo carinho na minha cabeça como se eu fosse um hamster. — Ela está aqui em casa, tá bom?

— Tá bom — digo, e levo as crianças todas para o térreo.

Quando volto para a cozinha, me sento à mesa com Jen, Jane e duas das mães. Cansada, Jane conta que contratou um zoólogo que vai chegar dali a uma hora com lagartos, cobras e aranhas. As outras mães reclamam do preço dos aniversários, que aumenta a cada ano. Uma delas pergunta para Jen se ela tem filhos e, quando Jen diz que não, todas brincam que ela é que está certa. Tento não olhar demais para Jen, mas fico fascinado com o jeito como ela — agora quase uma desconhecida para mim — interage com outras desconhecidas.

— Quando vai nascer? — uma das mulheres pergunta para Jane.

— Vinte de março — responde.

— Está apavorada com a licença? Já pensando em voltar a trabalhar? — pergunta a outra mulher, virando a garrafa vazia de prosecco no copo e sacudindo um pouco.

— Está de brincadeira? Mal posso esperar. Finalmente aprendi a aproveitar a licença-maternidade, na terceira vez. Nada de trabalho voluntário, nem de passar o dia no sofá lendo fóruns que me convencem de que sou uma péssima mãe. Não. Nada disso. Os meninos estão na creche. É minha última licença-maternidade. Vou demorar um tempão no almoço e ir ao pub com o carrinho todo dia.

— Eu topo — diz Jen, e Jane brinda com a xícara de chá.

Avi volta do mercado dez minutos depois, com um saco plástico em cada mão, ambos tilintando. Ele deixa as sacolas na mesa e exibe as seis garrafas de prosecco com a maior firula. Olha para Jane em busca de reconhecimento, mas ela está revirando os saquinhos de brinde e tirando tudo de dentro.

— Avi! — exclama. — O que é isso daqui?

— Ah, não, amor, foi o melhor que consegui — diz ele.

— O que eu falei? — pergunta ela.

— Jane...

— *O que* eu falei? Quais foram as duas coisas específicas que eu proibi?

Jen e eu nos entreolhamos e sorrimos, tentando conter o riso, como fazíamos sempre que víamos eles discutirem. Avi suspira.

— Nada de bala, nada de plástico — recita ele.

— Então o que é isso aqui? — pergunta ela, mostrando saquinhos de bala de goma de Coca-Cola. — Hein? E isso? — insiste, mostrando uma dentadura de brinquedo neon. — Eu falei que queria saquinhos de semente de flor e miçanga de madeira para fazer chaveiro.

— Não encontrei nada disso no mercado! — se defende ele.

— Tá, ok, sabe quem vai virar assunto nos grupos de WhatsApp das mães hoje? Sabe quem vai ser xingada por ser uma mãe que permite plástico e açúcar? — pergunta ela, com uma vibe levemente demoníaca, enquanto abre um saquinho de bala e começa a mastigar. — Não vai ser você, Avi. Nunca é você.

— Já sei! — exclamo, animado, me levantando e batendo palmas.

— Acho que é hora da surpresa do tio Andy.

* * *

Levo a mochila para o banheiro e me troco, vestindo a roupa camuflada e passando a tinta na cara. Com uma arminha de brinquedo colorida em cada mão, irrompo na sala cheia de crianças, e todas gritam. Jackson fica tão alegre que segura a cabeça com as mãos e cai de joelhos, em um acesso de riso histérico. Digo para ele que as arminhas são o presente e lhe entrego uma, e então Jane busca os óculos protetores que eu já tinha comprado e mandado para a casa deles. Quando todas as crianças estão prontas, eu e Jackson corremos pela sala dando tiros, rolando por cima e por baixo dos móveis de jeitos dramáticos para desviar das balas. As crianças mal se aguentam, e gritam instruções para evitarmos o perigo. Eu (bem relutante) entrego minha arma para uma criança experimentar, e elas todas se revezam na guerra contra Jackson. Avi fica de fora, fazendo uma careta sempre que alguém atira. Jane e Jen riem enquanto eu dou ordens para Jackson que nem um general da Marinha. Finalmente, quando as crianças estão todas roxas de cansaço, interrompo o jogo com um comando militar e os adultos todos aplaudem. Vou até o banheiro, tiro a fantasia e a maquiagem, e, enquanto as crianças lancham biscoitinhos e verduras, saio de fininho para fumar um cigarro.

Bem quando estou pegando o maço no bolso do casaco, a porta da frente se abre e Jen aparece. Ela sai e para do meu lado.
— Me dá um cigarro, por favor, tio Andy? — pede, e eu tiro um do maço e ofereço junto com o isqueiro. — Obrigada.
Ela acende e me devolve o isqueiro. Acendo o meu cigarro também e, por uns poucos instantes, fumamos em silêncio.
— Você está muito diferente — diz ela.
— De um jeito bom ou ruim? — pergunto.
— Não sei. Não parece você.
— Acho que deve ser bom, então. Eu estava de saco cheio daquele cara.
Ela solta um ruído pelo nariz que até parece uma risada.
— Mas, sério, o que você fez?
— Tenho evitado carboidratos — digo. — Há muito tempo.
— E você anda malhando? — pergunta, olhando para minha barriga.

Eu tento conter um sorriso orgulhoso.
— Não acredito que você me falou isso.
— Pois é, só percebi quando falei.
— O Seb vem? — pergunto do nada, e quase acrescento "ia gostar de vê-lo", mas decido que seria um exagero.
— Não. A gente não está... — diz, hesitando, em busca de uma palavra. — Namorando, nem nada.
— Ah, é?
— É, não mais. Eu percebi que ainda era muito cedo, sabe? — explica ela, querendo que eu conclua seu pensamento, mas fico quieto, esperando o resto da frase. — Você sabe. Depois da gente. Não estou pronta para pensar em nada disso, nem casualmente.
— É. Cheguei a uma conclusão parecida há pouco tempo.
— Como assim? — pergunta Jen, arregalando os olhos largos e felinos ao levar o cigarro à boca.
— Terminei uma relação com alguém — digo, tentando ser o mais vago possível. — Pelo mesmo motivo. Ainda não estou me sentindo suficientemente normal para namorar.
— É uma merda, né?
— É — respondo, curtindo essa nova camaradagem com Jen, nós dois fumando juntos e reclamando do fracasso do nosso namoro como se fosse um chefe difícil de quem não gostamos.

Naquele momento exato, uma van com um logo que diz LAGARTOS IRADOS estaciona bem na nossa frente. Em silêncio, vemos um homem grisalho e ranzinza sair da van, dar a volta a passos pesados e tirar do banco do carona um chapéu imenso no formato de uma aranha.
— E aí, quando será que chega o zoólogo? — pergunto.
Ela ri. Apagamos os cigarros e entramos na casa.

Enquanto as crianças brincam com os vários répteis, sob supervisão do homem rabugento de chapéu de tarântula, eu e Jen ajudamos Avi e Jane a arrumar a bagunça da festa. É rápido e confortável voltar às antigas piadas e papéis no grupo, como se nunca tivéssemos nos separado, mas tem um certo clima de encontro de ex-alunos — como se, por mais que a gente se divirta hoje, aquilo só vá existir por algumas horas. Quando as últimas crianças vão embora com as lembrancinhas, Avi bota um filme para Jackson e Rocco assistirem e nos sentamos à mesa com a última garrafa de prosecco, que servimos em quatro taças. Brindamos ao sucesso da festa, às arminhas de brinquedo, aos lagartos irados, ao novo bebê, a morar no subúrbio, a casas geminadas com fachada de chapisco. Brindamos a tudo que é comum, porque nos conhecemos há tanto tempo que isso por si só torna as próprias leis do tempo extraordinárias.

Jen e eu damos tchau para os meninos, e Jane e Avi se despedem da gente na porta. Jane e Jen combinam de se encontrar outro dia, e Avi aproveita a oportunidade para se comunicar comigo do modo mais discreto que consegue.

— Tudo bem aí, cara? — pergunta ele, levantando as sobrancelhas e me abraçando.

— Uhum, tudo certo, cem por cento normal, totalmente tranquilo — digo.

Ele me abraça por mais tempo do que faria normalmente e dá tapinhas nas minhas costas.

— Você é um ótimo amigo, sabia? — diz, ainda me abraçando.

— Valeu, Avi.

— É sério — insiste, se afastando e ainda segurando meus ombros.

— Obrigado por ajudar tanto com as crianças hoje.

— Você está... me pedindo em casamento?

— Vai se foder — diz ele, me empurrando. — Escroto.

A porta fecha e Jen e eu nos entreolhamos, sem saber o que fazer. Saímos da casa dos nossos melhores amigos como sempre, somos as mesmas pessoas de sempre, mas nossa relação é completamente diferente. Andamos até a estação e, de início, parece que nada mudou desde a última vez que saímos dali juntos. Falamos de Avi, de Jane e das crianças, analisamos todo mundo da festa, separando quem a gente gostou de quem não gostou — e ninguém é poupado, nem mesmo as crianças. E então conversamos como não tínhamos conversado antes. Falamos sobre o trabalho e nossas famílias como melhores amigos que perderam contato por muito tempo.

— É muito esquisito, né? — comenta ela, quando descemos do trem na plataforma.

— O quê? — pergunto.

— A gente, conversando assim.

— Pois é — concordo, e suspiro. — Acho que nunca vou me acostumar. Tem tanta coisa que quero te contar.

— Eu também.

A gente passa o celular nos sensores da catraca e para naturalmente debaixo da tela com os horários dos trens.

— Sinto que fiquei guardando um monte de coisa em uma caixa etiquetada com "Andy". Várias histórias que quero tirar, uma a uma, e apresentar para você.

— Eu sinto exatamente a mesma coisa! — admito, talvez um pouco animado demais.

Faz-se uma pausa e ela olha ao redor, sem procurar nada, mas refletindo sobre alguma coisa.

— O que você vai fazer agora? — pergunta.

— Nada. Quer comer alguma coisa?

— Quero muito. Mesmo que provavelmente seja má ideia.

— Sei que é má ideia — comento —, mas acho que talvez também seja boa? Acho que a gente deveria quebrar as regras por uma noite. Que tal? E a gente pode falar sobre tudo.

— A gente pode aproveitar só essa única noite.

— Parece até aquela música do Kenny Rogers.

— Passei semanas escutando essa música depois do término. Pronto, é a primeira coisa que quero te contar.

— Eu também! — exclamo, e aperto os braços dela por instinto.

— E eu pensei: Kenny Rogers vai morrer um dia, e eu vou ficar tristíssima. Mas pelo menos vou ter uma desculpa para ligar para o Andy e cantar "We've Got Tonight" juntos no telefone.

— Pode fazer isso quando quiser — digo, e percebo que ainda a estou segurando, então solto os braços dela. — E aí, o que quer comer?

Ela franze o nariz enquanto reflete.

— Tapas?

— *Isso*. Chouriço. Manchego. Cerveja. Aí, sim. É exatamente o que eu quero.

— Um monte de... — diz ela, e faz mímica para indicar um jarro, porque esqueceu a palavra "sangria".

— Isso.

A gente vai de metrô até Brixton, e a primeira coisa que conto para ela é a história do barco. É uma dessas anedotas de fracasso tão colossal e hilariante que, quando estávamos juntos, eu teria ficado animado para voltar para casa e contar todos os detalhes para ela, minuto a minuto. O único lado positivo de uma experiência como aquela do barco seria fazer piada dela para Jen. Então conto sobre Bob, sem poupar nenhum detalhe da sua aparência de homem de meia-idade avançada em crise, da profecia que ele ofereceu de quem eu poderia virar um dia. Conto das idas e vindas infinitas ao guarda-móveis, dos formulários, da reserva errada, da guerra contínua com o recepcionista de cabelo azul. Cada reviravolta da narrativa faz ela rir mais ainda, tanto que acabo acrescentando uns detalhes meio inventados, só para aumentar o absurdo da história.

Vamos andando até o restaurante e ela me conta do pesadelo que foi morar com Miranda, a parceira dela e o bebê nas semanas seguintes ao término. Ela me conta da meditação pós-parto com gongo que Miranda organizou para outras mães com bebês na sala de casa. Conta do bebê que nunca dormia, cujo choro a fazia passar a noite em claro em meio às conversas irritadas de Miranda e da parceira. Conta da manhã em que, atordoada de tanta dor de cabeça, tomou duas cápsulas da placenta de Miranda pensando que era analgésico.

Pegamos uma mesa e pedimos duas cervejas e azeitonas, e eu conto de Kelly, dos treinos brutais e da dieta. Ela me provoca falando de todas as mensalidades de academia que gastei à toa quando estávamos juntos — os débitos automáticos em troca apenas da possibilidade de dizer "Ah, é? Eu malho lá também" nas conversas.

Pedimos uma jarra de sangria e um prato de chouriço e conversamos sobre o dia em que esbarrei com ela e Seb. Ela me diz que, naquele dia, estava sentindo que ia me encontrar, mesmo que fosse uma parte de Londres à qual não costumamos ir, e que quase não foi com Seb comprar o colchão por causa disso. Diz que, quando me viu, não ficou surpresa. E, quando Jane perguntou por que ela não tomou a decisão sensata de fugir, ela respondeu que não dava. Como ela fugiria de alguém que a conhecia melhor do que qualquer outra pessoa? Por que fugiria da sua família? Eu conto do sucesso da carreira de Emery e da minha dificuldade de não considerar isso uma prova do fracasso da minha. Digo que "a crítica" só fez confirmar essa suspeita, e ela pergunta, genuinamente confusa:

— Que crítica?

Penso rápido e digo que me refiro a todas as críticas elogiando o trabalho de Emery.

Nesse momento, começo a caprichar mesmo na sangria, e pedimos mais chouriço, *papas bravas*, lula e salada de tomate, e ela me pergunta, com a justificativa de que é por curiosidade e não uma acusação, por que eu a bloqueei no Instagram. Explico que a tentação de olhar o perfil dela tinha virado uma compulsão, que eu conferia seu Instagram mais do que meu e-mail, o app de meteorologia ou o site do *The Guardian*; na verdade, acho que não abri o *The Guardian* no celular nem no notebook desde o nosso término, pelo amor de Deus. Digo que a garota com quem eu estava saindo me falou que o motivo para bloquear alguém não é esconder nada da pessoa, e, sim, porque você está abrindo aquele perfil demais. Eu esperava que Jen soubesse da regra e que, se notasse, não levasse a mal.

— Garota? — pergunta ela, passando o dedo na borda da taça. — Por que chamou de "garota"? Quantos anos ela tem?

— Vinte e três — respondo.

Ela bufa e vira o resto da sangria de uma vez.

— Como os homens são previsíveis — diz. — Até os legais.

Esse comentário me irrita muito, e antigamente eu teria discutido. Porém é exatamente esse tipo de conversa, exatamente nesse horário de sábado à noite, exatamente depois dessa quantidade de álcool, que levava a brigas homéricas quando a gente namorava. Vejo como seria: eu negaria que sair com uma mulher tão mais nova tenha qualquer relação com machismo, ela me diria que perdi a noção, eu diria que acho as teorias generalizadas dela sobre homens antiquadas, míopes e desdenhosas, ela diria que tem o direito de criar teorias generalizadas sobre homens, por mais negativas e insensíveis que sejam. *Por que você pode fazer isso e eu não posso fazer a mesma coisa com mulheres?*, eu berraria. *POR QUÊ?* E aí eu enfrentaria um falatório confuso sobre desigualdade salarial, abortos ilegais, mutilação genital, relógio biológico, responsabilidades parentais e o fato de que a cada três dias um homem mata uma mulher no Reino Unido. E eu diria que entendo tudo aquilo, mas o que é que tem a ver comigo? E ela diria *TEM TUDO A VER COM VOCÊ* e bateria com a taça com tanta força na mesa que derramaria o vinho. Então as pessoas no restaurante iam começar a olhar pra gente e eu diria, com um tom acidentalmente orgulhoso demais: *Eu nunca matei mulher NENHUMA! Nunca proibi o aborto! Nunca aprovei nenhuma lei sobre licença-maternidade!* E ela diria que não dá para conversar comigo quando fico interpretando tudo ao pé da letra assim e que, se eu não reconhecer que meu tipo sempre tornou a vida do tipo dela péssima, mesmo que eu não tenha feito nada disso pessoalmente, *ela nem sabe se pode continuar comigo.*

Então não digo nada, pedimos duas taças de xerez e eu pergunto como a família dela reagiu ao término e, com enorme satisfação, escuto que ficaram todos devastados, o que é surpreendente. Os três irmãos, a mãe esquisita, o pai horrível. Parece que, no fim das contas, todos eles gostavam bastante de mim depois de saber que eu já era. E só agora que terminamos o pai dela finalmente me chama de Andy, em vez de Steve.

Rachamos a conta e seguimos para um bar ali perto. Ela pede um gim-tônica, eu peço uma cerveja, e conto do Morris. Eu o imito da melhor forma possível, falando dos olhos que parecem feitos de massinha preta e das suas histórias compridas e enroladas. Conto do misterioso caso da esposa que o trocou pelo irmão e que foi substituída por teorias da conspiração sobre tudo e todos, menos Julian Assange, que ele considera o ser perfeito.

Ela gargalha do meu jeito preferido. Jen tem vários tipos bons de risada, toda uma orquestra, e a que eu mais esperava era sempre o "HA!" sonoro que só vem em ocasiões muito especiais. É tão alto que as pessoas ao redor olham. Seguro o rosto dela com as mãos e digo que senti saudade. Ela diz que também sentiu. Pergunto se está feliz de ter terminado comigo, e ela diz que ainda não sabe.

— Quando você vai saber? — questiono.

— Acho que nunca — responde ela, com os olhos azuis úmidos e embaçados da bebida.

Ela pergunta se quero tomar a saideira na casa dela, porque o bar está muito barulhento, e eu digo que sim. Vou ao banheiro e penso em todos os motivos para ir à casa dela que não sejam transar.

Ela estica as pernas no meu colo no táxi, como fazia quando a gente sentava no sofá para ver televisão. Apoio a mão na coxa dela e tento não dizer "Acredita que isso está acontecendo? Acredita que estamos fazendo isso? Você achava que isso ia acontecer?". Em vez disso, mantenho a expressão mais tranquila possível enquanto ela fala do chefe, que não para de dizer "ócios do ofício" em reunião, e de como ela não sabe se deve corrigi-lo.

Sou inundado por uma nostalgia tão intensa quando andamos pelo corredor e subimos a escada até o apartamento antigo de Jen que até o rangido da porta abrindo e fechando parece uma faixa de um disco predileto há muito esquecido. Está tudo igual à primeira noite que passamos juntos. Na escuridão do hall, ela pergunta o que eu quero beber e, impulsionado pelo conforto caloroso de estar de volta nesse apartamento, eu a puxo para um beijo. Ela retribui o beijo e me empurra contra a parede, balançando as molduras.

— Isso é uma ideia péssima, né? — pergunto.

— É — responde ela, me levando pelo corredor.

Ela me puxa para a cama e me beija. A gente tira a roupa, como fazia quando namorava. Tem certo conforto nisso — uma eficiência romântica, uma praticidade sincera. Tem certo conforto nisso tudo. O quarto é tão familiar, ela é tão familiar. A forma e o cheiro do quarto e a forma e o cheiro dela são como voltar para casa. A marca do hidratante na mesa de cabeceira, o perfume no pescoço dela, a quantidade de travesseiros (três de cada lado — é demais!), a pinta na posição perfeita entre a curva do seio esquerdo e a axila.

— Estou com uma calcinha sem graça — diz Jen, entre beijos, enquanto tira a meia-calça.

— Eu amo sua calcinha sem graça — digo, deitando ela na cama para puxar a meia-calça para baixo e tirar dos tornozelos.

Beijo o espaço entre o umbigo e o elástico, a área que sei que deixa ela louca, e arranco a calcinha com os dentes, o que a faz rir.

— Só eu vejo sua calcinha sem graça — continuo. — É minha calcinha preferida.

O sexo sempre foi gostoso comigo e com a Jen. Nunca era chato. Mesmo quando era previsível, era o tipo de previsível que deixa a gente agradecido por saber exatamente do que gosta. Eu e Jen tínhamos um bom repertório — o equilíbrio perfeito de íntimo e sujo. Era sempre confortável, com muita conversa. A gente experimentava umas coisas, dava uma variada, mas tinha momentos de seguir o básico, que era mais garantido. Hoje, nosso corpo sabe instintivamente que queremos o clássico Jen e Andy — o tipo de transa para a qual voltávamos com frequência. O tipo de transa em que usamos o corpo e as palavras sem esforço, nem imaginação, para dar e receber o máximo de prazer. Uma dança cuja coreografia sabemos imediatamente, mesmo sem ensaiar faz tempo. Chego à conclusão óbvia de que era exatamente isso que eu estive procurando nesses últimos quatro meses — era a solução. Era a única coisa que resolveria minha dor de cotovelo, e é claro que mais nada funcionou. A resposta era, e sempre será, ela.

Vou ao banheiro, tiro e dou um nó na camisinha. A única prova de que não estamos namorando. Embrulho em papel higiênico e jogo na lixeira. Quando volto para o quarto, ela está deitada debaixo do cobertor, do lado dela da cama. Tento não me distrair pensando no que vai acontecer amanhã. Tento me impedir de fazer todos os cálculos mentais — passamos quase quatro anos juntos, terminamos por pouco mais de quatro meses, está aí a simetria, vamos voltar. Deito na cama ao lado dela e fazemos a pose de sempre — a cabeça dela no lado direito do meu peito, meu braço ao redor dela, os dedos do pé dela enganchados nos meus. Ficamos um tempo deitados, sem dizer nada.

— Semana passada, fui ao cinema — diz ela, sonolenta, as consoantes emboladas porque está com a cara esmagada na minha pele.

— Vi um filme sobre um casal que está se divorciando.

— Com quem você foi?

— Sozinha. Ninguém quis ir comigo, todo mundo leu as críticas e ficou com medo de querer terminar o próprio relacionamento.

— O que acontece no filme?

— Começa com eles escrevendo uma lista de tudo que amam no outro, porque a mediadora do divórcio disse para fazerem isso como parte da separação. Para ajudar eles a lembrar de por que se casaram quando a coisa ficar bem feia.

— Deu vontade de fazer uma lista dessas sobre mim? — pergunto, só meio de brincadeira.

— Eu fiz — diz ela, surpresa com a própria confissão. — No trem de volta para casa, listei tudo que amava em você.

— Lê pra mim! — peço, animado demais.

— Não — responde ela, rindo. — Nossa, como você é carente.

— Por favor — insisto, fazendo cosquinha na cintura dela.

— Não — diz ela, me dando um chute leve na canela. — Dá vergonha.

Ela estica o pescoço e olha para o rádio-relógio na mesa de cabeceira.

— Está tão tarde — comenta.

— Lembra quando a gente fazia isso sempre? Todo encontro acabava às quatro da manhã.

— A gente era mais jovem.

— Só um pouco — digo. — Ainda estamos na casa dos trinta.

— Tem um milhão de quilômetros entre trinta e um e trinta e cinco — diz, bocejando.

— Tem? Acho que não.

Ela fecha os olhos, e escuto sua respiração desacelerar.

Domingo, 17 de novembro de 2019

O quarto está frio quando acordo. Jen está deitada de lado, de costas para mim, mas eu percebo que já acordou.

— Bom dia — digo.

A gente se beija. Ela insiste que está morrendo de ressaca, que mal se lembra de tudo que aconteceu na noite anterior, o que é seu jeito de me lembrar que não quer se responsabilizar pelo que pode ter dito ou feito.

Ela me oferece chá e eu aceito, e ela diz que vai preparar. Quero ficar na cama — deitar com ela, transar, conversar e repetir a magia da noite passada, mas sinto que acabou. Ouvi-la ligar o rádio e se ocupar na cozinha me faz desconfiar de que ela começou o dia sem mim, em vez de me convidar para começar com ela. Ela leva duas xícaras de chá para o quarto e senta na beira da cama, onde ainda estou deitado, pelado e sonolento, me sentindo que nem o filho adolescente que ela precisa acordar para ir para a escola.

Ela toma um banho e, quando volta para se vestir, me dá as costas. Pergunta se eu quero tomar banho, e eu digo que não, e só me visto. Quando me levanto e pego as roupas pelo quarto, ela não tenta me impedir, nem pergunta se quero tomar café lá; em vez disso, pergunta dos meus planos para a semana. Ainda não sei se isso quer dizer que verei Jen de novo — se vamos fazer isso outra vez semana que vem — ou se ela quer me fazer pensar no que vai me ocupar quando sair dali, como uma declaração de que nosso tempo juntos acabou de vez.

Tateio o bolso da calça jeans e não encontro minhas chaves. Ela sai do quarto para ver se caíram na escada ou no corredor. Olho debaixo de todos os móveis do quarto, e não encontro. Ela volta e fala que não achou. Diz que provavelmente esqueci no bar, mas eu respondo que me lembro de sentir que estavam no bolso da jaqueta quando saímos. Então deve ter sido no Uber, é o que ela sugere. Eu digo que acho que lembro de estar com as chaves no Uber. Ela me pergunta se eu deixei cair saindo do carro. Ela corre de repente, como se tivesse uma ideia — escuto o tilintar de chaves e a porta bater. Olho de novo debaixo dos móveis. Ela volta, corada e sem fôlego, e me diz que não achou na rua. Devem ter caído no Uber.

— Tá bom. Eu ligo para o motorista.
— Boa ideia.
— Meu colega de casa pode abrir pra mim. Ele não sai nunca.
— Legal.
— Você fica de olho para ver se elas aparecem?
— Claro — diz ela, assentindo. — E qualquer coisa mando pelo correio.

Sinto meu coração parar por um instante.
— Que foi? — pergunta Jen, lendo minha expressão.
— Nada.

Ela me acompanha quando vou embora. Sai do apartamento, desce a escada e para na entrada do prédio. Abre a porta e se encosta no batente enquanto eu paro no primeiro degrau. Vou dizer alguma coisa, mas desisto. Aí parece que ela vai dizer outra coisa, mas desiste. Não dizemos nada. No fim, decido quebrar o silêncio.

— Lembra quando a gente passou férias naquela ilha grega? — pergunto. — E tinha um cinema ao ar livre e eu fiz a gente ir ver aquele documentário sobre o John Lennon?
— Lembro.
— Você se lembra de alguma coisa do filme?
— Um pouco. Por quê?
— Nosso término — digo. — Esses últimos meses... não foram seu fim de semana perdido, foram?

Ela hesita e olha para o chão.
— Não — responde, em voz baixa.

Eu assinto e paro para pensar se quero saber a resposta para a próxima pergunta.

— Eu é que fui seu fim de semana perdido, né?

Ela encara o chão enquanto eu espero a resposta. Contorce o rosto e esfrega o pé no carpete, para a frente e para trás, para a frente e para trás, formando uma linha com o movimento. Parece uma criança que se meteu em encrenca, com medo de me olhar.

— *Jen* — suplico.

Espero mais um pouco. Finalmente, ela ergue o rosto, com os olhos cheios de lágrimas.

— É — diz.

Uma lágrima escapa e escorre pela sua bochecha. Olho para o rosto dela, entendendo algo que não tinha entendido até este exato instante.

— Tchau — digo.

— Tchau.

Eu me viro e vou embora, escutando a porta fechar.

Pontos positivos de ter terminado com a Jen

- Ela não queria ficar comigo.

Sábado, 7 de dezembro de 2019

O sol se põe antes das cinco. Esse fato ainda me surpreende todo ano. Sempre esqueço como essa estação parece longa, como falta cor e luz. Pela janela do meu quarto na casa da minha mãe, vejo a tarde virar noite. Acho que não há paisagem mais desolada do que o jardim de uma casa no subúrbio inglês no meio do inverno. O deserto siberiano nem se compara a esta visão: o gnomo de jardim do vizinho embolado em teias de aranha; galhos secos e frágeis se esticando no céu cinza e plano; varais vazios; móveis abandonados nas varandas; copos que foram usados como cinzeiros no verão, agora repletos de água de chuva suja e guimbas de cigarro.

Ouço uma batida na porta.

— Pode entrar — digo.

Minha mãe traz uma xícara de chá.

— Como você está? — pergunta, deixando a xícara em um porta-copos na mesa de cabeceira e parando no batente da porta.

— Ok. Sério, mãe, não precisa me trazer chá. É muito gentil da sua parte, mas não precisa.

— Sei que não preciso — diz ela. — Mas você só vem pra cá no Natal ou quando está na fossa. Não tenho muitas oportunidades de fazer chá pra você.

— Não é verdade.

— Ô, se é.

— É? Sempre volto pra cá quando termino com alguém? — pergunto, e ela confirma. — Desculpa.

— Não precisa se desculpar! Só quero que saiba que pode ficar aqui quando não estiver na fossa também. Pode vir quando quiser.

— Eu sei.

— Certo. Vai ficar em casa hoje? Ou tem algum show?

— Vou ficar por aqui — digo. — Eu faço o jantar.

Pego a xícara e volto à mesma posição diante da janela. Talvez eu deva passar mais tempo aqui. Talvez eu deva me mudar para cá de vez. É uma ideia que me ocorreu mais de uma vez desde que cheguei aqui para passar uns dias, com minha mochila cheia de cuecas e clássicos da literatura norte-americana que ainda não li. Eu poderia pagar o aluguel de um quarto e sala, passar mais tempo com minha mãe e retomar o contato com os amigos que ficaram por aqui depois da escola. Comprar um carro. Nunca mais esbarrar na Jen. Nunca precisar marcar de sair com um amigo com quatro meses de antecedência porque "a vida anda uma loucura". Talvez o problema seja Londres.

Sinto minha vida tentando me puxar de volta, essa que evito como um amigo deprimente. Mas também não sei se Londres sente minha ausência. Não tive notícias de Morris desde que falei que ia passar um tempo na casa da minha mãe. Não soube da Jen. Conversei poucas vezes por telefone com Avi. A única pessoa que se comunica regularmente comigo é Kelly, cujas mensagens comecei a ignorar, o que só parece aumentar a vontade dela de ver as fotos do meu progresso. Nenhuma mulher nunca teve tanto interesse assim em fotos minhas sem camisa, e não só ela é lésbica, como eu a estou pagando.

Porém o combustível mágico que me permitia aguentar a fome constante e ainda malhar cinco vezes por semana desapareceu. O tanque está vazio. Não levantei um peso nem corri desde que cheguei aqui. Poucas vezes acordei e encontrei força de vontade para comer verduras cruas e um monte de proteínas secas e insossas, mas é só minha mãe voltar do trabalho e abrir uma garrafa de vinho e um saco de amendoim apimentado que, veja só, de repente estou enfiando bolovo (de galinha, não de codorna) em um potão de homus (com pinhão, com gordura), e estranhamente não sinto a menor culpa por essa palhaçada toda.

Faço chili de carne e jantamos na frente da TV assistindo ao noticiário. As últimas pesquisas preveem vantagem do partido conservador, e minha mãe bufa e rala mais queijo para o chili. Comento que as pesquisas nem sempre acertam, e ela suspira.

— O governo do partido trabalhista tem que entrar de fininho — diz ela, ainda ralando o cheddar, acumulando uma pilha cada vez mais alta conforme bufa e suspira. — E ele não quer ir de fininho — continua, e aponta para Jeremy Corbyn na televisão.

Trocamos de canal e vemos um programa surpreendentemente viciante sobre uma família que vendeu todos os pertences para abrir um hotel na Costa del Sol. Lavamos a louça juntos e conversamos sobre se algum dia já tivemos interesse em abrir um hotel na Costa del Sol.

— Eu viveria preocupada com o que poderia encontrar nos lençóis — sussurra ela, quando lhe passo os garfos para secar e guardar na gaveta.

Por que eu preciso voltar para Londres? Não posso ser feliz assim? Jantar carne moída vendo o jornal, me dedicar a programas da TV aberta sobre famílias que se mudam para o exterior. Por que não posso morar com minha mãe até ela morrer, e aí morar sozinho na casa dela até eu morrer, que nem um homem gay no armário na década de 1960? Com certeza posso tomar algumas decisões para diminuir meu risco de sofrimento e decepção, não é?

Visto o casaco e saio para fumar no frio. Quando acendo o cigarro, escuto a porta dos fundos se abrir. Minha mãe também está encasacada, de braços cruzados e expressão séria.

— Vou me permitir fumar um — diz. — Só unzinho.

— Por quê? Você não fuma há dez anos.

— É a eleição — comenta ela, estendendo a mão com um gesto insistente.

— Tem certeza? — pergunto, tirando devagar o maço do bolso.

— Tenho, estou mesmo muito chateada com isso — afirma, pegando o maço. — E, para ser bem sincera, eu já fumei uns cigarrinhos desde que parei, só não queria que você se preocupasse.

Quando entramos, ela me diz que fumar sempre dá vontade de beber, e sugere uma bebidinha. Claro, respondo. Vinho? Não, ela quer é conhaque. *Pinga mesmo*, diz, com prazer. Vou atrás de uma garrafa de conhaque e sirvo dois copos. Ela se senta à mesa da cozinha. Percebo que está se preparando para dizer alguma coisa. Sinto aquele frio na barriga de quando sei que alguém vai iniciar uma conversa sobre sentimentos.

— Quero te dizer uma coisa, Andy.

Lá vamos nós.
— Tá bom — digo. — O que foi?
— O problema de levar um pé na bunda nunca é o pé na bunda.
— Então qual é?
— Todas as rejeições que você já viveu. As crianças na escola que te xingavam. O pai que nunca voltou. As meninas que não dançaram com você nas festas. A namorada de escola que quis ir pra faculdade solteira. E qualquer crítica profissional. Quando alguém diz que quer terminar, você sente a dor de todas as vezes na vida em que se sentiu insuficiente. Você revive tudo isso.
— Eu não sei superar, mãe. Já estou exausto de mim mesmo. Não sei desapegar dela.
— Você não desapega uma vez só. Esse é o seu primeiro erro. Você passa a vida se despedindo. Pode passar dez anos sem pensar nela, e aí ouvir uma música ou passar por um lugar aonde foram juntos, e alguma coisa que você esqueceu completamente vai voltar à tona. E você se despede outra vez. Você tem que se preparar para se despedir uma, duas, mil vezes.
— Fica mais fácil?
— Muito — responde.
Olho para o copo e mexo o conhaque.
— Eu sinto muito, mãe. Por você ter passado por isso tão jovem. E sozinha.
— Eu não estava sozinha, eu tinha você — replica ela.
Fico olhando fixamente para o conhaque em movimento, com medo de chorar e estragar o momento se olhar para ela.
— Tá bom — diz ela, virando o resto da bebida. — Vou deitar.
O que mais gosto na minha mãe sempre vai ser sua dedicação a evitar constrangimentos. Ela apoia as mãos na mesa para se levantar da cadeira.
— É melhor usar tampão de ouvido hoje, porque, quando bebo conhaque, meu ronco atravessa as paredes — anuncia.
Eu me sirvo de mais um copo e saio para fumar outro cigarro. Me pergunto onde ela estará agora — eu a imagino no meio da rotina demorada de *skincare*, ou no táxi para casa, ou dando um discurso emocionado no pub com a terceira taça de vinho na mão. E aí me despeço

dela. Lavo os copos e me lembro da discussão constante que tínhamos sobre o jeito certo de colocar a louça no escorredor. E me despeço. Subo, deito e me lembro da primeira vez que ela dormiu aqui, de como foi estranho acordar do lado dela no meu quarto de infância. E me despeço. E é bom. Digo todos os "adeus" que preciso dizer, pronto para reencontrá-la amanhã, sem dúvida, para me despedir de novo.

Sábado, 14 de dezembro de 2019

Termino com a Kelly no trem de volta para Londres. Mando uma mensagem comprida me desculpando pelo lapso de comunicação e uso expressões que sei que cairão bem com ela, como "introspecção" e "um momento de reflexão". Explico que preciso trabalhar no meu eu interior, e não exterior, então vou dar uma pausa no plano do Corpo dos Sonhos™.

Janto um misto que comprei na estação antes de pegar o trem. Consegui resistir à tentação de comprar umas cervejas para a viagem. Consegui resistir a semana toda, que deve ser o maior período que passei sem beber desde o término. Acho que é uma boa tentar ficar um tempo assim. Carboidratos, sim, bebida, não. Quem sabe? Talvez isso me conserte.

Meu celular apita. Uma notificação de mensagem.

Campeão, te entendo. Essa parada de amor é uma viagem daquelas. Natalie e eu voltamos, mas estamos indo devagar. Desejo tudo de bom para você nessa jornada que a gente chama de vida, Andy. Se quiser puxar uns ferros, é só me procurar. Boa cura, amigo bjs

Infelizmente, sua mensalidade será cobrada até o fim de janeiro, porque você notificou após o dia 1º bj

Quando abro a porta, escuto o som familiar de Morris ocupado em algum outro cômodo.

— Sou eu, Morris — grito e largo a mala, conferindo a correspondência acumulada.

Há mais sons de movimento confusos antes de ele aparecer na porta da sala.

— Oi — digo.

— Olá — diz ele, com os braços para trás. — Como vai?
— Bem, obrigado.
Faz-se uma pausa enquanto tento pensar no que dizer, pela falta de prática com o ofício bastante específico de conversar com Morris.
— Más notícias da eleição, claro — acrescento.
— Sim, Giles, da Sociedade Anarquista de Crouch End, marcou uma reunião de emergência para amanhã — diz ele.
— Não sabia que existiam anarquistas chamados Giles.
— Esse certamente é um insulto qualquer do seu texto cômico, mas, felizmente, estou de bom humor, então não me incomodo.
Olho para Morris e noto algo diferente nele.
— *Morris?* Bom humor? — pergunto. — O que houve?
— Bem. Eu tive uma semana fantástica — comenta ele, andando até a sala e voltando com um papel na mão. — Você não vai acreditar. Veja só — diz, sacudindo o papel na minha cara. — Veja só!
Eu seguro o papel e ele aponta duas letras ornamentadas no topo do papel timbrado: *J.A.*
— O que é J.A.?
— Leia — diz ele, sorrindo.

Caríssimo Morris,

Escrevo para agradecer. Li suas cartas nestes últimos anos com grande interesse. Fiquei particularmente impressionado de ver que seu esforço para reconhecer a importância da sua casa na história dos Beatles foi devidamente notado pela imprensa. Deve ser um avanço encorajador. Também agradeço pelas opiniões sobre meu caso, e informo que considerei muitos dos seus conselhos. Obrigado, também, pela oferta de apoio financeiro — essas doações não são necessárias no momento, mas fico agradecido pela generosidade.
    Também gostaria de dizer o seguinte, Morris: você é um membro importante e inestimável da nossa sociedade. Sem pessoas como você, a corrupção deste mundo continuaria escondida à vista de todos. Sua missão de lançar luz às mentiras é algo que entendo e respeito enormemente. Você pode ser recebido com

incredulidade, ou até ser ridicularizado, mas está do lado certo da história. Um dia, daqui a muitos anos, as pessoas pensarão em cidadãos como você — aqueles que questionaram os que detêm o poder — e saberão que deveriam ter escutado. Há uma expressão australiana que talvez você conheça, "*all sizzle and no steak*", que se assemelha a "cão que ladra não morde". Há quem fale muitas palavras, há quem ladre como os melhores. Mas o importante é a ação e, por isso, você sempre terá minha admiração.

Atenciosamente,
Julian

— Ai, meu Deus — solto, incrédulo. — Então... ele leu suas cartas? Ele sabe quem você é?

— Parece que sim — responde Morris, alegre, pegando a carta de volta e a olhando com um grau semelhante de incredulidade.

— Eu mal... — digo, sem encontrar as palavras certas. — Eu mal consigo acreditar.

— Bem — diz ele, dobrando a carta com cuidado. — É isso.

Ele está tão cheio de energia que quica um pouco no assento enquanto fala. Então dá uma olhada na minha mala.

— Vai ficar? — pergunta. — Ou ainda vai seguir viagem?

— Vou ficar. De vez. Só precisava de um tempo afastado. Foi o término de namoro, que acho que já falei sobre. Passei por maus bocados. Mas estou me sentindo melhor.

Morris para de quicar e me dá um típico aceno de cabeça.

— Que bom — diz. — Quer um copo d'água, uma xícara de chá...?

— Não precisa, obrigado.

— Eu estava prestes a escutar um programa de rádio...

— Sim, é claro, já vou subir. Mas eu gostaria de perguntar uma coisa, Morris. E não vou me ofender de modo algum se a resposta for negativa.

O rosto dele treme.

— Está bem — diz, devagar.

— Queria saber se você gostaria de passar o Natal na casa da minha mãe. Ela quer te conhecer, e tem um quarto para você dormir, se quiser.

Mas, se preferir, pode só passar o dia e voltar pra cá. Minhas tias vão estar lá, e uns primos, também, mas não é muita gente. E é só um Natal simples. Comida, bebida. *O Boneco de Neve.*

Ele franze a testa e semicerra os olhos enquanto espero a resposta.

— Bem, eu precisaria lavar as cortinas em outra semana.

— Tudo bem — respondo. — Posso ajudar, se quiser.

— Que bom — diz ele, contemplando mais um pouco a proposta.

— Sim. Então pode ser.

— Que bom.

Pego minha mala e me apoio no corrimão para subir. Ele volta para a sala.

— Se eu tivesse um filho... — diz, de repente.

Eu me viro de volta, e Morris está com as mãos atrás das costas outra vez, olhando para o nada com uma expressão ansiosa.

— Se ele me pedisse conselhos sobre... assuntos íntimos... relacionamentos íntimos... eu não teria muito a dizer, pois não entendo muito do assunto. Mas eu diria que...

Ele se interrompe e solta um ruído, uma palavra sai pela metade, antes de fazer outra pausa. Respira fundo e volta a falar sem pressa, o que não é muito típico dele.

— A vida é um pouco mais difícil para as mulheres. Mais difícil do que é para nós, é o que quero dizer. E você não precisa pedir para elas explicarem o porquê, nem mesmo entender. Só precisa tratá-las bem.

Ele me olha, nervoso, e pergunta:

— Entende o que estou dizendo?

— Acho que entendo, sim — respondo.

Ele vai até a sala e liga o rádio.

Eu acendo a luminária do quarto e largo a bagagem na cama. Separo minhas roupas, arrumo o quarto, mando mensagem para o pessoal avisando que voltei e outra para minha mãe, avisando que cheguei bem e pedindo para ela botar um prato a mais na mesa para Morris no Natal. Mando mensagem para Emery e pergunto se ele está livre essa semana, porque quero o conselho dele sobre uma ideia nova para um show. Então, me sento à mesa, abro o notebook e escrevo.

Caro Jon,

Você sabia que cartas de término de casamento às vezes são chamadas de "Dear John"?! Quem diria que você levaria dois pés na bunda em dois meses! Viu, ainda estou no primeiro parágrafo e já fiz merda.

Escrevo esta carta porque não consigo dizer nada disso pessoalmente. Passei os últimos meses questionando muitas das minhas amizades, me perguntando para que servem, se não for para processar juntos grandes emoções. Mas agora eu sei: não é isso que eu quero. E sei que vocês todos me ajudaram de outros jeitos. Mesmo que não estivessem fisicamente presentes, sei que todos teriam feito de tudo para me consertar, exceto me escutar e me deixar ficar triste sem uma solução. E agora estou escrevendo esta carta, em vez de pegar o telefone para te ligar, porque, apesar de tudo que sei, eu só não quero, e acho que você também não.

Eu enlouqueci quando a Jen terminou comigo. Aposto que fui assunto de algumas conversas suas no WhatsApp, e você fez bem, porque eu também teria vontade de reclamar de mim se fosse meu amigo nesses últimos seis meses. Não quero que tenha sido em vão, por isso quero contar o que aprendi.

Se você fizer uma dieta de muita gordura, muita proteína e pouco carboidrato e entrar na academia, vai servir de distração por um tempo e você vai perder gordura e ganhar músculo, mas depois de um tempo vai perder o gás, voltar a comer normalmente e ganhar todo o peso de volta. Então talvez não valha a pena. Beber é outra ideia. Passei a maior parte dos primeiros dois meses bêbado, e acho que tudo bem, me fez aguentar as noites (e as tardes, de vez em quando). Só que você vai ter que se embebedar sozinho, porque ninguém mais tem tempo para sair. Acho que, por um tempo, tudo bem. Eu não via muito problema nisso até alguém passar por mim quando eu estava bebendo uma minigarrafinha de uísque no ponto de ônibus à noite, me entregar uma nota de cinco e desejar boa sorte. Você é a primeira pessoa para quem eu conto essa história.

Nenhum dos seus amigos vai ficar animado por você estar solteiro. Provavelmente sou seu único amigo solteiro, e nem eu estou tão animado. No geral, a experiência de estar solteiro aos 35 vai ser diferente das outras vezes em que você esteve solteiro, e isso não é ruim.

Quando sua ex arranjar outro namorado, pode ser que você fique obcecado pelo cara de um jeito quase sexual. Não se preocupa, você não quer transar com ele, mesmo que às vezes chegue a parecer que sim.

Se você desabafar comigo ou com outro amigo nosso, vai ser bom no momento, mas no dia seguinte vai bater a ressaca moral. Você vai querer voltar atrás. Pode até achar que a gente gostou de te ver na fossa. Ou que a gente sente orgulho de estar na melhor, e você, na pior. Lembre que nenhum de nós sente isso de verdade.

Pode ser que você fique obcecado por descobrir exatamente por que ela terminou com você, e é provável que surte completamente na busca pela resposta satisfatória. Vou poupar muito do seu tempo ao informar que talvez você nunca descubra. E, mesmo que descobrisse: vai servir para quê? Daqui a pouco, alguma mulher vai ficar doida por você por algum motivo indefinível, e você não vai se interessar por ela, por outro motivo indefinível. É tudo aleatório e injusto — quem a gente quer não nos quer, e quem nos quer, nós não queremos.

Sério, o que vai doer muito é o fato de alguém não querer mais estar com você. Sentir a ausência da companhia de alguém e a ausência do amor são duas coisas diferentes. Eu queria ter percebido isso antes. Queria ter entendido que não é trabalho de ninguém ficar em um relacionamento indesejado só para outra pessoa não ficar triste.

Enfim. É isso. Vai ficar tudo bem, cara.
Andy.
P.S.: Estou mandando um livro chamado *Por que os elefantes choram*. O mais importante sobre ele é que não é um livro de autoajuda. É um livro científico. Não é muito útil para superar um término, mas é sempre bom ter alguma coisa para ler, porque

seu celular vai passar semanas sem bateria de tanto que você vai stalkear sua ex e explorar apps de relacionamento.
    P.P.S.: A gente nunca precisa discutir, nem mencionar, esta carta. Na real, provavelmente é melhor assim.

Querida Jen,

Nunca vou te mandar isso. Não sei o que farei com esta carta depois. Provavelmente é melhor nem guardar. Avi acha que meu maior problema é que eu me trancafiei em uma jaula de nostalgia. Eu achava besteira, mas, depois de ele comentar isso, passei por uma luminária da Ikea na recepção do médico igual a uma luminária que eu já tive, e senti uma saudade estranha que só posso descrever como um problema psicológico grave.
    Vou escrever esta lista que você sugeriu, e depois jogar fora, o que parece meio inútil, mas estou disposto a tentar qualquer coisa. Qualquer exercício terapêutico doido, qualquer ritual, qualquer sequência comovente roubada de um filme sobre divórcio.

Por que eu amava namorar a Jen

Eu amo que você seja tão boa amiga. Você se envolve muito na vida das pessoas que ama. Organiza experiências ótimas para elas. Se esforça com elas e é paciente mesmo quando se distraem com os filhos e não podem priorizar você como você prioriza elas.

Você tem um coração generoso e uma compaixão que se estende para pessoas que mal conhece, enquanto eu acho que todo mundo está contra mim. Eu dizia que você era ingênua, mas, na verdade, te invejava por sempre pensar o melhor de todo mundo. Eu queria ser capaz de largar bolsas expostas no carro sem achar que vão ser roubadas, e de conversar com um entusiasmo sincero com voluntários de organizações beneficentes que batem à porta sem achar que vão voltar para assaltar minha casa.

Você gosta demais de atenção para ser considerada uma boa pessoa, e definitivamente passa um pouco do limite com suas opiniões políticas de esquerda para se mostrar. Mas sei que você se importa de verdade. Sei que você assinaria abaixo-assinados e ajudaria pessoas necessitadas e faria trabalho voluntário no abrigo no Natal mesmo que ninguém soubesse. E isso já é mais do que muita gente.

Amo sua rapidez para ler livros, e como você fica absorta em boas histórias. Amo te ver deitada no sofá lendo um livro todo de uma tacada só. É como se eu estivesse na sala com você ao mesmo tempo que você está em outra galáxia.

Amo que você esteja sempre tentando melhorar. Seja correndo maratonas, se desafiando a aprender francês em um app ou fazendo terapia toda semana. Você se esforça muito para ser uma versão melhor de si. Acho que eu provavelmente não demonstrei minha admiração por isso, e acabou parecendo irritação, que não é o que eu sinto de verdade.

Amo que você se dedique tanto à sua família, mesmo que ela te irrite. Sua lealdade a eles às vezes me frustrava, mas só porque eu queria ter nascido em uma família grande.

Amo que você sempre saiba o que dizer nas conversas. Você faz as perguntas certas e sabe exatamente quando falar e quando escutar. Todo mundo ama conversar com você, porque você faz todo mundo se sentir importante.

Amo seu estilo. Sei que você acha que eu provavelmente nunca notei suas roupas, nem seu cabelo, mas eu amava ver você se arrumar, sentada de pernas cruzadas no chão passando maquiagem na frente do espelho de corpo inteiro do quarto, mesmo que tivesse espelho na penteadeira.

Amo que você seja doida o suficiente para nadar no mar inglês em novembro e que pegue aranhas no banheiro com as mãos. Você tem uma coragem que eu não tenho.

Eu amo como você é livre. Você é uma pessoa muito livre, e nunca te dei a satisfação de dizer isso, mas deveria. Ninguém sabe disso, por causa do seu trabalho chato e intenso e da sua família careta, mas eu sei que, no fundo, você é aventureira.

Amo que você tinha um comprimido de ecstasy no bolso no nosso terceiro encontro, que se embebedou no batizado do Jackson, que sempre queria mais uma rodada no bar e que nunca reclamava de acordar cedo de ressaca para trabalhar. Além do Avi, você é a pessoa com quem mais me diverti na vida.

E, mesmo que eu enchesse seu saco por você sempre tentar impressionar seu pai, na verdade eu achava muito fofo, porque me fazia enxergar a criança e a adolescente em você, e, se eu pudesse viajar no tempo para qualquer momento da história, eu juro, Jen, que o único lugar que gostaria de visitar seria a casa onde você cresceu, para te abraçar e te dizer que você é linda, inteligente e engraçada. Que é espetacular, mesmo sem esses troféus esportivos, certificados de música, notas incríveis e aprovação em Oxford.

Desculpa por ter te amado muito mais do que gostava de mim mesmo, porque deve ter sido um peso para você. Desculpa por não ter cuidado de você como você cuidou de mim. E desculpa por também não me cuidar. Preciso melhorar essas coisas. Fico feliz pelo nosso término ter me ensinado isso. Desculpa por ter surtado tanto.

Eu te amo. Sempre amarei. Fico feliz por termos nos conhecido.
Andy

Sexta-feira, 31 de janeiro de 2020

Dou uma última olhada no espelho. São seis da tarde. Daqui a exatamente noventa minutos vou subir ao palco para apresentar meu novo show. O radialista informa que temos mais cinco horas na União Europeia. Será que consigo fazer uma boa piada com isso? Sei que o Brexit já tinha perdido a graça antes até do referendo, mas não estou atrás de um trocadilho genérico. Deve dar para arranjar algum paralelo sofisticado entre a separação da União Europeia e a minha separação de Jen.

Quando desço, Morris está ajoelhado no capacho. Ele está usando luvas de borracha e parece desinfetar a correspondência com um spray antibacteriano. Nem pergunto mais nada.

— Bom show hoje, Andy — diz ele.

— Obrigado, Morris — respondo, dando a volta nele.

— Ainda tenho esperança de ir à apresentação de amanhã, mas depende da contagem de casos.

— Ok, Morris — digo, ainda totalmente em paz, sem entender do que ele está falando. — Vamos ver como vai ser.

Quando chego ao espaço, faço a passagem de som e releio minhas anotações uma última vez na coxia. Vejo as pessoas chegarem, mas ainda não encontro Jen. Dou uma olhada no celular para ver se ela respondeu minha última mensagem, mas não. Às 19h25, apoio o celular em um banquinho e começo a gravar para poder escutar o show de novo amanhã.

Às 19h30, começa a música. Dou uma última olhada na plateia e a vejo. Na terceira fileira — olhos azuis sonolentos, o nariz que muda de formato a cada movimento da cabeça. Ela está olhando para cima e para a frente, para o palco. Tento ler sua expressão, mas está neutra. As luzes se apagam, dando minha deixa.

Pontos positivos de ter terminado com o Andy

- Ele pede comida demais e come até ficar desconfortavelmente cheio, depois passa uma hora reclamando.
- Reclama demais.
- Nunca fez e nunca fará terapia, então vive preso nos mesmos padrões de comportamento e deixa as questões por resolver, e eu sempre teria que aguentar o peso disso.
- Não só nunca faria terapia, como despreza psicoterapia e considera egocentrismo, então nunca valorizou o esforço que faço para cuidar de mim e da nossa relação.
- Ele acha que ser ambicioso é querer reconhecimento e ser parabenizado por alguma coisa, em vez de querer melhorar em alguma coisa.
- Fica rabugento quando os amigos humoristas têm algum sucesso.
- Nunca se interessa por conhecer lugares novos, e usava minha paixão por viajar como exemplo da nossa diferença de classe, o que pode até ser verdade, mas várias vezes falava disso de um modo passivo-agressivo demais.
- Chorava por causa das coisas mais idiotas, tipo quando vimos o show do The National no Glastonbury, ou visitamos um monumento rochoso em Cumbria, ou quando Freddie Mercury canta "I've Taken My Bows" em "We Are the Champions". E ele nunca sabia explicar por que essas coisas mexiam com ele, mesmo que fosse muito óbvio que ele não conseguia chorar nem falar do verdadeiro motivo por que queria chorar, que era o fato de não conhecer o pai.
- Sente muita pena de si. Tem uma noção distorcida de como todo mundo o vê, e é por causa da sua baixa autoestima, mas também porque gosta de drama.

- Resmungava e resmungava e resmungava da inveja que sentia de todos os podcasts mais famosos serem apresentados por humoristas, a ponto de mal conseguir escutar um podcast, mas se recusava a ter ideias para um programa próprio.
- Nostálgico demais. Incapaz de viver no presente. Sempre acha que ontem foi melhor do que agora. Acredita sinceramente que o auge da vida dele foi aos vinte e poucos anos e não entende que tem o poder de tornar o momento presente o melhor momento da própria vida.
- Dizia "Isso dá um bom título de álbum!" quando não estava prestando atenção no que alguém tinha dito e não sabia o que dizer.
- Nunca admitiria, mas é obcecado pela fama. Sempre que postava alguma coisa, atualizava o app sem parar por três horas, no mínimo.
- As obsessões musicais dele no começo pareciam românticas, mas ficaram chatas, coisa de nerd colecionador.
- Tende a ser dramático, especialmente em brigas. Por exemplo, a vez que gritou "A VIDA NÃO PODE SER ASSIM" em uma discussão porque me atrasei vinte minutos.
- Fala de direitos das mulheres de um jeito arrogante, como um acadêmico de boteco, que ele acha que o torna aliado feminista mas, na verdade, é bem sem noção.
- Ele é inseguro.
- Carente.
- Codependente.
- Acha minha família chata, o que eu também acho, mas é função dele, como meu parceiro, pelo menos fingir que não odeia meus parentes, só que ele parou de fingir depois de mais ou menos um ano.
- Passa por mudanças de humor intensas dependendo do resultado dos jogos do Aston Villa.
- Está ficando careca. Não é um problema em si, mas os anos de obsessão me matariam.
- Tem amizades disfuncionais. Os amigos dele são simpáticos, mas não conversam de verdade, nem apoiam uns aos outros. Só enchem a cara e ficam se zoando. Às vezes, eu sentia que só comigo ele conseguia acessar as próprias emoções, o que era pressão demais para mim.

- Sempre considerou seu trabalho mais importante do que o meu, porque acha que o dele tem integridade artística e o meu é careta e sem sentido.
- Falta curiosidade a ele. Percebi quando fomos juntos ao British Museum e notei que ele só se interessava pelas coisas que já conhecia e fazia questão de me contar mais fatos sobre os objetos que identificava, mas passava direto pelos que não conhecia.
- Mais de uma vez, eu o vi ir à academia e, na volta, comer um pão puro inteiro.
- Tornou o término o mais difícil possível para mim.

Sexta-feira, 31 de janeiro de 2020

Tem uma história que minha mãe adora contar. Dos meus sete a oito anos, eu acordava todo sábado e declarava que era o dia do meu casamento. Meus pais e meus irmãos tinham que me chamar de A Noiva o dia todo. Se a gente fosse a qualquer lugar — ao mercado, ao parque, à casa de algum amigo —, eu insistia em vestir meu vestido branco de primeira comunhão e colocava uma cortina de renda branca velha na cabeça. Em algum momento do dia, pegava as flores artificiais no vaso da sala de música e jogava para alguém pegar. E, na semana seguinte, fazia tudo de novo.

Já pensei muito nessa história. Na origem desse instinto tão forte. Será que foi o casamento de Ariel e Eric? Do Príncipe Encantado com a Cinderela? Foram as fotos do casamento dos meus pais — minha mãe de vestido bem anos 1970, com gola alta e manga bufante, um buquê de lírios pendentes se estendendo pela saia? E me perguntei por que esse desejo sumiu, assim tão de repente, e não voltou mais.

Venho de uma longa linhagem monogâmica. Meus avós, dos dois lados, passaram setenta anos casados. Meus bisavós também. Meus pais se conheceram na faculdade e se casaram pouco depois. Não sei se é por serem católicos ou por serem conformistas, mas todos os meus parentes se casam, dão uma festança, formam uma família grande e nunca se divorciam. Quando criança, eu sempre supus que seria o que aconteceria comigo e meus três irmãos. Bom, dois irmãos. Meus irmãos mais novos, os dois meninos, estavam fadados a isso. Eu estava fadada a isso. Miranda, a mais velha, não estava, porque saiu do armário no aniversário de dezoito anos. Dali em diante, meus pais nunca mais falaram de um futuro relacionamento ou futuros filhos dela. E aí acabei carregando o peso das expectativas matrimoniais de duas filhas. "O casamento da Jen" frequentemente era discutido na família como um acontecimento tão inevitável quanto a morte.

Será que Jen herdaria a aliança da vovó? Será que Jen daria a festa na Chiswick House and Gardens? (Ironicamente, foi Miranda a primeira a casar e ter um filho. Ela brinca que só fez isso como um favor, para aliviar a pressão sobre mim.)

A propaganda na nossa família e nos círculos sociais era que meus pais tinham um casamento muito bem-sucedido. Eles apoiavam as ambições um do outro, riam juntos, eram uma ótima dupla de pais. Era essa a minha percepção do relacionamento deles até um dia, aos treze anos, quando tive dor de barriga e voltei mais cedo da escola. Minha mãe estava viajando com a irmã e a escola não conseguiu entrar em contato com meu pai. Então voltei de ônibus, como sempre, e abri a fechadura, esperando encontrar a casa vazia. Quando fui à cozinha, tinha uma mulher encostada na bancada, bebendo de uma xícara. Ela estava usando o robe de seda pêssego da minha mãe.

Fiquei paralisada na cozinha, com a mochila pesada ainda no ombro.

— Quem é você? — perguntei.

Meu pai veio correndo, exatamente com a mesma cara de quando voltava do trabalho, só que de cabelo molhado, porque tinha acabado de tomar banho.

— Por que você voltou mais cedo? — questionou ele.

Não desviei o olhar da mulher, que soltou a xícara e cruzou os braços, em um gesto de modéstia ou autodefesa.

— Passei mal, me liberaram — falei. — Quem é você? — insisti.

— É uma colega — explicou ele. — Trabalhamos juntos na China. Estamos a caminho de uma reunião e eu ofereci que ela tomasse banho aqui, porque acabou de chegar de um voo muito longo.

Olhei dela para meu pai, e de volta para ela, sem detectar exatamente qual era a mentira, mas sabendo que havia alguma.

Mais tarde, ele se sentou na beira da minha cama e sugeriu que eu não contasse para minha mãe. Quando perguntei o motivo, ele disse que ela ficaria preocupada por ele estar trabalhando demais — recepcionando clientes e agentes sem parar, além das demandas habituais do emprego. E eu sabia que não fazia o menor sentido, mas ele usou palavras adultas que me deram segurança, como se me faltassem informações que eu não entendia, mas que justificariam tudo. Clientes e agentes. Recepcionando.

Dali em diante, notei detalhes do casamento dos meus pais que nunca tinha percebido. Me dei conta de que os dois haviam se conhecido na faculdade, se formado juntos, mas minha mãe não trabalhava desde o casamento. Percebi que meu pai contava histórias e minha mãe ria alto e dizia "Seu pai não é uma figura?", e que era isso que meu pai chamava de "senso de humor parecido", ao qual dava crédito pelo sucesso da relação. E notei que o conceito de parceria familiar deles era que minha mãe passasse semanas cuidando de nós como mãe solo enquanto se gabava do marido que trabalhava no "Extremo Oriente".

Nunca mais falei da mulher com meu pai, mas ela surgiu como participação especial invisível na nossa relação por anos. Algumas vezes, vi um número salvo com apenas uma letra como contato ligar para ele. Ele trazia presentes da China para mim, e cada bibelô parecia um suborno.

Decidi que precisava fazer tudo que pudesse para meu pai ficar com a gente. Tinha que tirar as notas mais altas para meu pai sentir tanto orgulho que nunca iria querer ir embora. Então tirei. Tinha que ser capitã do time de netbol e do time de hóquei e passar para Oxford que nem ele, para o departamento dele, para estudar Filosofia, Política e Economia, que nem ele. Sempre que ele me dizia como estava orgulhoso, eu sentia que tinha ganhado mais um tempinho.

Fui direto da escola para a faculdade e, quando me formei em Oxford, pretendia voltar para a casa dos meus pais, economizar dinheiro, e então passar seis meses viajando pela América do Sul. Porém meu pai me encorajou a me candidatar a vagas de trainee em corretoras de seguros "pela experiência", e recebi uma oferta de emprego. Aceitei, com medo de perder a chance, e adiei para o ano seguinte o plano de ir para a América do Sul. O trabalho não era lá muito estimulante, mas o medo, o estresse e a competição eram. Economizei e me programei para tirar um ano sabático, mas, sempre que o momento parecia surgir, me ofereciam outro cargo, ou uma nova vaga em uma empresa diferente. Minha carreira era como um namorado ruim — sempre que pressentia que eu estava prestes a terminar, prometia bem na hora tudo que pudesse para eu ficar.

Ocupei a década dos meus vinte anos em Londres com tudo, menos um namoro sério — saídas com amigas, reuniões em casa com amigas, colegas de apartamento, sexo, raves, corridas, aulas de spinning, casamentos, promoções, livros que as revistas mandavam ler, filmes a que os suplementos de jornal mandavam assistir, férias muito bem aproveitadas, para encaixar semanas de loucura com as amigas e fins de semana estendidos com a família. Ninguém notava que eu vivia solteira, porque eu tinha várias outras preocupações, e sempre queriam saber das minhas histórias.

Porém, quando fiz trinta anos, tudo mudou. O fato de eu nunca ter relacionamentos sérios não era mais visto como acidental, e virou um problema. Todo mundo queria conversar sobre o meu "tipo de apego", e me perguntavam se eu tinha lido aquele livro, ou feito aquele teste, como se ninguém tivesse sugerido o mesmo antes.

— Só não entendo — dizia minha mãe ao se despedir de mim. — Você é uma garota tão incrível... tão esperta, tão bonita. Não entendo por que os pretendentes não fazem fila.

Não sei o que me fez decidir que eu queria namorar. Não sei se queria mesmo, ou se fiquei frustrada comigo mesma por não querer. Enchi o saco de mim mesma? Aquele ritmo de vida de solteira me tornou uma figura familiar demais? Comecei a acreditar no que todo mundo dizia? Que meu tempo ia acabar e eu ficaria para trás? Ou achei que um relacionamento seria prova de alguma coisa? De que eu não era menos mulher, nem detestável, nem incapaz de ser adulta? Que, na verdade, eu era completamente normal, que nem todo mundo.

No meu aniversário de 31 anos, aluguei uma casinha no meio do nada para passar o fim de semana com Jane e outras amigas próximas. De manhã, ficávamos caminhando, e à noite, fumando maconha ao redor de fogueiras malfeitas. Toda noite, a conversa desviava para os parceiros delas, e eu escutava aquelas mulheres falarem dos homens que amavam com desespero, adoração, humor e frustração. E percebi que queria experimentar aquilo — não só me apaixonar, mas participar daquele clube. Queria abrir o capô de um namoro e remexer e consertar e falar para minhas amigas do que descobri e pedir conselho. Queria tentar aquilo que havia anos absorvia tanto minhas amigas: ser namorada de alguém, e todas as consequências disso.

— Acho que estou pronta para conhecer um cara esse ano — falei ao final de uma noite de bebedeira no fim de semana de aniversário.

279

Todas pareceram animadas, como se eu tivesse anunciado que estava prestes a me mudar para o bairro delas. O que, de certa forma, era verdade.

Foi ingênuo achar que, para encontrar um namorado, bastava decidir que queria um namorado. Pedi para todo mundo que eu conhecia me arranjar com alguém.

— É um ciclo ruim da década para ficar solteira — disse Jane. — Ainda não aconteceram os divórcios. Aos 35, as opções vão se abrir de novo.

Porém todo mundo me dizia que eu não podia esperar até os 35. Estar solteira aos 35 parecia ser o que todas as mulheres que eu conhecia queriam evitar a qualquer custo. Eu não tinha motivo para ficar apavorada com a ideia de estar sozinha dali a quatro anos, mas também não conseguia ficar imune ao medo de todas em meu nome.

Saí com todos os homens com quem devia sair — médicos, advogados, executivos do mercado financeiro. Homens chamados Tom, James, Charlie. Nunca passávamos do terceiro encontro. A conversa era chata, ou não rolava química, e chegávamos a um acordo educado e implícito de que não nos encontraríamos de novo. Ou eu estava interessada em outro encontro, e eles, não — sempre pelo mesmo motivo: não queriam namorar.

— Não estou pronto para nada sério, e acho que não vou estar tão cedo — disse com a maior certeza um homem de 41 anos, solteiro há muito tempo, sem filhos e que nunca fora casado.

Ele nitidamente não fora informado da data de validade de 35 anos que tantas mulheres acreditam estar colada nelas que nem uma etiqueta de desconto numa bandeja de frango no supermercado. *Bom para ele*, pensei.

Jane tinha me falado do amigo de Avi, Andy, antes da festa de aniversário dela.

— Ótimo para uma transa, mas nada mais — foram suas primeiras palavras.

Ele era um charme, segundo ela. Engraçado, fofo. Mas também caótico — um garotão lindo que precisava que cuidassem dele. Estava solteiro fazia uns poucos meses, sua primeira vez sozinho desde a adolescência.

Eu me senti atraída por Andy assim que o conheci — uma atração que não tinha sentido por homem nenhum antes dele. Fiquei viciada na companhia dele. Ele me apresentou a novas ideias, uma nova cultura. Ele me fazia rir. Era tão divertido, tão livre das preocupações que limitavam todo mundo que eu conhecia da nossa idade. Eu amava que ele fosse tão desligado das convenções sociais. Amava que ele não se incomodasse, aos trinta e poucos anos, por não ter poupança e dividir casa, porque estava investindo na paixão dele. Eu respeitava sua ética profissional, os bicos que fazia para pagar aluguel, a distância que viajava à noite durante a semana para se apresentar por dez minutos para um bando de estudantes bêbados num show de humor. Amava que ele não estivesse nem aí para todas as besteiras que eu tinha sido levada a crer que eram importantes. Ele só dava importância para a comédia e a música, para a mãe e os amigos, e se divertir. Ele era diferente de todo mundo que eu conhecia.

Gostei tanto dele que experimentei uma coisa que nunca tinha feito — esperei para transar. Queria ir devagar, porque me diziam que amizade é a melhor base para um relacionamento. Fingi estar menstruada quando nos conhecemos, e fingi que isso me impediria de convidá-lo para dormir comigo. No dia seguinte, ele foi para Edimburgo, e passamos aquele mês nos conhecendo melhor por telefone antes do nosso primeiro encontro de verdade. Eu estava determinada a fazer tudo certo.

Apesar de todas as inseguranças que depois descobri, ele agia como uma pessoa extremamente confiante, e isso era contagioso. Eu nunca tinha passado uma primeira noite com um homem sem um esquema de iluminação cuidadosamente planejado, sem posar na cama de um jeito elegante que parecesse espontâneo. Mas não precisei de nada disso com Andy — quanto mais autêntica eu era, mais excitado ele ficava. Ele era tarado em intimidade e queria estar o mais próximo possível de mim. Eu nunca tinha me sentido tão fisicamente confortável com ninguém. No primeiro dia em que acordamos juntos, ele afundou a cara debaixo do meu braço e beijou meu sovaco.

Algo na minha atração por ele ia além da minha capacidade de compreensão. Ele era o completo oposto de tudo que tinham me ensinado a procurar em um parceiro. Bebia e fumava demais, não tinha dinheiro, tinha as neuroses de um macho beta e a confiança e a arrogância de um macho alfa. Era introspectivo quando queria, mas não se não quisesse. Não era do tipo para casar. Ainda assim, tudo no meu corpo me mandava agarrar aquele homem, segurar com força e amá-lo com todo o meu ser. Lembro como ele era cheiroso. Sempre que eu inspirava fundo, meu corpo avisava ao meu cérebro que ele era alguém que merecia meu tempo, merecia conhecer meus amigos, ir comigo toda semana ao mercado, ficar quieto do meu lado, me dar a mão no metrô, entrar na minha casa, deitar na minha cama.

Fiquei muito feliz por um tempo. Era meu primeiro namoro sério, e eu tinha escolhido um profissional — parecia que Andy estava me ensinando a monogamia a longo prazo. Nenhuma das mudanças de fase o incomodava. Ele não surtou quando passamos duas semanas sem transar, e nossa primeira briga não fez com que ele achasse que era o fim. Quando paramos de sair para passar a noite enchendo a cara e começamos a pedir comida em casa e dormir cedo, ele não teve medo de ser o fim da diversão. Eu segui a deixa dele. A sensação inebriante e alucinante do primeiro ano foi embora, e algo novo tomou seu lugar. A melhor palavra deve ser satisfação. Meu som preferido virou o da chave de Andy na fechadura quando ele abria a porta do meu apartamento ao voltar de um show.

Logo percebi a inevitabilidade de qualquer relacionamento: as coisas que inicialmente geram atração são aquelas que passam a nos irritar mais. Eu amava a atitude não conformista de Andy, o que virou irritação pela falta de estrutura na vida dele. Ele amava minha independência, o que virou irritação pela minha distância. No começo, ele justificava meus atrasos como obra de um espírito livre. Depois de um tempo, passou a achar que era egoísmo. Eu amava que ele quisesse fazer todo mundo rir, porque achava um sinal de generosidade. Em certo momento, passei a ver o que era de fato: carência. Percebi que ele via toda interação social como uma pequena apresentação, uma oportunidade de ser aceito ou rejeitado. O temperamento dele dependia demais da impressão do sucesso dessas performances em conversas, e eu odiava perceber isso.

Só que as partes boas eram muito maiores do que as ruins. E eu quase gostei das primeiras dificuldades — era algo novo para mim.

Finalmente tinha aberto o capô do namoro e estava futucando o motor com a lanterna na mão. Finalmente tinha algo a oferecer para minhas amigas quando surgia o assunto relacionamento. Estar insatisfeita era parte da experiência do namoro, e o que eu queria era exatamente aquela experiência. Depois de dezoito meses, fomos morar juntos. Andy já passava a maior parte do tempo lá em casa, então fazia sentido parar de pagar por um quarto que não usava. O mais lógico seria Andy ir morar no meu apartamento e a gente dividir o financiamento, mas fui informada de que isso não era uma opção. Ele achava importante que o primeiro lugar em que morássemos juntos fosse inteiramente compartilhado — um passo em conjunto, com partes iguais de risco e fé. Mas era ilógico. Considerando o orçamento de Andy, se dividíssemos o aluguel meio a meio, não conseguiríamos um apartamento como queríamos, então acabei pagando dois terços do aluguel e alugando meu apartamento para cobrir o financiamento.

A conversa sobre filhos começou a surgir por volta dos dois anos de relacionamento. Andy sempre havia me dito que queria formar família; eu sempre dissera que não tinha certeza. Visto que não era ele que teria que engravidar, parir e amamentar, concordamos em voltar ao tema de ano em ano, mas, de resto, tentar nos manter no momento presente da nossa relação, sem falar tanto do futuro. Isso se tornou impossível quando nosso mundo foi invadido por bebês. Houve uma crise populacional entre 2017 e 2019 — de repente, havia mais bebês do que amigos. Com a aproximação dos 35, quase todas as mulheres que eu conhecia engravidaram, com pressa de entregar a lição de casa à mãe natureza antes do famoso prazo. Tínhamos cada vez menos amigos para encontrar, engolidos pela areia movediça da paternidade.

Meu número de afilhados se multiplicou. Minha vida social era regrada pelos horários de cochilo e alimentação de bebês. Eu dava colo para recém-nascidos em sofás modulares, empurrava carrinhos no parque e distraía crianças pequenas no pub enquanto tentava conversar com os pais exaustos sobre qualquer coisa que não fossem bebês ou crianças. Esperei o momento em que perceberia que eu queria aquilo, mas nunca chegou. Andy não parava de me dizer que ninguém nunca está pronto para ter filhos, e que é sempre apavorante. Quanto mais ele dizia isso, mais eu me ressentia. O risco parecia muito maior para mim, e ele nunca reconhecia isso plenamente. A vida do bebê dependeria da minha licença-maternidade, da minha poupança, do meu corpo, da minha carreira. Eu teria que fazer todo o sacrifício, enquanto a vida de Andy continuaria normalmente. Ele ofereceu, sem a menor sinceridade, abandonar a comédia e ser pai em tempo integral. Nós dois sabíamos que isso nunca aconteceria.

Aí comecei a ter aquela sensação. Uma preocupação que eu às vezes afastava, mas nunca ia embora. Comecei a sentir dúvida. Dúvida que ia muito além de querer ou não ser mãe. Será que eu queria aquilo tudo? Queria ser namorada de alguém? Era capaz daquilo? Nos meus anos de solteira, de vez em quando eu dizia isso para minhas amigas, o que era sempre visto como expressão de insegurança e medo.

— Você só não conheceu a pessoa certa ainda — me diziam.

Mas aqui estava eu, com a pessoa certa. Ele não era perfeito, mas eu o amava, e ele me amava. Ainda assim, eu nunca entendia se estava em um bom relacionamento ou não. Não conseguia avaliar a realidade do amor a longo prazo; o que seria me contentar com pouco, se podia pedir mais. Todo jantar de sexta animado era contraposto por uma refeição em que parecia que a gente não tinha do que falar. Toda noite divertida no pub era contraposta por uma briga bêbada. Toda noite de sexo era contraposta por cinco noites deitados na cama, mexendo no celular, sem dizer nada.

Durante uma crise desses pensamentos, eu e Andy saímos para tomar brunch num domingo. Tínhamos acordado desconectados. Estávamos nos desentendendo, tudo que dizíamos irritava o outro. Pedimos ovos e panquecas e ficamos um tempo sem dizer nada. Eu havia passado a noite anterior no hospital, visitando minha avó, que estava muito doente e perdia a consciência com frequência. Enquanto esperávamos as bebidas chegarem, contei para ele que tinha me sentado à cabeceira da cama dela, segurado sua mão e falado mesmo sem saber se ela me escutava. Eu perguntei se é algo que devemos fazer pelos moribundos — se é um ato de companheirismo, ou de indulgência. Se ela me escutasse, seria frustrante não poder responder? Seria egoísmo meu? Seria mais generoso permitir o silêncio em seus últimos dias, mesmo que me deixasse desconfortável? Deixar ela ficar deitada na quietude que chega no finzinho da vida? Andy não respondeu. Notei que estava olhando fixamente, sem piscar, para outro lugar, e percebi que não tinha me escutado.

— Confira. Seu. Cocô — disse ele, devagar.

Não entendi do que ele estava falando. Eu me virei e vi um ônibus passar com um anúncio do Ministério da Saúde sobre câncer de intestino, que tinha aquele slogan. Namorar era assim? O amor era assim? Era aquilo que todas as minhas amigas tinham aceitado como "viver felizes para sempre"?

Foi por volta dessa época que Miranda e a esposa começaram o processo de conceber um bebê com óvulos de Miranda e um doador de esperma. Um dia, ela me ligou e disse que precisava me ver. Fui para a casa dela, esperando que ela fosse me contar que estava grávida. Em vez disso, ela me disse que o médico tinha analisado sua reserva ovariana e constatado que estava baixando muito rápido. Ele estimava que ela só tivesse aproximadamente seis meses disponíveis para engravidar com os próprios óvulos. Ela me disse que podia ser hereditário e insistiu para eu fazer um exame. Eu deixei pra lá. Estava me preparando para outras coisas mais urgentes.

Eu tinha sido indicada para uma promoção, para me tornar sócia sênior da empresa. Se conseguisse a vaga, seria o maior salto da minha carreira, e eu gerenciaria uma equipe maior, trataria de clientes enormes e receberia um aumento considerável de salário. Eu tinha um mês para me preparar para a apresentação e a entrevista. Sabia que cinco colegas, todos homens, também estavam concorrendo à vaga, e isso era só quem iam entrevistar já da empresa, sem considerar os outros candidatos que viriam de fora. Eu nunca tinha vivido tanta pressão profissional.

Exatamente na mesma época, Andy foi chamado para o primeiro trabalho na televisão. Ele apresentaria um *game show* de comédia novo, chamado *Pede ou Passa*. A premissa parecia um horror logo de cara, uma variação boba de verdade ou consequência, com um prêmio em dinheiro para gerar competição. Era uma produção de baixo orçamento, em um canal de comédia, com uma temporada curta de teste, e mal tinha tempo para pré-produção, o que indicava nitidamente que

Andy fora escolhido como última opção. Ele não se incomodou — em *Pede ou Passa*, Andy seria creditado como apresentador, além de aquilo lhe fornecer uma amostra de trabalho para a TV, e havia a possibilidade de que o programa passasse em outros países, o que poderia trazer oportunidades de trabalho no exterior.

Minha possível promoção foi discutida uma vez. Ele perguntou, no máximo, três coisas sobre a vaga para a qual eu tinha me candidatado, e não questionou mais nada. Naquele mês, eu e Andy vivemos vidas separadas, enquanto eu me preparava para a entrevista e a apresentação e ele filmava *Pede ou Passa*. Eu fazia jantar para ele quando ele chegava em casa. Ensaiava o roteiro com ele antes de deitar.

Conforme as semanas passavam e eu tentava evitar pensar em fertilidade e bebês, fui ficando cada vez mais ressentida por Andy não precisar se preocupar com aquilo. Estávamos os dois em um momento profissional potencialmente transformador, e ele podia se concentrar completamente no desafio, enquanto eu estava distraída. Estávamos tão absortos nas nossas respectivas preocupações que, pela primeira vez, pareceu que éramos duas pessoas que dividiam apartamento, porém incompatíveis. Eu não sentia mais que éramos parceiros.

E então, ao longo de nove meses, várias coisas aconteceram. Individualmente, os episódios não bastavam para eu terminar o relacionamento, mas, em conjunto, foram o suficiente.

Minha avó morreu.

Minha avó, que tinha conhecido meu avô aos quatorze anos e nunca esteve com outro homem. Minha avó, que teve cinco filhos e dedicou a vida a ser mãe. Uma mulher que um dia me disse que tudo que queria era ser bailarina, mas que seus "melhores anos" foram ocupados pelos filhos, e aí já não dava mais. Uma mulher tão dependente do marido que, depois de ele morrer, precisava "ligar para um homem" para trocar as lâmpadas por ela.

Nas últimas semanas de vida, ela teve momentos de lucidez, que eu valorizava muito quando estava presente. Uma dessas conversas aconteceu quando estávamos sozinhas no quarto de hospital.

— Desconfio que você nunca vá ter um marido — declarou ela, me olhando atentamente da cama.

— A senhora ficaria chateada se isso acontecesse? — perguntei.
— Sua mãe ficaria — disse ela, e então abaixou a voz. — Mas eu acharia sábio da sua parte.

Aquilo me surpreendeu, porque eu sempre havia imaginado que ela e meu avô tinham sido muito felizes juntos.

— Por quê? — questionei.

Ela sacudiu suavemente a mão, cheia de pintas marrom-claras e com os ossos finos e protuberantes, em um sinal para eu pegá-la. Segurei com as duas mãos.

— Você tem uma casa sua — disse ela. — E seu próprio dinheiro. Não tem?

— Tenho um pouco de dinheiro, sim.

— E tem sua educação. E sua carreira.

Eu assenti.

— Então você tem tudo — concluiu.

Minha mãe voltou, reclamando da fila do café. Minha avó me olhou com um ar sonhador. Eu me abaixei e beijei sua bochecha, pálida e macia como um lírio. Saí do hospital e passei a tarde pensando no que ela queria dizer. Na manhã seguinte, bem cedinho, recebi uma ligação avisando que ela havia falecido durante a noite.

Algumas semanas depois, vi um documentário sobre a Joni Mitchell.
Eu não conhecia muito do trabalho dela. Foi Andy quem quis assistir quando viu que estava passando na televisão. Eu gostei de aprender mais sobre a vida e a música da Joni, mas a parte da história que mais me afetou foi quando ela falou de Graham Nash, seu namorado de muitos anos. Ele a pediu em casamento e, embora ela tivesse aceitado de início, acabou mudando de ideia. Ela descreveu as duas avós: uma era poeta e compositora frustrada, tão frustrada que "arrebentou a dobradiça da porta da cozinha aos chutes; a outra chorou pela última vez na vida ainda na adolescência, porque queria um piano e foi informada que nunca poderia tê-lo. Ela sentia que tinha "o gene" para viver como as avós não puderam. Joni, na época aos cinquenta e tantos anos, disse: "Por mais que eu amasse Graham, só consegui pensar que ia acabar que nem minha avó, dando chutes na porta, sabe? Tipo, melhor não. E isso me deixou devastada."

Eu choro tão raramente que Andy não entendeu o que tanto me comovia. Eu também não sabia bem ainda.

Sarah, minha amiga, engravidou.

Bem, todas as minhas amigas engravidaram. Jane foi a primeira, e todo mundo veio logo em seguida. Mas Sarah era diferente. Ela era uma mulher que eu havia conhecido já com vinte e muitos anos na festa de aniversário de um amigo em comum, e com quem eu tinha me dado bem imediatamente. Era a primeira amiga íntima que eu sentia que tinha escolhido de verdade. Não convivíamos por nenhuma obrigação passada, nem conveniência presente. Não tínhamos um histórico compartilhado, nem motivo para passar tanto tempo juntas. Mas passamos. Nossa amizade se tornou mais intensa conforme nossas amigas todas foram tendo filhos — ela, como eu, não estava convencida se queria ser mãe. E ela, como eu, começou um relacionamento aos trinta e poucos anos sem intenção específica de formar família.

Aos 34 anos, Sarah era minha única amiga próxima sem filhos. Sempre que outra amiga anunciava a gravidez, eu mandava uma mensagem para ela dizendo só "E mais uma!", e ela já sabia do que eu estava falando.

Depois de Andy, era com ela que eu mais encontrava, porque era minha única amiga com tempo. Ela podia sair para beber sem planejar com meses de antecedência. Nossa amizade fazia com que eu me sentisse livre e segura. Eu não ficava com pena nem me preocupava pelas decisões dela. Se eu podia admirar a decisão dela de não ter filhos, me sentia encorajada a admirar minha escolha também. Ela fazia eu me sentir normal. Naquela amizade, eu não estava sozinha, e tinha motivos para acreditar que estava no caminho certo.

Marcamos de jantar no Soho depois do trabalho numa sexta-feira. O garçom nos atendeu e eu pedi nossa bebida de sempre: dois *dirty martinis* de vodca.

— Hum, para mim, não — disse ela. — Uma água com gás, por favor.

Eu estava prestes a fazer uma piada sobre aquele raro momento de abstinência, o que ela pressentiu, então, assim que o garçom se afastou, Sarah declarou:

— Estou grávida.
Eu não sabia o que dizer. Não imagino que tenha feito uma expressão muito animada, mas não teve jeito — eu estava chocada, e fui tomada por uma sensação intensa, mesmo que indevida, de traição. Com um tempinho de atraso, eu me levantei e dei a volta na mesa para abraçá-la, sem conseguir vocalizar meu parabéns. Perguntei por que ela havia mudado de ideia, e ela falou de modo vago sobre "ser a hora certa", e não elaborou mais, nem me deu uma resposta. E eu precisava de uma resposta. Precisava da resposta mais do que qualquer outra coisa naquela noite. Precisava saber se ela havia chegado a alguma constatação diferente e, se fosse o caso, como eu podia chegar lá também.

No dia seguinte, quando acordei, percebi que o que eu sentia não era raiva, inveja, nem amargura — era luto. Não me restava mais ninguém. Eu tinha perdido todo mundo. Claro que não tinha perdido ninguém de fato, eram todas minhas amigas, e eu ainda as amava. Mas partes imensas delas tinham desaparecido, e não havia o que fazer. A não ser que eu entrasse no espaço delas, no horário delas, nas famílias delas, mal conseguia vê-las.

Comecei a sonhar com outra vida, completamente afastada daquilo tudo. Nada de festas de aniversário de criança, nada de batizados, nada de churrasco no subúrbio. Uma vida que eu não tinha contemplado a sério até aquele momento. Comecei a sonhar em começar tudo de novo. Porque, enquanto eu ficasse ali, na única Londres que conhecia — a Londres de classe média, a Londres corporativa, a Londres de trinta e tantos anos, a Londres dos casados —, estava no mundo deles. E sabia que existia todo um outro mundo lá fora.

Andy deu microfones de karaokê de aniversário para minha mãe.
Ele sabia que ela nunca havia cantado em um karaokê na vida, e que a música mais moderna que já cantou foi "Messias", de Handel, no coro da igreja. Quando a vi abrir o presente e refletir sobre uma resposta educada, pensei em como Andy sempre faz exatamente o que quer. Pensei em todos os presentes que eu tinha comprado para a mãe dele ao longo dos anos, quanto tempo havia dedicado a cada um — tinha escutado sempre que ela elogiava uma joia minha, ou mencionava um livro

que queria ler, e registrado mentalmente para o Natal e o aniversário dela. Andy, depois, não parava de rir do choque da minha mãe ao abrir o presente. E percebi que, em vez de ser generoso, ele tinha escolhido ser engraçado. Apenas para agradar a si mesmo.

Comecei a me sentir solteira.
Esse fato pode ser dividido em três subcategorias.
A) Fiquei doente e ele não cuidou de mim. Faringite. Era uma agonia. Tive que tomar antibiótico pela primeira vez desde a infância, e tirei minha primeira licença médica do trabalho. Meu chefe me liberou por uma semana. Sempre que eu conversava com um colega ou amigo, eles perguntavam: "Andy está cuidando bem de você?" E meu orgulho não me permitia dizer que não, que Andy não estava cuidando de mim. Ele fez shows toda noite naquela semana, não me perguntou nem uma vez se eu precisava que trouxesse alguma coisa, e acho que me ofereceu só uma xícara de chá.

B) *Pede ou Passa* não foi bem de audiência e mudou para um horário morto, então menos gente ainda viu. Aí ele recebeu a notícia de que tinha sido cancelado, mas não me contou.
Quem contou foi a mãe dele.
C) Eu fui promovida e não contei para ele.
Ver item anterior.
E eu pensei: se estou me sentindo solteira, não é melhor ficar solteira? Aí eu não teria que me preocupar com decepcionar ninguém, nem com ninguém me decepcionar. Quando estou solteira, sei onde estou. Fico sozinha quando estou doente, mas não abandonada. Sou promovida e comemoro com meus amigos, em vez de ficar com medo de que essa boa notícia deixe meu parceiro inseguro. Sei lidar com as dificuldades de estar sozinha, mas acho que não sei lidar com as dificuldades disso.
Não seria mais fácil estar solteira?

Fiz um exame de fertilidade.
Bem como minha irmã avisou, descobri que minha reserva ovariana também era excepcionalmente baixa. Recebi o resultado de uma ginecologista especialista em reprodução assistida que, depois de me

dar a notícia, perguntou se eu estava em um relacionamento. Respondi que sim, e ela secou a testa em um gesto cômico de alívio.

— Ufa, que bom! — falou.

Ela me disse para começar a tentar engravidar imediatamente. Eu disse que não queria tentar engravidar imediatamente. Então ela recomendou que eu congelasse meus óvulos ou, melhor ainda, embriões fertilizados com o esperma de Andy. Eu falei que não tinha tempo para passar por um ciclo de injeção hormonal toda noite, sendo que ainda podia enlouquecer com aquilo. Não podia tirar folga do trabalho para o procedimento de coleta de óvulos, que se daria sob anestesia geral. E ela disse que, se eu não tinha tempo nem para congelar meus óvulos, como é que eu achava que teria tempo para ter um bebê? Não era hora de priorizar aquilo? Porque, se eu não priorizasse depois de tudo que ela havia me dito, quando priorizaria?

Eu a vi insistir naquilo, com a expressão angustiada, o tom de julgamento, as estatísticas cujo objetivo era me apavorar até eu entregar meus dados bancários e preencher um formulário. E fui tomada por uma fúria que nunca tinha sentido.

— Não fale assim comigo.

Ela arregalou os olhos, surpresa.

— Como é que é? — perguntou, levando a mão ao peito por cima do jaleco branco. — A senhora pagou por um serviço que dá toda a informação necessária sobre sua fertilidade, e é isso que estou fazendo. Estou dando todos os fatos para que a senhora tenha poder sobre sua decisão.

— Não está, não — falei, me levantando e vestindo o casaco. — Você está tentando me assustar. Isso não é poder, é vergonha. Não acredito que acha razoável falar assim comigo.

Peguei minha bolsa.

— Parece que a senhora já sabe de tudo, mas quer perguntar mais alguma coisa? — perguntou ela, fria.

— Não, obrigada — respondi, e fui embora do consultório.

Eu não queria saber aquela coisa toda, ouvir aquelas palavras carregadas de urgência e crise. Sentia que não tinham nada a ver comigo. Eu não tinha acabado de fazer 21 anos? Não tinha acabado de me formar na faculdade? Não tinha acabado de começar a vida? Não conseguia entender como havia chegado ali tão rápido, e como podia tomar decisões tão enormes, se ainda me sentia tão jovem. Como aquilo tinha acontecido?

Eu não sabia para quem ligar além de Jane, que me chamou para ir à casa dela. Ela fez o jantar e mandou Avi cuidar das crianças, para que eu pudesse falar livremente sem medo de ele escutar e contar para Andy, com quem eu ainda não tinha conversado sobre nada daquilo.

— Acho que especialistas em fertilidade são que nem cabeleireiros — opinou ela. — Falam como se tudo fosse um desastre, porque passam o dia pensando em cabelo. Mas, sinceramente, pontas duplas não são um desastre. E eles não podem acreditar que todo mundo vai fazer hidratação toda semana, né? Ninguém faz isso. Ninguém tem tempo, mas o cabelo de todo mundo fica de boa.

— Está dizendo que congelar meus óvulos é que fazer hidratação no cabelo? — perguntei.

— Acho que sim — disse ela, e deu de ombros. — Você vai dar um jeito no seu cabelo sem isso.

Na volta para casa, recebi um e-mail da clínica recomendando que eu congelasse meus óvulos, com todas as opções diferentes e planos de pagamento. Eu respondi falando para tirarem meu e-mail da lista de contatos e nunca mais me procurarem.

Meus pais perguntaram para Andy como tinha sido o programa de televisão.

E ele não só disse "Foi muito bom", como, quando perguntaram se teria uma segunda temporada, respondeu "É provável". Não fiquei com raiva daquela mentira, só muito triste por ele sentir que precisava fazer aquilo. Percebi como ele devia ficar desconfortável consigo mesmo e como minha família devia fazê-lo se sentir péssimo. E odiei constatar isso.

Jane começou a dizer "Bem-vinda ao mundo dos relacionamentos sérios" sem parar.

Eu falava de todas as concessões que andava fazendo, da irritação pelo egocentrismo de Andy, e contava que ele tinha parado de me achar sexy e começado a me achar fofa — que antes apertava minha bunda e me beijava, e agora beijava minha cabeça e brincava com o zíper da minha jaqueta de um jeito engraçadinho.

— Espera só até ele parar de te achar fofa — comentou ela. — É outra fase.

Falei do tempo que eu passava reconfortando ele, animando ele, tirando ele da fossa. Contei que os sentimentos dele eram sempre mais importantes do que os meus — que, quando a gente brigava, o que ele sentia era fato, e o que eu sentia era questionado, como se fosse invenção.

— Jen — disse ela, seca —, você quer mesmo um namorado?

Perguntei se ela lidava com tudo aquilo também, e ela fez que sim.

— Bem-vinda ao mundo dos relacionamentos sérios — declarou.

E eu pensei: *Não quero ser bem-vinda aqui. Não quero ficar confortável aqui.*

Questionei uma opinião política de Andy, o que levou a uma briga, e ele disse:

— Eu te amaria independentemente das suas opiniões.

E eu sei que era verdade. Ele me amaria, por teimosia, sem questionar, para sempre. E eu não sei se quero ser amada assim.

Falei para minha terapeuta que estar no meu primeiro relacionamento sério me fez perceber que minha vida era igualmente ótima antes, só que de outro jeito.

E ela me disse que eu não deveria ignorar essa constatação.

No Ano-Novo, viajamos com Jane, Avi e os filhos deles.

Fomos passar um fim de semana estendido na Irlanda. Era para ter sido uma delícia — alugamos uma casa linda, bem na beira do mar. O melhor amigo de Andy e minha melhor amiga eram casados, nós os amávamos e amávamos os meninos. Era um esquema agradável e conveniente, e que sorte a vida ter dado tão certo para todos nós. Ainda assim, não consegui deixar de sentir que eu e Andy estávamos interpretando um casal o fim de semana todo. Avi e Andy falavam de futebol e reclamavam de brincadeira que nós, suas parceiras, "dizem uma coisa, mas sempre querem dizer outra!". Eu e Jane bebíamos vinho na cozinha e falávamos que nossos namorados sempre cortavam demais o cabelo quando iam ao barbeiro. O tempo todo, senti que éramos dois casais, em vez de quatro pessoas, e fiquei com saudade de ser uma entidade singular com meus amigos. Eu sentia que estava me perdendo.

Vi minha irmã derrubar o celular na cabeça várias vezes.

Andy e eu fomos almoçar com ela, a esposa e a filha recém-nascida. Em certo momento, Miranda pediu licença para amamentar a bebê e botá-la para dormir. Mais ou menos uma hora depois, eu fui ao banheiro e passei por Miranda, que estava no quarto, sentada no canto da cama, chorando e derrubando o celular na cabeça sem parar.

— Miranda, o que você está fazendo? — perguntei, entrando no quarto e me sentando ao seu lado.

Tinha uma marca vermelha na testa dela.

— Deixei o celular cair na cabeça dela — respondeu minha irmã, entre soluços.

— Na cabeça de quem?

— Da bebê! — uivou. — Estava amamentando ela e mexendo no celular ao mesmo tempo, e deixei cair na cabeça dela.

— Tudo bem, não se preocupa — disse, e a abracei. — Essas coisas acontecem.

— Eu não deveria estar mexendo no celular! — chorou ela.

— Miranda, está tudo bem.

— Estou tentando descobrir se machuquei ela, quero saber se ela sentiu dor — explicou, pegando o celular para largar na cabeça de novo.

Eu tirei o celular da mão dela e o deixei no chão.

— Vem cá — falei, e puxei minha irmã mais velha para o meu colo.

Eu a abracei, balançando devagar, enquanto ela chorava, chorava e chorava.

E lembrei que, para ter um bebê, é bom querer mesmo ter um bebê.

Jon, amigo de Andy, e a namorada passaram um mês viajando, e nós ficamos cuidando da gata deles, Doris.

Eu troquei a areia de Doris, dei comida e remédio para ela, brinquei com a gata quando ela miava. A única coisa que Andy fez foi carinho quando ela sentava ao lado dele no sofá.

* * *

Minha irmã me deu de Natal uma consulta com uma médium. Foi meio de brincadeira. Ela sabe que não acredito nessas coisas, o que foi confirmado quando a médium passou dez minutos falando coisas genéricas que poderiam se aplicar a todo mundo: "você está em uma encruzilhada", "tem muitas mudanças pela frente", "está dividida entre o coração e a cabeça". Até que ela disse que tinha um espírito chegando. Minha avó.
— Ela está aqui conosco — disse ela, fechando os olhos.
— O que ela disse? — perguntei.
— Ela não está dizendo nada — respondeu a médium, balançando a cabeça devagar e levantando as mãos para se concentrar. — Mas estou vendo ela chutar uma porta. Isso te diz alguma coisa? Ela está derrubando uma porta a chutes.
Eu fui ao banheiro e vomitei.

Fui com Andy para Paris e a gente brigou no Eurostar antes de sequer chegar lá.
Ele estava de péssimo humor porque sua agente tinha ligado de manhã para conversar sobre o futuro dele. Ela disse que Andy tinha que escrever algo novo, que fazia anos que baseava as apresentações todas na mesma coisa. Sugeriu que ele criasse um novo show, com tema e história, e não apenas piadas, e que apresentasse em Edimburgo, em turnê. Andy estava reclamando que a agente deveria apoiá-lo, e eu sugeri, gentilmente, que aquilo era uma forma de a agente o apoiar, empurrando-o para a próxima fase de sua carreira. Ele se irritou e disse que eu também não o estava apoiando. Bebemos o champanhe que compramos no mercadinho da estação em silêncio até desembarcar na Gare du Nord.

No dia seguinte, na frente da *Vênus de Milo* no Louvre, olhei para Andy e vi que ele estava pesquisando a si mesmo no Google.
Especificamente, estava pesquisando: "*Pede ou Passa* foi exibido na França?"
Sei por que ele fez isso: porque estava magoado com a conversa com a agente e precisava de confirmação de que não estava desperdi-

çando a própria vida, que seu trabalho tinha algum impacto no mundo. Ele queria saber se, embora nunca tivesse sido reconhecido na Inglaterra, havia a mínima possibilidade de, caminhando pelos paralelepípedos de Paris, um francês notá-lo e perguntar:

— É o Andy Dawson? Daquele *game show* inglês desconhecido que só teve oito episódios legendados?

Ele precisava da esperança de que aquilo aconteceria, mais do que precisava admirar a beleza e a história da famosa escultura grega bem na frente dele. Mais do que precisava dar a mão para a mulher que ele amava, que estava ali, bem ao seu lado.

E digamos que Andy fosse reconhecido, na Inglaterra, em Paris, e no mundo todo. Digamos que o melhor dos casos acontecesse: que ele apresentasse programas de comédia de sucesso, escrevesse roteiros de séries premiadas, esgotasse os ingressos das turnês, ganhasse muito dinheiro e atingisse a fama e a credibilidade que tanto desejava. Digamos que isso acontecesse. Nossa vida seria mais fácil? As inseguranças de Andy desapareceriam? Ele pararia de pensar só em si mesmo? Dedicaria toda a sua energia a se satisfazer com o que tinha, em vez de sofrer pelo passado e desejar outra coisa no futuro?

Ou tudo isso iria piorar?

E foi ali, na frente da *Vênus de Milo*, que eu percebi: acho que não nasci para dar apoio a um homem artista. E certamente não nasci para formar família com um. Independentemente do caminho que tomaria a carreira de Andy, eu passaria a vida com um homem que precisava de tanta validação de desconhecidos que, toda noite, subia em um palco, mesmo sem ser pago, mesmo que precisassem dele em casa, porque queria que o achassem engraçado. Porque queria ser amado.

Não havia nada de errado com Andy, nem com as decisões dele. Ele poderia fazer uma mulher muito, muito feliz. Mas eu soube, naquele momento, que essa mulher não era eu.

Ele estava notando que eu andava diferente nas semanas anteriores, e não parava de me perguntar o que tinha acontecido. Era uma tortura, porque ele era meu melhor amigo, e eu contava tudo para ele. Mas não podia contar aquilo, porque, assim que falasse em voz alta, eu sabia que não daria para voltar atrás. *Não sei se somos compatíveis, não quero seus filhos, não quero os filhos de ninguém, nem sei se quero ser namorada de alguém.* Seria o fim. O Fim.

Então eu menti e disse que estava estressada com o trabalho, o que também era verdade. Sempre que a gente saía, eu bebia demais para aquietar o tumulto dentro de mim e fazer a noite passar mais rápido. Sempre que a gente transava, eu queria chorar, porque me perguntava se seria a última vez, e odiava que ele não fizesse a menor ideia de que eu estava pensando naquilo. Sempre que a gente transava, eu lembrava como ele me conhecia bem, como eu me sentia confortável com ele, e como ele me amava, de forma tão pura e direta.

Quando chegamos a Paris, eu senti que o término estava na ponta da minha língua. Eu estava com medo de beber, ou de transar, ou de conversar sobre qualquer coisa, porque não sabia se ia soltar aquilo sem querer. Não podia terminar com ele em Paris. Não podia estragar aquela cidade para nós dois com a memória do término. Só precisava aguentar a viagem e conversar com ele quando voltássemos. Eu tinha treinado a conversa com minha terapeuta. Passamos meses falando daquilo. Ela nunca me mandou terminar com ele, mas, quando perguntou por que eu continuaria com ele, eu disse:

— Tenho medo de ficar sozinha e sentir saudade dele.

E ela me disse que não era uma boa ideia ficar com alguém por medo.

De volta ao apartamento, botei água para ferver enquanto Andy desfazia a mala. Pensei em desfazer a minha também — tirar todos os itens e guardá-los, como se não estivesse pensando em quando iria fazê-la de novo. Não conseguia mais fingir. Não conseguiria fingir desfazer a mala, nem fingir beber chá. Deixei a água ferver, andei até o quarto e disse para Andy que queria conversar.

Agora entendo que lidei mal com a situação. Quando terminei com Andy, fazia meses que eu planejava aquilo, sem nem perceber. Meu inconsciente tinha colocado ele em período probatório, reunindo motivos para terminar o contrato, sem que eu soubesse. Acontecimentos insignificantes para ele tinham peso para mim. Quando tentei explicar por que tinha dúvidas quanto a ficarmos juntos, ele sentiu que não tivera a oportunidade devida de se provar. Eu disse que ele não deveria ter que se provar em um relacionamento, que deveria poder ser autêntico.

Ele perguntou por que ele, autêntico, não era suficiente. Eu não tive resposta, porque não sabia.

Ele se frustrou comigo, depois se enfureceu, depois se desesperou. Nós dois choramos, nos abraçamos. Gritamos. Foi a pior noite da minha vida, mas fiquei aliviada por finalmente contar a verdade para ele. Não precisava mais mentir para alguém que amava. Fui embora com a mala para a casa da minha irmã. Não podia ir para a casa de Avi e Jane, porque eles estavam envolvidos demais no nosso relacionamento, e eu queria que Andy pudesse conversar com alguém sobre o término sem temer minha presença. Minha irmã disse que eu podia ficar com ela pelo tempo que precisasse.

Minha família ficou surpreendentemente chateada com a notícia. Acabou que, na opinião da minha mãe, um humorista falido de quem ela não gostava era melhor para uma mulher de quase 35 anos do que não ter namorado nenhum. Meu pai disse que ele era "um homem correto, apesar dos defeitos". Meus irmãos disseram que achavam ele "uma figura". Minha irmã desafogou todas as teorias que escondia sobre nosso relacionamento disfuncional.

— Foi por causa do *trauma*, Jen — dizia ela, exasperada, sempre que podia naquelas primeiras semanas. — Ele teve pai ausente, nós tivemos pai ausente. Vocês estavam tentando superar isso juntos. Não dá para ser a base de um relacionamento.

Quando Andy contou do término para Avi, foi morar com eles enquanto procurava uma casa nova. O resultado era que eu não podia escapar para a casa deles quando cansava de estar com a Miranda. Fiquei agradecida por ela me aguentar enquanto eu esperava os locatários saírem do meu apartamento, mas não era ideal processar um término trancafiada com um bebê e duas mães em um apartamento apertado. Com uma lealdade de irmã, Jane prometeu que me contaria tudo que eu precisasse saber de Andy. Eu pedi para só me transmitir as manchetes — se ele estava com algum problema, se tinha namorada nova, quando tinha se mudado, para onde se mudou. Fora isso, ela não precisava me dizer nada.

Com permissão de Andy, escrevi uma carta para a mãe dele, dizendo que tinha gostado muito de conhecê-la e desejando o melhor para ela. Ela me telefonou para agradecer e disse que também amou me conhecer. Perguntou quais eram meus planos, e eu disse que não sabia bem. Contei que nunca imaginei que fosse precisar me planejar para viver sozinha aos 35 anos.

— Eu amo meu filho — disse ela. — E não digo isso como mãe dele, e, sim, como uma mulher 26 anos mais velha do que você. Tudo que você quiser na vida é possível sem um homem, Jen.

— E filhos? — perguntei.

Fez-se uma pausa demorada.

— Eu nunca me arrependeria de ter meu filho. A existência dele no mundo é a melhor coisa que eu vou deixar para trás quando for minha hora de partir.

— Eu sei — assegurei.

Outra pausa.

— Mas se eu penso no que seria minha vida se antes eu tivesse coragem de não virar mãe? Se tivesse coragem de sequer imaginar como seria minha vida assim?

— Pensa? — perguntei, confirmando se ela ainda estava na linha.

— Penso nisso o tempo todo.

Nós nos despedimos, sabendo que provavelmente era a última vez que nos falaríamos.

Senti saudade dele e da nossa vida juntos, mas também sabia que estava certa de terminar. Me senti culpada pelo jeito como terminamos. Eu me preocupava com ele, conferia seus perfis nas redes sociais obsessivamente e perguntava dele para Jane, mesmo sabendo que ela estava cansada de fazer o meio de campo. Mandei mensagem para Avi e pedi para ele ficar de olho em Andy, porque sabia que ele nunca pediria ajuda para amigo nenhum. Desenvolvi insônia e, por sorte, muitas amigas minhas estavam amamentando, então também acordavam de madrugada e podiam conversar por mensagem. Minha irmã me deu um livro inútil sobre o recorde de mulheres que se recusam a se casar no Japão.

Tentei me lembrar de como achei que minha vida seria sem ele. Não fazia ideia do que sentiria, e acabou que era tão ruim quanto ficar no relacionamento errado.

Voltei para a médium sem contar para ninguém, e passei a hora inteira perguntando sobre Andy. Queria saber se ele encontraria o amor e teria filhos. Queria saber se algum parente falecido dele gostaria de falar comigo. Perguntei se ele ia ficar bem, e ela tirou um pêndulo de uma bolsinha de veludo, o estendeu para a frente, fechou os olhos e perguntou para um ser sem nome se Andy ficaria bem. O pêndulo se mexeu suavemente, sem direção clara.

— Ah — disse ela. — Ficará, sim. Mas vai demorar.

Ela guardou o pêndulo na bolsinha, satisfeita com a resposta. No fim da sessão, ela disse que talvez o melhor jeito de entrar em contato com meu ex não era por meio dos espíritos dos avós dele, mas pelo telefone. Quando uma médium dá esse tipo de conselho, é sinal de que a gente está mesmo na pior.

Tudo isso é uma explicação, mas não uma desculpa, para eu ter decidido fazer *catfishing* com Andy naquele primeiro mês depois do término. Sei que não tem justificativa, e ainda não acredito que fiz isso. Ninguém nunca pode descobrir que, certa tarde de domingo, criei um e-mail e uma conta no Instagram para uma mulher chamada Tash, que roubei todos os posts do Instagram dela de perfis de desconhecidos e que postei ao longo da semana para que parecesse uma conta de verdade. Segui algumas celebridades que achei que Tash iria admirar, além de uns desconhecidos aleatórios com perfis públicos que escolhi para representarem amigos e colegas. Segui Andy, mas não mandei mensagem — estava sempre prestes a apagar o perfil por vergonha. Até que fui passar o fim de semana em um spa com Jane e algumas amigas.

Elas tinham planejado a viagem para me animar, e, como Jane havia arranjado alguém para cuidar dos meninos, Avi pensou em aproveitar o final de semana para levar Andy para uma noitada. Era estranho pensar que nós dois estávamos vivendo aquele rito de passagem juntos, nossos amigos nos cercando e reconhecendo o término com uma cerimônia, uma espécie de despedida de solteiro ao contrário. As meninas me deram tempo ilimitado para falar de Andy, e lembrei da sorte que eu tenho de ser amiga delas. Falei, e depois elas falaram — me ofereceram comentários, conselhos e histórias para comparar. Quanto mais a gente conversava, melhor eu me sentia. Eu ia voltar à sanidade conversando com elas, que era exatamente como nosso grupo lidava com qualquer crise. Sonolentas de vinho, papo e relaxamento, fomos deitar cedo, logo depois do jantar. Eu estava dividindo um quarto com Jane, o que não fazíamos havia anos, e, quando pegamos no sono às gargalhadas no delírio do escuro ao apagar as luzes, fiquei tranquila de saber que a sensação gostosa de festa do pijama desse tipo de amizade não desaparece nunca. Nem quando uma de vocês é uma publicitária com dois filhos, e a outra, sócia sênior de uma corretora de seguros.

Acordamos às quatro da manhã com uma ligação de Avi para Jane. Ao levantar para atender, ela resmungou:

— Se esse filho da puta estiver me acordando à toa, bem quando posso dormir direito pela primeira vez nesses três anos e meio, puta merda...

Ela atendeu o celular:

— QUE FOI?

Esfreguei os olhos enquanto me acostumava à forma das sombras no escuro.

— Tá... tá bom... Botou ele no chuveiro? Tá bom... E deu água para ele? Ok... dorme na cama com ele... Ah, Avi, vê se cresce... Não... não, ele não vai morrer... Bota um balde do lado da cama... Só me liga de novo de manhã, tá? Ok. Boa noite.

Ela suspirou e desligou.

— O que houve? — perguntei, rouca.

— Andy bebeu demais e Avi também está chapado e surtando.

— Como assim? — Me endireitei na cama. — Ele está bem? É melhor a gente voltar?

— Não, Jen, ele não é mais seu namorado — disse Jane, voltando para a cama.

— Mas e se acontecer alguma coisa com ele? — questionei, me sentindo meio responsável por ele estar naquela situação.

— Não vai acontecer nada — replicou ela. — Vai ficar tudo bem.

No dia seguinte, saí de fininho do quarto enquanto Jane dormia e liguei para Avi. Andei em círculos pelo jardim do hotel, de pijama, fumando um cigarro, enquanto Avi me contava que dormiu do lado de Andy para cuidar dele. Ele disse que não ia contar para Andy o que tinha acontecido.

— Por que não? — perguntei.

— Porque ele vai sentir vergonha, e só vai piorar.

— Não acha que pode servir como um alerta? — argumentei. — Para ajudar ele a perceber que não está lidando muito bem com a situação?

— Não, Jen — disse ele, firme. — Ele não vai se lembrar de nada, e o mais gentil é fingir que nada aconteceu. Não é grave.

— Vou ligar pra ele.

— Não acho que seja uma boa ideia. Ele precisa seguir em frente.

Foi então que Tash decidiu mandar mensagem. Não sei que resultado eu queria. De início, só queria saber se ele estava bem. Assim como a visita à médium, era outro jeito de saber dele sem me revelar. Queria que Tash fosse amiga dele, enquanto os amigos de verdade não conseguiam apoiá-lo como eu esperava. Tive que tomar cuidado com a voz de Tash, torná-la genérica o suficiente para não ser identificada, mas interessante o suficiente para ele querer conversar com ela. Gostei do jeito dele de dar em cima da Tash — o fim do nosso namoro era tão pouco divertido que eu tinha esquecido que Andy podia ser charmoso assim, e como era agradável sentir a atenção dele. Porém, por mais confortável que fosse ter Andy na minha vida daquele jeito afastado, logo fui inundada de culpa pela mentira. Comecei a diminuir a comunicação quando percebi sua avidez para encontrar com Tash. Estabeleci que ele estava bem, e seguindo em frente com a vida, mesmo que, inexplicavelmente, morasse em um barco. E apaguei o perfil dela.

Chegou meu aniversário de 35 anos, e eu não quis comemorar. Ainda estava dormindo em um colchão inflável na casa da Miranda, de mala e cuia, e não me sentia normal. Jane e minha irmã tentaram organizar um jantarzinho durante a semana para não passar em branco, mas Miranda estava amamentando, e não podia ficar muito tempo longe da filha, enquanto Jane estava grávida e constantemente exausta. Fiquei satisfeita em comprar comida no caminho de casa e ver um filme.

Levaram um bolo para mim no trabalho e, quando comecei a distribuir os pedaços em guardanapos para colegas de empresa com quem falava só duas vezes ao ano, Seb me perguntou como eu ia comemorar. Ele tinha chegado no escritório fazia mais ou menos um ano, gerando fofoca e certa animação devido à beleza digna de um ex-modelo de anúncio de cueca. Eu gostava dele, e sempre conversávamos quando pegávamos o mesmo elevador ou estávamos juntos na sala de reunião. Contei que ia ficar no meu canto e que não tinha planos, e ele me convidou para beber alguma coisa no pub da esquina depois do trabalho.

Uma vez, ouvi uma teoria sobre o primeiro relacionamento que ocorre após o fim de uma relação longa. É a regra 90/10. A teoria é a seguinte: os 10% cruciais que faltavam do parceiro, que, de resto, era totalmente perfeito para você, são o que você procura na pessoa seguinte. Esses 10% se tornam tamanha fixação que, quando você encontra quem os tem, ignora que não tem os outros 90% do parceiro anterior.

Acho que foi isso que aconteceu comigo e com Seb.

Quando ele estava sentado na minha frente no pub, todo confiante e assertivo, me contando da carreira, dos relacionamentos passados e de todas as viagens que fez, eu pensei: *Isso, sim, é um adulto.* Era aquilo que me faltava no Andy. Eu queria um adulto. Alguém determinado, independente. Alguém que não precisasse de mim. Bebemos até o bar fechar e seguimos para a casa extremamente adulta dele, com uma miniadega e piso do banheiro aquecido. Foi lá que acordei no dia seguinte.

Quando Andy me mandou mensagem no dia seguinte, que era meu aniversário de fato, com um texto tão exagerado e desesperado para agradar, eu senti que tinha traído ele. A sensação continuou sempre que eu encontrava Seb. Quando a gente transava, eu só pensava no Andy. Quando a gente saía, eu só escolhia lugares onde sabia que não esbarraria nele. Era muito cedo para começar a namorar outra pessoa, mas meus músculos de relacionamento já estavam aquecidos e, quando continuamos nos encontrando com uma regularidade que só podia ser de namoro, achei tudo estranhamente fácil. Eu estava habituada a pensar em outra pessoa.

Quando encontrei Andy no banco, senti o nervosismo dele por me ver ao vivo, o que só aumentou minha culpa. Quando ele me acusou de mentir, eu ataquei de volta, porque odiei ser vilanizada e porque sabia que eu era a vilã. Aí recebi a ligação de Jane, me informando que ele estava namorando. Eu não tinha motivo para ficar magoada, especialmente porque Andy tivera que aguentar a provação horrenda de dar de cara comigo e com Seb, e tinha sido bem educado. Pedi o nome completo da namorada nova para Jane e ela me informou, sem

303

hesitar, porque já tinha investigado em meu nome. Quando fui xeretar o perfil dela no Instagram, vi que eu estava bloqueada. Como é que ela sabia quem eu era?
— Ela obviamente estava abrindo demais o seu perfil — disse Jane.
— Considere como um elogio estranho.
Alguns dias depois, Andy também me bloqueou.
Era o que eu merecia, mas eu ainda não conseguia parar de ir atrás de mais informações sobre eles. Foi assim que fui parar no perfil de Andy no Spotify e descobri que ele tinha feito uma playlist chamada "S", que incluía a música "Cigarettes and Coffee", de Otis Redding. Uma música que servira de trilha sonora dos quase quatro anos do nosso relacionamento, e que ele tinha reutilizado para uma garota de 23 anos que ele conhecera semanas antes. Foi aí que comecei a enlouquecer mesmo. Não conseguia parar de imaginar eles juntos: se ele fazia playlists semanais para ela, como fazia para mim no começo; se ele beijou o sovaco dela na primeira manhã em que acordaram juntos. Será que o jeito de Andy me amar não tinha nada a ver comigo, e era apenas a Experiência Andy de qualquer mulher que ele escolhia?
Jane sugeriu que eu fizesse um "detox digital".
Terminei com Seb pouco depois. Os 10% tinham argumentado bem, mas não bastavam para sustentar nada a longo prazo. E eu obviamente não tinha superado os 90% de Andy pelos quais havia me apaixonado. Decidi evitar homens por um tempo. Seb foi compreensivo e disse que desconfiava de que ainda era cedo para eu começar a namorar outra pessoa. Ele prometeu não gerar constrangimentos no trabalho — adulto até o fim.

Quando encontrei Andy no aniversário de Jackson, só consegui ser autêntica. Não tinha energia para mais nada. Não tinha informações a descobrir, segredos a esconder, nenhum ressentimento residual dos últimos meses do nosso relacionamento. Era só tão bom reencontrar meu amigo.
Ele estava muito diferente. Jane tinha em avisado que ele havia perdido muito peso, mas eu ainda fiquei surpresa de ver como ele estava musculoso e magro. Preferia ele antes. E todo mundo que eu conhecia concordava.

Nunca achei que acabaríamos tendo aquela noite, e eu deveria ter me esforçado para impedir que ela acontecesse. Segui todos os meus instintos, e todos foram tão bons... até a hora em que apagamos a luz para dormir juntos. Até aquele momento, todas as minhas perguntas tinham resposta. E se a gente ficar bêbado? Vamos nos beijar. E se a gente se beijar? Vamos juntos para casa. E se formos juntos para casa? A gente transa. E se a gente transar? Eu não sabia. Tudo parecia tão natural e correto. Aí apagamos as luzes e eu estava deitada ao lado do homem que amava, mas com quem não podia estar, de volta ao lugar a que havia chegado seis meses antes. Eu tinha ido parar no mesmo beco sem saída.

Fingi dormir, mas passei a noite em claro, pensando em todos os jeitos diferentes que eu e Andy teríamos para tentar dar um jeito na relação, mesmo sabendo que os mesmos problemas voltariam. Eu não podia me prender de novo a um relacionamento do qual doera tanto sair. Quando acordamos juntos, não tive como esconder a confusão, a culpa e a tristeza, e quis que ele fosse embora simplesmente porque estava desesperada para ficar sozinha. Fechei a porta e subi de volta para o apartamento. Ainda no corredor, caí de joelhos, me deitei de lado no chão e chorei de soluçar, como não chorava desde criança.

Jane me disse que Andy tinha ido passar um tempo com a mãe. Não procurei ele. Passei muito tempo na casa de Avi e Jane, e eles fizeram a gentileza de me deixar dormir lá quando eu ia jantar. Fingimos que era porque eu morava muito longe para voltar tão tarde, mas todos sabíamos que era porque eu não queria ficar sozinha. Pensei muito em ficar sozinha. Em uma daquelas noites, depois dos meninos irem dormir, eu e Jane ficamos até tarde conversando à mesa da cozinha, e eu perguntei se ela sentia medo de que eu acabasse sozinha.

— Jen — disse ela, pegando minha mão. — Você sempre esteve sozinha, meu bem. É uma das coisas que te torna tão única. Você estava sozinha quando eu te conheci, você fica sozinha em uma multidão, você estava sozinha com Andy.

Eu a abracei e afundei o rosto em seu cabelo escuro como se fosse um cobertor quentinho, muito grata por ter na minha vida alguém que me enxerga melhor do que eu me enxergo.

— Jesus amado, não tenha filhos nem se case por medo de ficar sozinha — acrescentou ela, fazendo carinho nas minhas costas.

Eu me endireitei na cadeira e ela segurou meus ombros.

— Fique sozinha, Jen — continuou. — Você sabe ficar sozinha sem se sentir solitária. Sabe como isso é raro? Sabe como eu gostaria de conseguir fazer isso? É uma coisa maravilhosa que você tem.

Avi entrou na cozinha e botou água para ferver. Ele esfregou os olhos e botou um saquinho de infusão de ervas na xícara.

— Estou morto — disse ele.

— Estava trabalhando? — perguntou Jane.

— Passei a noite no computador fazendo um favor para aquele seu ex-namorado.

— Que favor? — perguntei.

— Ele está escrevendo uma carta de mentira para o velho esquisito com quem ele mora. Aparentemente, o cara vai ficar nas nuvens. Mas o papel timbrado tinha que ficar perfeito, para o sujeito não desconfiar de nada.

— Parece uma gentileza grande dele — comentei.

— É — suspirou Avi, enchendo a xícara de água. — Bom. Ele é um cara gentil.

Nós dois sorrimos, e ele subiu para se deitar.

Pedi demissão na segunda-feira, dia 6 de janeiro, assim que voltei a trabalhar depois do recesso de fim de ano. Eles me ofereceram mais dinheiro, mais responsabilidades e mais benefícios para eu ficar. Eu recusei. Comprei uma passagem só de ida para Cartagena para segunda--feira, 30 de março, exatamente doze semanas depois. Botei o apartamento para alugar com prazo de um ano. Eu ia começar na América do Sul e ver onde acabaria.

Andy me ligou no meio de janeiro. A gente não se falava desde que ele havia saído do meu apartamento, e eu fiquei surpresa ao ver o nome dele no meu celular. O tom dele era cauteloso e respeitoso, o que me deixou imediatamente nervosa. Ele me disse que tinha escrito um show sobre nosso término e que queria apresentá-lo em Edimburgo e, depois, em turnê.

— Não — falei na mesma hora. — De jeito nenhum.

— Jen... não fala de você, fala de mim. Fala de eu ter enlouquecido depois do término. As piadas são todas às minhas custas, e não às suas.

— Se fala do nosso término, fala de mim — insisti.

— Desculpa, mas não. Ele me contou que sabia que seria o pontapé inicial para ele retomar a carreira; que era a melhor coisa que ele já tinha escrito. Seu tom tomou um ar levemente ameaçador, indicando que, se eu impedisse esse show, estaria impedindo seu sucesso. Toda a frustração que senti no relacionamento voltou de uma vez, e eu fiquei com raiva da responsabilidade pela felicidade dele recair sobre mim outra vez; de eu ter que ignorar meus sentimentos para apoiá-lo. Disse alguma coisa ridícula sobre "falar com meu advogado" e desliguei, e só então percebi que tinha acabado de fornecer outra história engraçada para o show.

Fui para a casa de Avi e Jane, querendo que me apoiassem, mas fiquei chocada quando soube que eles estavam do lado dele. Os dois argumentaram que ele finalmente estava fazendo o que eu sempre quis que fizesse quando estávamos juntos. Ele estava se desafiando. Estava criando coragem.

— Do que você tem medo? — perguntou Jane.

— De que ele fale da nossa vida sexual no palco — respondi. — Ou que ele vá me colocar como a vilã da história, ou falar maldades sobre a minha família.

— Isso parece algo que Andy faria? — perguntou ela.

Pensei no assunto.

— Não — respondi.

— Vá ao show. Ele disse que não vai manter nada no texto que te chateie. Eu vou junto.

Tem uma placa na entrada. ANDY DAWSON EM CONSTRUÇÃO, anuncia. O título é "Por que os elefantes choram", com o subtítulo "A jornada de um homem pela Loucura" em fonte menor. Nunca estive aqui — é um teatro no segundo andar de um pub, do qual ouvi Andy falar várias vezes. Só reconheço uma ou outra pessoa — alguns dos amigos humoristas e a agente dele —, mas fico de cabeça baixa. Vesti um suéter de gola alta especificamente para poder esconder a cara se precisar. Eu e Jane nos sentamos na terceira fileira. Não contei para ele que viria, para evitar que ele censurasse o roteiro por minha causa. Quero ver o que todo mundo vai ver.

— Tudo bem? — sussurra Jane, e eu confirmo. — Vai ser tranquilo.

— Tá — sussurro de volta, sem me convencer.

— E, se não for, aparentemente o mundo vai acabar antes de alguém ver esse show — acrescenta.

Ela aponta para a primeira página do *Evening Standard*, que declara, com a certeza cômica de um filme apocalíptico: VÍRUS FATAL "SE ESPALHA RÁPIDO". A gente ri e ela aperta minha mão.

Toca "Love Will Tear Us Apart", do Joy Division. Andy sobe ao palco sob aplausos. Ele está com a cara normal de novo — mais preenchida, acidentalmente bonito.

— A Europa me abandonou, e minha namorada também — anuncia. — Horrível. — Ele balança a cabeça. — Que horror. Por favor, não vão embora ainda. Este trabalho ainda está em construção e — continua, assumindo uma voz exagerada de terapeuta —, pelo que aprendi nos últimos seis meses, eu também estou.

Ele fala da viagem a Paris, e de não ter previsto nosso término. Lê em voz alta uma lista que fez de todos os motivos pelos quais acha que eu posso ter terminado com ele, inclusive o fato de ele estar ficando careca, e de deixar as roupas molhadas na máquina por tempo demais. Fala sobre voltar para a casa da mãe, e o mês estranho que se seguiu — fazendo amizade com os bêbados do bairro no pub às onze da manhã, telefonando para a primeira namorada e tentando marcar uma saída, comprando todos os frascos do meu perfume na farmácia e jogando tudo no canal para diminuir as chances de se lembrar de mim (essa história certamente foi inventada, ou, no mínimo, exagerada, né?).

Ele fala de esbarrar comigo e com Seb, "um homem com um visual que, sinceramente, é absurdo", e de como isso o deixou ainda mais doido para descobrir por que terminei com ele. Fala que criou um e-mail falso, fingiu ser um homem chamado Clifford e foi a uma sessão de terapia em que imaginou o que eu podia ter dito sobre ele para minha terapeuta quando namoramos, na esperança de entender por que terminamos (outra vez, imagino que seja exagerado para efeito cômico, mas espero que seja verdade, porque me sinto menos mal pela história da Tash).

Ao longo do show, ele lê trechos de um livro que a mãe comprou para ele, sobre a ciência da tristeza, e compara com exemplos de como processou nosso término. A última seção que lê trata do luto dos elefantes.

— Se esse fosse algum dos shows que já fiz antes, neste momento eu diria que tenho mais em comum com os elefantes do que uma tromba grossa, mas não vou dizer isso — comenta, e a plateia ri. — Não vou. Porque estou experimentando algo diferente, senhoras e senhores.

Ele deixa o livro de lado.

— Acho que, se tentar entender o sentido da loucura dos últimos seis meses, posso dizer que fiz o que os elefantes fazem. Espalhei os ossos do nosso relacionamento, de quem fomos juntos. Lendo todas as nossas mensagens antigas, jogando frascos de Armani She no canal, tentando recriar nossas memórias, subindo no palco para falar com vocês. É um luto estranho, assim como uma comemoração estranha, examinar o esqueleto de algo tão magnífico antes de espalhar todas as peças pelo mundo para se despedir.

Ele conclui com um e-mail comprido e delicado que recebeu da terapeuta, em que ela diz não saber se pode ajudar Clifford. Ela sugere que ele está obcecado pela carreira de Alice porque se sente perdido no próprio trabalho, e sugere um coach profissional.

"Vejo o seu lado da história, assim como o de Alice", ela conclui. "E desejo tudo de bom para os dois." Ele usa esse contato como exemplo do jeito perfeito de terminar com alguém. É um fim inesperado, que corta perfeitamente a sinceridade da penúltima seção. Quando ele agradece, a plateia toda fica de pé, aplaudindo e ovacionando. Nós nos entreolhamos por um brevíssimo instante.

Eu peço uma vodca com água tônica para mim e um chope da IPA preferida de Andy. Ele sai para o bar e é recebido por alguns vivas dos amigos. Andy vem direto até mim. Jane imediatamente o abraça e parabeniza. Ela diz que Avi está muito animado para ver o show amanhã, e pede desculpas por sair correndo, mas explica que tem que acordar cedo. Ela vai embora, e eu entrego a bebida para Andy. Ele respira fundo.

— O que você achou? — pergunta.

— Achei ótimo, Andy — digo.

Ele encosta a cabeça no bar e dá um soco leve com o punho.

— Jura? — questiona, se endireitando e me olhando com ar de súplica.

— Porque a sua opinião é a única que me interessa nisso tudo.

— Eu amei. Não achei mesmo que fosse amar, mas amei.

— Tem comentários?

— Tenho, mas nada a ver comigo — respondo. — Só algumas sugestões sobre o show, de modo geral.

— Que tipo de coisa? De timing?

— É. Você demora demais em algumas histórias e corre demais com outras.

— Pode me mandar os comentários depois?

— Claro.

— Sinto falta dos seus comentários — diz ele.

— Não lembro de você ser tão receptivo a eles quando estávamos juntos.

— Eu sei. Eu me arrependo disso. Eu me arrependo de muita coisa, como você deve ter percebido na última hora.

— Tem gente que escreve uma carta — comento.

— Por que desperdiçar tanto material bom?

Emery se aproxima, o cabelo volumoso esmagado pelo boné virado para trás.

— Meu rei — diz, abraçando Andy. — E a musa! — grita, me dando um beijo na bochecha. — Ela veio!

— Oi, Emery — eu o cumprimento da forma mais calma possível. Sempre fui caidinha por ele.

— Você — diz ele, segurando os braços de Andy e sacudindo. — Você. É um gênio. Eu sabia que você era capaz disso.

— É? — pergunta Andy, tímido, obviamente encantado pela aprovação dele.

— Foi... — começa Emery, e suspira, procurando as palavras certas. — Dolorido. Verdadeiro. Às vezes até insuportável. Engraçado pra caralho. É bom você se orgulhar. E VOCÊ — acrescenta, se virando para mim. — Obrigado por destruir a vida dele. Que presente essa mulher te deu, Andy.

— Tá bom, tá bom — replica Andy, rindo e se desvencilhando. — Vai ficar mais um pouco para beber?

— Vou, lógico. Vou estar bem ali — diz ele, antes de segurar o rosto de Andy e beijar sua testa. — Que moleque esperto.

Ele vai embora, tirando o boné para passar a mão na juba cacheada.

— Um dia esse cara vai sair da concha — comenta Andy, com um suspiro, e eu rio. — Então você gostou mesmo?

— *Gostar* não é a palavra certa — respondo. — Odiei ouvir algumas partes. Mas acho que vai ser uma obra brilhante, de verdade. É a melhor coisa que você já fez.

— Fico feliz por você achar isso.

Balanço o copo em círculos, vendo os cubos de gelo tilintarem, evitando o olhar de Andy.

— Eu também enlouqueci, sabia? — digo, olhando para ele.

— Foi?

— Ah, e como.

— Você devia me contar — diz ele. — Agora, não — se corrige.

— Mas um dia.

— Um dia — repito, e nós dois sorrimos. — Um dia, quando estivermos prontos para ser amigos, sei lá.

— Isso. Sei lá.

— Que bom.

Faz-se uma pausa.

— Mal posso *esperar* por esse dia — comenta ele.

Sorrimos de novo, entendendo algo que só nós dois entenderemos. A agente dele chega, e somos forçados a interromper o contato visual.

— Andy — diz ela. — Sua estrela. Puta que pariu, que estrela.

Olho para minha bebida para conter a gargalhada, porque sei que ele odeia quando ela fala assim.

— Nem acreditei no que vi — continua ela. — É tão inesperado! Edimburgo é só o começo. É um hit de verdade, isso aqui. Tem produtores aqui que querem te conhecer, um pessoal dos maiores teatros de Edimburgo. Tem um diretor que quer falar sobre desenvolver um trabalho com você... — conta ela, e me olha, pedindo desculpas. — Posso roubar ele?

— Roube à vontade — digo.

— Me dá um minuto — pede Andy.

Ela dá um tapinha no braço dele.

— *Que estrela* — declara, animada.

Andy se volta para mim e revira os olhos.

— Melhor deixar você trabalhar — comento.

— Jane me contou que você pediu demissão. E que vai viajar.

— É — confirmo.

— Por quanto tempo?

— Um ano, para começar. Minhas economias vão acabar antes disso. Aí vou me virar. Talvez procure emprego lá fora. Não tenho planos. Pela primeira vez na vida.

Ele olha meu rosto todo, como se lesse algo ali.

— Você queria mesmo ficar sozinha — diz.

— Não era mentira.

— Não. Agora eu entendo.

Ele abre os braços, e nos abraçamos. Desejo sorte em todos os shows até Edimburgo, e dizemos que vamos manter contato, mesmo sabendo que não vai ser o caso. Ficamos um tempo abraçados e nos despedimos. Quando saio do pub, olho para trás e o vejo sentado para conversar com todo mundo que quer falar com ele. Pego uma rua que não conheço e volto sozinha para casa.

Agradecimentos

Obrigada a minhas editoras, Juliet Annan e Helen Garnons--Williams. Este livro pediu muita fé de vocês duas, e fico agradecida por terem confiado em mim e me encorajado a me desafiar. Obrigada pelos seus instintos, sua clareza e sua precisão. Obrigada por trabalharem tanto para chegarmos na melhor versão desta história. Desculpa por todos os títulos horríveis que sugeri.

Minha vida mudou quando conheci Clare Conville dez anos atrás e contei a ela sobre um livro horrível de não ficção que estava escrevendo, com o título *Como sobreviver aos vinte anos* (eu tinha só 25). Obrigada por tê-lo lido e me dito que não seria publicado, mas que achava que eu deveria escrever ficção um dia. Obrigada pela orientação profissional e pela amizade constante.

Obrigada à minha equipe na Penguin, que edita, diagrama, vende e representa meus livros com tanto talento, cuidado e carinho. Emma Ewbank, Jon Gray, Natalie Wall, Ella Harold, Sara Granger, Karen Whitlock, Poppy North, Jane Gentle, Georgia Taylor, Annie Moore, Autumn Evans, Samantha Fanaken, Kyla Dean, Ruth Johnstone, Eleanor Rhodes-Davies, Meredith Benson, Laura Ricchetti e Alison Pearse.

Jenny Jackson, Anna Stein, Mary Gaule, Jonathan Burnham, Sarah New, Reagan Arthur, Amy Hagedown, Bhavna Chauhan, Amy Black, Kristin Cochrane, Val Gow, Kaitlin Smith e Maria Golikova: obrigada por torcerem por mim do outro lado do Atlântico.

Nora Ephron escreveu o melhor filme e o personagem masculino mais realista de todos porque entrevistou o amigo e diretor Rob Reiner como parte da pesquisa. Eu sempre soube que copiaria seu método quando tentasse ocupar a voz de um narrador homem. Então, meus agradecimentos mais sinceros aos meus Rob Reiners pelas vinte horas de conversa durante a pesquisa para construir Andy: Tom Bird, Ed Cripps, Joel Golby, Gavin Day, Ivo Graham, Sami El-Hadi, Ross

Montgomery, David Nicholls, Max Lintott, Ed Cumming, Nick Lowe, Jack Spencer Ashworth e Simon Maloney. Obrigada por toda a honestidade e confiança. Vocês ficariam com vergonha se me ouvissem dizer isso pessoalmente: eu não teria conseguido escrever Andy, nem os amigos dele, nem este livro, sem vocês.

Obrigada a Ivo Graham por responder minhas mensagens no meio da madrugada com tantas perguntas sobre a cena de humoristas em Colchester. Fico muito feliz por seu trabalho existir, e ainda mais feliz por ser sua amiga.

Obrigada a Joel Golby, meu primeiro leitor, cujos comentários foram tão encorajadores quanto elucidativos. Fico muito agradecida por todo seu feedback ao longo dos anos, com apenas o mínimo de zoeira no processo. Sei que deve ser difícil para você.

Phil Dunlop: obrigada por me deixar roubar sua piada. Está na página 75, e é a melhor do livro.

Sienna e Zadie: eu não saberia escrever crianças, ou diálogos com crianças, sem vocês. Vocês ainda são muito novas para ler este livro, mas quero agradecer mesmo assim. Pelas coisas geniais e estranhas que dizem e fazem e por me ajudarem a me lembrar de como funcionam as mentes mais jovens. Amo vocês, e amo as mães de vocês por tê-las trazido para minha vida. Podem pegar todas as minhas bolsas emprestadas.

Obrigada a Elizabeth Day por me dar conselhos que posso reutilizar diretamente em discursos em roteiros ou romances e que inevitavelmente se tornam a parte preferida de todos os leitores.

Obrigada àqueles que forneceram informação como parte da minha pesquisa: Peach Everard, Millie Jones, Sofie Dodgson, Ailah Ahmed, Chris Floyd, Jon Watson e Surian Fletcher-Jones.

Passo a maior parte da vida trocando mensagens o dia inteiro sobre nomes, piadas, cenas de sexo, personagens e títulos com outras três autoras: Caroline O'Donoghue, Monica Heisey e Lauren Bensted. Este trabalho seria muito mais solitário sem vocês. Obrigada, Lauren, por me ajudar com aquela cena que eu não conseguia consertar na noite antes do meu prazo final. Obrigada, Monica, por ficar acordada até as quatro da manhã para ler o livro de cabo a rabo, e por me mandar fotos das suas páginas prediletas. Obrigada, Caroline, por inventar o título original (e perdão por eu não ter mudado o nome de Andy para Michael para chamar de *Open Michael*, como você sugeriu). Obrigada às três por tratarem os projetos de escrita das amigas como novos namorados e por sempre ficarem genuinamente animadas para conhecê-los.

Obrigada a Lena Dunham e Richard E. Grant pelo entusiasmo e apoio a este livro lá no início — uma frase que nem acredito ter a sorte de escrever.

Passei alguns meses morando com meus pais enquanto escrevia *Amar é assim*. Como a mãe de Andy, eles são as melhores pessoas de todas, e os pais mais carinhosos. Obrigada por cuidarem de mim quando eu estava perto do prazo; por me darem espaço, amor, e chá até demais.

Obrigada, sempre, ao meu irmão, Ben, um garoto que eu nunca vou entender e sempre vou amar. Espero que você ria com este livro.

Por fim: o mais importante. O agradecimento para o qual (inesperadamente) me falta o estoque de adjetivos. Minhas melhores amigas — obrigada por sempre me fornecerem os melhores conteúdos. Obrigada por tudo que falam e tudo que ouvem. E, principalmente, obrigada pelas vezes em que me ajudaram durante uma dor de cotovelo. Quando eu estava perdida na paisagem da saudade — confusa, desamparada e desesperada —, obrigada por me conduzirem até o outro lado da loucura. Não sei como teria conseguido sem vocês.

Licenças

A editora original agradece pela licença para usar as seguintes citações:

Na p. 6, "A Scattering", de Christopher Reid. Publicado por Arete Books, 2009. Copyright © Christopher Reid. Reproduzido com permissão do autor a/c Rogers, Coleridge & White Ltd., 20 Powis Mews, London W11 1JN.

Na p. 43, letra de "Faith", letra e música de Justin Vernon, Brandon Burton, Camilla Staveley-Taylor e Francis Farewell Starlite. Copyright © 2019 April Base Publishing, Brought To You By Heavy Duty and BMG Rights Management (UK) Ltd. Todos os direitos reservados para April Base Publishing e Brought To You By Heavy Duty, administrado internacionalmente por Kobalt Music Publishing Ltd. Todos os direitos reservados para BMG Rights Management (UK) Ltd. Administrado por BMG Rights Management (US) LLC. Todos os direitos reservados. Usado com permissão. Impresso com permissão de Hal Leonard Europe Ltd.

Na p. 176, letra de "Mr. Brightside", letra e música de Brandon Flowers, Dave Keuning, Mark Stoermer e Ronnie Vannucci. Copyright © 2004 UNIVERSAL MUSIC PUBLISHING LTD. Todos os direitos nos EUA e no Canadá controlados e administrados por UNIVERSAL – POLYGRAM INTERNATIONAL PUBLISHING, INC. Todos os direitos reservados. Usado com permissão. Impresso com permissão de Hal Leonard Europe Ltd.

Na p. 212, letra de "Brimful Of Asha", letra e música de Tjinder Singh. Copyright © 1997 SONGS OF UNIVERSAL, INC. e MOMENTUM MUSIC 2 LTD. Todos os direitos nos EUA e Canadá controlados e administrados por UNIVERSAL – SONGS OF POLYGRAM INTERNATIONAL, INC. Todos os direitos reservados. Usado com permissão. Impresso com permissão de Hal Leonard Europe Ltd.

- intrinseca.com.br
- @intrinseca
- editoraintrinseca
- @intrinseca
- @editoraintrinseca
- editoraintrinseca

1ª edição	AGOSTO DE 2024
impressão	CROMOSETE
papel de miolo	LUX CREAM 60 G/M²
papel de capa	CARTÃO SUPREMO ALTA ALVURA 250 G/M²
tipografia	TIMES NEW ROMAN